JE TE GARDE

SARA FIELDS

Souhaitez-vous lire un livre GRATUIT ?

Inscrivez-vous à la newsletter de Sara Fields et recevez un exemplaire GRATUIT de Livrée à l'Ennemi !

https://BookHip.com/VKFMHRQ

* * *

Publié par Sara Fields Romance.
www.sarafieldsromance.com

Fields, Sara
Je te garde

Couverture par Korey Mae Johnson
Images par iStock/MRBIG_PHOTOGRAPHY et iStock/Pgiam

Ce livre est destiné aux *adultes uniquement*. Les fessées et les autres actes sexuels décrits dans ce livre sont uniquement des fantasmes, destinés aux adultes.

CHAPITRE UN

Ava Richardson

C'était censé être une journée normale.

Je devais simplement me lever. Boire du café. Aller au travail et rentrer à pied. J'avais prévu de terminer la journée en me servant un grand verre de cabernet, en ouvrant un livre et en lisant jusqu'à ce que je m'endorme, bien au chaud dans mon propre lit.

C'est ce que j'avais imaginé et c'est ce qui s'était passé jusqu'à ce que je rentre à pied du travail.

En sortant du bar, après avoir passé mon temps à faire des avances et à faire semblant de m'intéresser à tous les types ivres et sordides qui me draguaient dans l'espoir que je leur offre un verre plus fort, j'étais morte de fatigue. Je ne savais pas ce qu'il y avait de si spécial le jeudi soir, mais cela faisait ressortir le pire chez les gens. Je préférerais le vendredi ou le samedi.

Quelqu'un me siffla de l'autre côté de la rue et je l'ignorai, ne regardant même pas dans sa direction et ne lui accordant aucune attention alors que je tournais dans le quartier. Mon appartement n'était qu'à un quart d'heure de marche de mon travail, mais ce soir, j'avais l'impression que cela durait une éternité. J'avais jeté un coup d'œil dans la rue. L'un des phares au-dessus de moi commençait à vaciller et, une fois de plus, je me demandais si cela en valait la peine. J'accélérai un peu le pas.

Je n'avais pas vraiment besoin d'argent. Si jamais j'avais besoin de quoi que ce soit, je n'avais qu'à ravaler ma fierté et demander de l'aide à mon parrain.

Je ne voulais pas faire ça. Il m'avait déjà tant donné.

Mon oncle David était ma seule famille à présent. Techniquement, il n'était pas lié par le sang, mais cela n'avait pas d'importance. Pas vraiment. C'était lui qui s'était occupé de moi après la mort de mes parents, quand j'avais quinze ans. Cela avait été un choc. Personne ne s'attend à recevoir un appel à trois heures de l'après-midi pour annoncer que ses parents ont été tués dans un accident de voiture par un conducteur ivre.

Depuis, il avait pris soin de moi. Il avait payé pour que j'aille dans un pensionnat chic du Connecticut. Il avait insisté pour payer mon appartement, ce dont j'avais besoin pour être honnête, car les prix des loyers à New York étaient absolument ridicules. Sans lui, je n'aurais jamais pu me permettre de vivre près de l'université et je lui en étais reconnaissante.

Cependant, je n'aimais pas accepter ses dons pour tout. J'avais trouvé un emploi dès que j'avais eu dix-huit ans, afin de pouvoir payer certaines choses moi-même. Équilibrer les heures de travail en plus de mes cours à l'université était difficile, mais je l'avais fait parce que c'était ce que je voulais. C'était tellement mieux de le mériter plutôt que de le recevoir.

Parfois, je me demandais si c'était une qualité rédemptrice ou si cela me rendait simplement stupide.

Un autre type m'interpella au coin de la rue. Je fronçai le nez en signe de dégoût mais continuai à avancer. L'odeur corporelle envahissait mes narines et j'accélérai le rythme de mes pas. La ville était belle de loin, la nuit, mais de près, c'était l'horreur.

La rue était jonchée de détritus. De nombreux magasins étaient fermés. De gigantesques grilles métalliques en bloquaient l'entrée. D'épais barreaux recouvraient les fenêtres visibles, protégeant la marchandise à l'intérieur des criminels qui se promenaient dans les rues après la fermeture des bars.

Je soupirai, levant les yeux vers le ciel nocturne. Les étoiles étaient un peu plus brillantes que d'habitude. Je pouvais apercevoir un tout petit bout de lune, qui ne jetait pas beaucoup de lumière sur le trottoir en dessous. L'obscurité qui régnait autour de moi semblait particulièrement dévorante.

J'accélérai le pas. Il ne restait plus que deux rues à parcourir et je pourrais ouvrir le cabernet que j'avais acheté et lire jusqu'à ce que je m'évanouisse. Mon premier cours n'ayant lieu qu'à midi le lendemain, j'allais faire la grasse matinée le plus tard possible.

Je soupirai à nouveau, imaginant la belle couleur profonde de ces délicieux raisins dans mon verre.

Une sirène de police retentit quelque part au loin. Les freins d'un véhicule crissèrent et l'odeur rance du caoutchouc brûlé se répandit derrière moi. Je sursautai et jetai un coup d'œil par-dessus mon épaule, me maudissant doucement d'avoir laissé une chose aussi banale me surprendre.

J'étais sur les nerfs ce soir. Il fallait vraiment que je me ressaisisse.

— Qu'est-ce qu'il y a, ma belle ? Où vas-tu si tard dans la nuit ? dit un homme derrière moi, un peu plus loin. Sa voix était grave et menaçante, et je fis de mon mieux pour l'ignorer. D'habitude, ils vous laissent tranquille si vous ne répondez pas.

Il ne me restait plus qu'un pâté de maisons à parcourir. Je songeai à sprinter jusqu'à la porte d'entrée de mon immeuble, mais cela aurait fait de moi une cible encore plus facile à atteindre.

— C'est un beau legging moulant. Montre-moi tes jambes et ton joli cul, poursuivit l'homme.

Putain de merde. Ok. C'en était trop.

Je savais qu'il valait mieux ne pas répondre. Je fouillai dans mon sac et en sortis mon téléphone. Je fis semblant de composer un numéro et le portai à mon oreille tandis que mon autre main cherchait la petite bombe lacrymogène lieu qu'à midi le lendemain, j'allais faire la grasse matinée le plus tard possible.

Je soupirai à nouveau, imaginant la belle couleur profonde de ces délicieux raisins dans mon verre.

Une sirène de police retentit quelque part au loin. Les freins d'un véhicule crissèrent et l'odeur rance du caoutchouc brûlé se répandit derrière moi. Je sursautai et jetai un coup d'œil par-dessus mon épaule, me maudissant doucement d'avoir laissé une chose aussi banale me surprendre.

J'étais sur les nerfs ce soir. Il fallait vraiment que je me ressaisisse.

— Qu'est-ce qu'il y a, ma belle ? Où vas-tu si tard dans la nuit ? dit un homme derrière moi, un peu plus loin. Sa voix était grave et menaçante, et je fis de mon mieux pour l'ignorer. D'habitude, ils vous laissent tranquille si vous ne répondez pas.

Il ne me restait plus qu'un pâté de maisons à parcourir. Je songeai à sprinter jusqu'à la porte d'entrée de mon immeuble, mais cela aurait fait de moi une cible encore plus facile à atteindre.

— C'est un beau legging moulant. Montre-moi tes jambes et ton joli cul, poursuivit l'homme.

Putain de merde. Ok. C'en était trop.

Je savais qu'il valait mieux ne pas répondre. Je fouillai dans mon sac et en sortis mon téléphone. Je fis semblant de composer un numéro et le portai à mon oreille tandis que mon autre main cherchait la petite bombe lacrymogène

Cependant, je n'aimais pas accepter ses dons pour tout. J'avais trouvé un emploi dès que j'avais eu dix-huit ans, afin de pouvoir payer certaines choses moi-même. Équilibrer les heures de travail en plus de mes cours à l'université était difficile, mais je l'avais fait parce que c'était ce que je voulais. C'était tellement mieux de le mériter plutôt que de le recevoir.

Parfois, je me demandais si c'était une qualité rédemptrice ou si cela me rendait simplement stupide.

Un autre type m'interpella au coin de la rue. Je fronçai le nez en signe de dégoût mais continuai à avancer. L'odeur corporelle envahissait mes narines et j'accélérai le rythme de mes pas. La ville était belle de loin, la nuit, mais de près, c'était l'horreur.

La rue était jonchée de détritus. De nombreux magasins étaient fermés. De gigantesques grilles métalliques en bloquaient l'entrée. D'épais barreaux recouvraient les fenêtres visibles, protégeant la marchandise à l'intérieur des criminels qui se promenaient dans les rues après la fermeture des bars.

Je soupirai, levant les yeux vers le ciel nocturne. Les étoiles étaient un peu plus brillantes que d'habitude. Je pouvais apercevoir un tout petit bout de lune, qui ne jetait pas beaucoup de lumière sur le trottoir en dessous. L'obscurité qui régnait autour de moi semblait particulièrement dévorante.

J'accélérai le pas. Il ne restait plus que deux rues à parcourir et je pourrais ouvrir le cabernet que j'avais acheté et lire jusqu'à ce que je m'évanouisse. Mon premier cours n'ayant attachée à mon porte-clés. Le métal se planta dans ma paume, mais je n'osai pas desserrer ma prise.

Le ronronnement d'un moteur gronda, montant légèrement en régime quelques rues plus loin. J'avançai un peu plus vite, mais le doux bruit de l'accélérateur commença à s'intensifier. Je tournai la tête juste assez pour voir un gros SUV noir rouler dans la rue. La sonnette d'alarme se déclencha dans ma tête lorsque je réalisai qu'il roulait beaucoup plus lentement qu'il ne l'aurait dû. Ce n'était pas quelqu'un qui rentrait chez lui après une soirée dans un bar. Ils étaient à la recherche de quelqu'un.

Je levai le regard. Mon immeuble n'était plus très loin. Je baissai la tête et remontai ma veste sur mes épaules. Elle était trop grande pour moi, mais je l'aimais bien. La doublure en tissu doux était luxueuse contre ma peau. Je me penchai vers l'arrière et relevai la capuche, cachant ainsi les longues et épaisses vagues de mes cheveux.

J'aurais dû le faire plus tôt.

Le grondement du moteur augmenta et reprit de plus belle. Il était beaucoup plus proche maintenant. Il rugit soudain et mon cœur bondit dans ma gorge. Paniquée, je descendis le pâté de maisons aussi vite que possible.

Ce qui était stupide, en réalité. Les jambes humaines n'étaient même pas capables de distancer une putain de voiture.

Mes talons résonnaient sur les pavés. Lorsque je jetai un coup d'œil en arrière, je vis que le SUV fonçait sur moi. L'une des portes s'ouvrit et un homme en sortit, suivi d'un autre sur le siège avant. Instinctivement, je sortis mon spray au poivre pour tenter de me protéger, mais je n'eus pas le temps de viser. Dans ma panique, je ratai ma cible et les deux hommes se rapprochèrent de moi. Ils étaient massifs, tous deux dépassaient largement le mètre quatre-vingt-dix et étaient bâtis comme des défenseurs.

Je ne mesurais qu'un peu plus d'un mètre cinquante. J'étais incapable de faire la moindre poussée. Je n'avais aucune chance contre eux. Leurs bras se refermèrent sur moi et je criai, mais je savais que personne ne viendrait. Personne ne se souciait de qui que ce soit dans cette ville. Cela faisait partie des principes directeurs des New-Yorkais.

Une main massive se plaqua sur ma bouche et j'essayai de la mordre, mais je ne parvins pas à faire levier. L'un des hommes grogna en me forçant à passer les bras dans le dos. Des anneaux métalliques s'accrochèrent à chaque poignet et je criai, ne réalisant que trop tard qu'il s'agissait de menottes. Je criai à nouveau, sans me soucier du fait que le son était étouffé. Je donnai des coups de pied et me tordis pour me dégager, mais rien n'y fit. Ils étaient massifs, forts, et ils me poussèrent sur la banquette arrière du SUV surdimensionné avec une facilité terrifiante et écrasante.

Mon dos heurta le siège en cuir et je poussai un cri lorsque le métal pinça la peau de mes poignets. Les menottes étaient trop serrées et je me mordis la lèvre, sachant qu'elles risquaient de laisser des traces, si jamais elles étaient enlevées. Je luttai pour respirer régulièrement, tentant de tenir à distance ma trépidation grandissante. Je croisai les doigts, relevai la tête et tentai de dissimuler les tremblements de mon corps.

Est-ce que le moment était venu ? Ma vie allait-elle se terminer ainsi ?

Je profitai de ces brefs instants pour me rendre compte de ce qui m'entourait. Le SUV était installé comme l'arrière d'une limousine. Il y avait un chauffeur, mais je ne pouvais pas distinguer son visage à travers la cloison teintée. Deux des brutes qui m'avaient capturée étaient assises en face de moi.

Quelqu'un me mit un bandeau sur le visage, me coupant la vue. Il se racla la gorge et je refoulai mes larmes. Je ne voulais pas mourir. Ce n'était pas ainsi que ma vie était censée se dérouler.

— Elle en vaut vraiment la peine, patron ? C'est votre dernière chance de faire marche arrière, murmura l'un des hommes. Il avait l'air rationnel, au moins. Potentiellement gentil, en tout cas, pour un criminel qui kidnappe des femmes dans la rue. J'aurais pu peut-être en profiter. Au point où j'en étais, j'aurais accepté n'importe quoi.

— Cette salope ? Oh, elle va avoir ce qu'elle mérite, répondit un autre, mais sa voix était nettement différente de la première. Il avait l'air plus jeune et je me recroquevillai sur moi-même en m'enfonçant le plus possible dans mon siège.

— Pourquoi elle ? Vous avez tout l'argent du monde. Vous pourriez acheter n'importe quelle femme pour une nuit, mais vous choisissez celle-ci ? demanda doucement M. Rationnel. Le siège grinça lorsqu'il s'assit. Il s'était installé à côté de moi.

— Non, il faut que ce soit celle-là. Je vais diriger la famille différemment de mon père, cet enfoiré arrogant. Je veux que tout le monde sache que c'est moi qui commande et que quand je donne un ordre, ils obéissent, poursuivit l'autre voix. Il se pencha vers moi. Je n'avais pas besoin de le voir pour savoir que son visage était à quelques centimètres du mien.

Le whisky dans son haleine me disait tout ce que j'avais besoin de savoir.

Ses doigts glissèrent le long de ma mâchoire, jusqu'à mon front. Il saisit le bandeau et l'arracha, m'égratignant la joue au passage.

Les lumières du plafond étaient allumées. Je pouvais voir son visage. Je le connaissais.

Anthony Montagna.

Il ne bougea pas, mais c'était comme s'il avait traversé la voiture et m'avait giflée. Je voulais dire quelque chose, mais rien ne sortait.

Aujourd'hui encore, je me souvenais de la sensation de sa poigne sur mon bras, comme si elle était gravée dans ma chair. J'en avais la chair de poule rien que d'y penser.

Lui et moi avions fréquenté le même pensionnat. Je n'avais pas su qui il était avant ma dernière année d'études. Il m'avait toujours semblé être une sorte de connard arrogant, mais j'étais restée en dehors de son chemin et surtout sous le radar, du moins c'est ce que je croyais.

Notre lycée était chic. Tous les élèves étaient ridiculement riches, le genre de riches qui n'avaient pas besoin de travailler un seul jour de leur vie. Tout le monde sortait déjeuner dans des restaurants chics tous les jours, sauf moi.

Je me cachais derrière l'école et mangeais mon repas dans un sac, trop gênée pour laisser quelqu'un voir le triste état de mon jambon-fromage dans du pain de blé. Il l'avait pourtant remarqué.

Je me souvenais de ce jour comme si c'était hier. C'était en dernière année, environ une semaine après mon dix-huitième anniversaire, lorsqu'il était venu me chercher.

J'avais mes écouteurs dans les oreilles et je ne l'avais pas entendu arriver. Avant même que je ne comprenne ce qui se passait, ses doigts s'étaient enroulés autour de mon poignet et il m'avait projetée contre un mur. Immédiatement, son corps avait entouré le mien, me plaquant contre la brique et m'empêchant de m'échapper.

Il m'avait arraché les écouteurs des oreilles, son avant-bras était pratiquement plaqué contre mon cou, tandis que son autre main tripotait mes seins.

— Regarde-toi, cachée ici comme une vulgaire petite pute, attendant qu'un homme comme moi vienne te prendre et te donner exactement ce que tu mérites, avait-il grogné.

— Lâche-moi, avais-je fulminé. Tu n'as aucun droit.

— J'ai tous les droits. Sais-tu seulement qui je suis, Ava Richardson ? Parce que je sais tout de toi, avait-il répliqué. Ses doigts s'étaient enroulés autour du col de ma chemise blanche, et il l'avait déchirée, dévoilant le soutien-gorge en coton bon marché que je portais en dessous.

— Lâche-moi, Tony. Je vais crier, avais-je répliqué furieusement. Je savais qu'il détestait le nom Tony. Il avait toujours corrigé tous les professeurs qui avaient eu l'audace de l'appeler par ce surnom. Cela le faisait passer pour l'une des têtes de nœuds les plus prétentieuses de toute l'école.

— Je vais faire plus que te faire crier, avait-il répondu, et j'avais grogné de colère. Je m'étais tordue et j'avais levé ma jambe, lui donnant un coup de genou dans les couilles avec une férocité dont j'étais encore fière aujourd'hui. Il s'était effondré en poussant un grand cri, et je l'avais repoussé au sol, m'échappant aussi vite que possible. J'avais couru jusqu'à mon dortoir et n'en étais plus ressortie ce jour-là. Le lendemain matin, j'avais réorganisé mon emploi du temps pour éviter tout cours avec lui. J'avais commencé à me cacher dans la bibliothèque pour le déjeuner et après la fin des cours, je m'assurais de filer des groupes de filles qui rentraient au dortoir.

Ça avait marché. Du moins, c'était ce que je pensais jusqu'à présent.

Je fixai ses yeux bruns et froids, constatant qu'il n'avait rien perdu de l'arrogance dont je me souvenais. Il me regardait toujours comme si je lui devais quelque chose, comme s'il était meilleur que moi simplement parce qu'il avait grandi dans l'étreinte de la réussite de ses parents.

— Ce n'est qu'une fille, patron, poursuivit le plus logique.

— Non, ce n'est qu'une fille, Jon, répondit Anthony, et je déglutis.

— Qu'est-ce que tu veux ? dis-je en déglutissant.

— Il y a toutes ces années, tu t'es mis dans la tête que tu pouvais dire non à un homme comme moi, mais maintenant que tout me sourit enfin, il est plus que temps que je prenne enfin ce que je mérite, cracha-t-il.

— Tu vas me tuer ? demandai-je doucement.

— Peut-être. Je n'ai pas encore décidé. Peut-être qu'après t'avoir baisée jusqu'au sang, je te donnerai à Jon, là-bas, pour qu'il en profite, pensa-t-il.

— Les gens remarqueront que j'ai disparu. Tu ne peux pas me kidnapper, me violer et me tuer en espérant t'en tirer comme ça, dis-je en me moquant.

— Tu ne sais toujours pas qui je suis, n'est-ce pas ? sourit-il. Mon estomac se retourna à la lueur maléfique de son regard. Je n'étais pas de taille, et il le savait.

— Tu es Anthony Montagna. Tu es riche. Je sais, rétorquai-je, et il gloussa, le son me glaçant jusqu'à l'os.

— Je suis riche, bien sûr, mais ce n'est même pas un dixième de ce dont il s'agit. Je suis l'homme le plus puissant de la ville. Quand je dis à quelqu'un de sauter, il saute. Si je leur ordonne de courir, ils courent, et si je décide que quelqu'un doit être tué, ce n'est qu'une question de temps avant qu'il ne soit plus qu'un cadavre, répondit-il.

— Qu'est-ce que tu veux dire ? demandai-je, la voix tremblante.

— Tu m'as renié, Ava, et cela exige des explications. Je vais vraiment apprécier tes cris de pitié quand je t'apprendrai enfin ce qui arrive quand on dit non à un chef, poursuivit-il.

Nom d'un chien. Il faisait partie de la mafia.

— Je ne sais pas pourquoi mon père t'a protégée dans le passé. Je serais venu te chercher il y a longtemps sans lui, mais il est mort maintenant. Il a énervé des gangsters de Brooklyn et s'est pris une balle entre les deux yeux pour sa faute. Maintenant, il n'y a plus que moi et j'ai l'intention de diriger la ville différemment de lui. Je vais changer la façon dont les choses sont faites ici, et je vais commencer par toi, déclara-t-il, et un petit cri étranglé s'échappa de ma bouche. Je serrai les lèvres pour essayer de le dissimuler, mais je compris qu'il l'avait entendu à l'expression de jubilation dérangée qui passa sur son visage.

Le téléphone d'Anthony sonna et il tourna la tête. Une main frôla ma cuisse et je me dégageai d'un coup sec. C'était Jon et je relevai les yeux vers lui avec méfiance. Ses yeux étaient d'un acajou profond, mais mouchetés de taches plus claires de vert et de noisette. Ils étaient sévères, mais il y avait dans leur profondeur une bonté que je n'avais pas remarquée auparavant. Son nez était oblique, comme s'il avait déjà été cassé. Sa barbe de plusieurs jours ombrageait son menton, lui donnant une aura un peu plus dangereuse, mais quelque chose me disait que je serais en sécurité avec lui.

Il porta un seul doigt à ses lèvres, exhibant ce qui ressemblait à une petite clé métallique dans l'autre. Il me fit signe de me retourner et il me fallut un moment pour comprendre ce qu'il voulait dire. Je tournai légèrement mon corps et il me passa la main dans le dos. Je ne saurais dire ce qui se passa, mais il glissa la clé dans la serrure. Chaque menotte se desserra, juste assez pour libérer la douleur du métal. Je bougeai les mains, réalisant que si je le voulais, je pourrais m'en libérer.

Son doigt tourna à nouveau. Je le regardai avec méfiance, mais il ne dit pas un mot. Il me regarda avec une sorte de tristesse, et peut-être un soupçon de regret. Je cherchai son regard et il s'adoucit sensiblement, suffisamment pour que je lui fasse un tout petit peu confiance.

Je ne savais pas exactement pourquoi, mais je tournai à nouveau le dos au siège. Je croisai à nouveau le regard de Jon. Je ne savais pas exactement quelle était sa position dans la mafia, mais j'avais vu *Le Parrain* plusieurs fois en grandissant. C'était l'un des films préférés de mon père.

Je connaissais la structure de base du pouvoir dans une famille mafieuse. Il y avait un patron qui avait le dernier mot sur tout. Il était généralement conseillé par un « consigliere », mais en fin de compte, il prenait les décisions qu'il jugeait appropriées. Jon était soit son conseiller, soit le sous-patron, mais je ne savais pas encore lequel des deux.

Il était clair pour moi que les hommes qui m'avaient empoignée n'étaient rien d'autre que des brutes gigantesques, des soldats de l'armée mafieuse d'Anthony qui obéissaient à tous ses ordres, aussi ridicules ou violents qu'ils puissent être. Ils n'avaient pas dit un mot pendant tout ce temps.

Le SUV s'arrêta à un feu rouge. Le moteur tourna au ralenti, dans un grondement doux qui fit vibrer les sièges sous moi. Jon se pencha sur moi, et je m'écartai, le regardant attraper quelque chose sur la portière. C'était un téléphone portable. Il bipa doucement. Il jeta un coup d'œil vers le bas et l'écran éclaira son visage.

— L'appartement est prêt pour moi ? demanda Anthony avec agacement.

— Absolument. Ils voulaient juste savoir si vous vouliez la Rolls Royce ou la Lamborghini pendant votre séjour, marmonna Jon.

— La Rolls. Absolument. J'aurai envie de fêter ça quand j'en aurai fini avec ce merdier et rien ne rappelle autant l'argent et le pouvoir que cette voiture, sourit Anthony, qui me lança un regard noir.

Il me fixa comme si je n'étais rien de plus que la saleté sous ses chaussures. Ses yeux parcouraient mon corps de haut en bas, m'imaginant sans doute nue, et je faillis avoir un haut-le-cœur de dégoût.

J'avais envie de lui arracher les yeux.

Je me détournai, ne voulant pas en voir plus. Le feu passa au vert et je jetai un coup d'œil dans la direction de Jon. Par-dessus son épaule, il y avait deux phares extrêmement brillants et je réalisai avec effroi qu'ils se rapprochaient. Ils avaient un feu rouge. Ils étaient censés s'arrêter.

Mais ils ne le firent pas.

Avant que je puisse crier et avertir tout le monde, Jon jeta son corps sur le mien, me plaquant contre le siège. Les phares se mirent à briller d'une lumière écrasante. Les freins grincèrent et le crissement chaud de la gomme sur l'asphalte résonna effroyablement fort, se gravant dans ma mémoire. Le SUV tout entier subit une forte secousse. L'avant de la voiture pivota, s'élançant en direction d'un poteau téléphonique.

Le temps semblait ralentir tandis que je voyais ce simple poteau en bois foncer sur nous. L'un des hommes cria de douleur. Un autre cria de panique. Le temps sembla se figer au moment de l'impact. Le verre se brisa bruyamment et les lumières tournoyèrent. Le corps d'Anthony fut projeté sur le côté et sa tête heurta le cadre de la porte. Ses yeux se révulsèrent et il s'affaissa vers l'avant, complètement assommé.

Il n'avait pas bouclé sa ceinture de sécurité.

Le corps de Jon était lourd contre le mien et c'est à ce moment-là que je réalisai qu'il s'était serré tout autour de moi à l'intérieur de la voiture. Il s'était servi de son corps pour me maintenir en place, comme s'il avait su que l'accident allait se produire.

Il saisit la portière et l'ouvrit d'un coup sec, grognant en se retirant.

— Dépêche-toi. Cours. Trouve un endroit sûr où te cacher, ordonna-t-il férocement, et je m'arrêtai une fraction de seconde avant de tirer parti de la situation. Je ne perdis pas de temps pour libérer mes mains des menottes métalliques, les jetant sur le sol à l'extérieur alors que je sortais de la voiture en titubant. Ma cheville se tordit, mais j'ignorai la douleur en me jetant en avant et en profitant du chaos qui régnait.

Je fis le point sur mon corps en sprintant dans la rue. Je n'étais pas blessée. Bien sûr, je serais probablement courbaturée demain matin, mais c'était Jon qui avait encaissé le plus gros de l'impact. Son bras avait maintenu ma tête immobile. Son torse m'avait plaquée contre le siège. Il avait fait ça avant que la voiture ne nous percute. Il le savait. C'était impossible qu'il ne le sache pas.

Je sprintai dans les rues sombres, bifurquant à gauche vers Central Park. Des réverbères éclairaient encore la zone, mais il était facile d'éviter leur lumière.

Poussée par la peur et l'adrénaline, je fonçai dans la nuit. Des larmes coulaient sur mon visage. Mais je n'avais pas le temps de pleurer. Je devais juste sortir de là avant qu'Anthony ne se réveille et ne se rende compte que j'étais partie.

Je réprimai un sanglot en réalisant que j'étais maintenant en fuite pour échapper à la mafia. Je ne savais pas combien de temps il me restait, mais ils allaient me chercher. L'accident avait été grave, mais pas assez pour tuer quelqu'un, du moins d'après ce que j'avais vu.

Anthony ne s'était pas cogné la tête contre la porte assez fort pour mourir.

Il s'était réveillé. Je ne savais pas quand ni combien de temps il resterait dans la nature, mais même moi je savais que la mafia avait assez d'argent et de relations pour me retrouver où que j'aille. Je pouvais aller voir mon oncle, mais cela le mettrait aussi en danger. Je ne pouvais pas rentrer chez moi. Ils savaient où je travaillais. Il n'était pas absurde de penser qu'ils savaient où je vivais.

Il était bien plus de deux heures du matin.

J'avais mes pourboires en liquide dans ma poche, mais cela ne suffirait pas à me faire entrer dans un hôtel. Il n'y avait pas un seul endroit à New York qui laissait un client se présenter sans carte de crédit et utiliser la mienne alerterait tous ceux qui me cherchaient déjà.

J’aurais pu tout aussi bien me tenir au sommet d'un immeuble et crier où je me trouvais.

Un néon clignotant attira mon attention. Tous les restaurants et magasins de la rue étaient fermés, à l'exception d'un seul.

Je me précipitai vers lui, sans vraiment me soucier de ce que c'était. J'avais juste besoin d'un endroit où m'asseoir, reprendre mon souffle et réfléchir à ce que j'allais faire.

Je n'avais même pas réalisé qu'il s'agissait d'un petit restaurant italien avant de pousser la porte. De l'extérieur, il avait l'air un peu sordide et peut-être un peu délabré, mais à l'intérieur, il y avait une élégance discrète qui témoignait d'un propriétaire soucieux de son affaire.

Je me glissai dans une cabine à l'écart des fenêtres et soupirai. Je pressai mes mains contre mon visage, me cachant de la réalité pendant quelques instants de bonheur avant d'essayer de comprendre où je me trouvais.

Je fixai le sol, me perdant dans le tourbillon des grains de bois taché. Ils étaient balayés. Chaque table était recouverte d'une nappe d'un blanc immaculé. Les banquettes étaient recouvertes d'un élégant cuir bordeaux. Les murs étaient en brique et l'éclairage était faible dans tout le restaurant, mais cela lui donnait une touche plus romantique, éclairée à la bougie. Dans l'ensemble, l'atmosphère familiale me mettait encore plus à l'aise.

Mon estomac gargouilla lorsque je me détendis et que j'inspirai profondément. L'arôme de la sauce, du pain et des épices m'enveloppa comme une étreinte chaleureuse, et je sursautai lorsqu'un homme s'approcha de la table. Il glissa un menu devant moi et je le regardai avec méfiance lorsqu'il posa un verre d'eau sur la table.

Je jetai un coup d'œil vers le bas et commandai rapidement la première chose que je vis.

— Je peux avoir deux parts de pizza ? demandai-je rapidement.

— Quelles garnitures ? demanda-t-il. Il n'avait pas sorti de bloc-notes ou quoi que ce soit d'autre.

— Tout ce que vous avez en stock. Je ne suis pas difficile, dis-je en souriant.

— Compris. Je reviens tout de suite avec ça, répondit-il.

Lorsqu'il partit, je me mordis la lèvre et pressai mes doigts contre la table pour les empêcher de trembler. J'avais besoin de réfléchir et de trouver la marche à suivre.

Ce n'était pas comme au cinéma. Il n'y avait personne à qui je pouvais demander de me sauver. J'avais confiance en mon oncle, mais il n'y avait aucun moyen d'entrer en contact avec lui sans me dévoiler. D'après ce que je savais, il était en voyage d'affaires quelque part en Europe et ne devait pas revenir avant plusieurs semaines.

Je ne pouvais pas rentrer chez moi. Il était également hors de question de retourner sur le campus. Je ne savais pas non plus si la police m'aiderait. Il ne m'avait pas encore fait de mal.

Il allait falloir que je trouve une solution.

Le serveur revint avec deux grandes parts de pizza et un verre de vin rouge. Il les glissa devant moi et je le regardai d'un air confus.

— Je n'ai pas commandé de vin, protestai-je, et il secoua la tête.

— Ne vous inquiétez pas, il est offert par la maison, me dit-il. C'est offert par la maison, dit-il rapidement.

Mes lèvres s'entrouvrirent et se refermèrent. J'aurais dû dire que je n'en voulais pas. J'aurais dû le renvoyer, mais le problème était que mes nerfs étaient à vif et qu'un verre de vin me semblait une sorte d'aubaine.

— Vraiment ? demandai-je à voix basse.

— Oui, vraiment. Vous avez l'air d'en avoir besoin ce soir, dit-il en souriant chaleureusement, et je pris une gorgée. Des notes de mûre, de prune et de cerise noire éclatèrent sur ma langue, suivies de nuances de chocolat et de poivre noir, puis d'un final fumé.

C'était un bon verre de Malbec. Un très bon verre.

Rien qu'au goût, je savais qu'il ne s'agissait pas d'un simple vin de la maison, mais d'une bouteille coûteuse. Je levai la tête pour interroger le serveur, mais il avait disparu quelque part dans le fond.

Je pris une nouvelle gorgée avec hésitation, essayant de me détendre malgré la panique qui s'emparait de moi. Mon estomac gronda à nouveau et je pris une bouchée d'une des parts de pizza. Chaque ingrédient formait une combinaison délicieuse qui témoignait de sources impeccables. La sauce était légèrement sucrée, mais le goût maison de l'ail, du sel et des tomates fraîches transparaissait. Les épices semblaient simples. La croûte était croustillante, mais moelleuse à l'intérieur, et le fromage était de la vraie mozzarella.

Je mâchai pensivement, en essayant de réfléchir aux options qui s'offraient à moi.

Quelque chose clignota dans le coin du restaurant et je poussai un cri de surprise. Aussitôt, je plaquai ma main sur ma bouche.

Un homme était assis dans le coin. Sa montre avait attiré la lumière.

Après avoir repris mon souffle, je retirai ma main de ma bouche, essayant de faire comme si j'étais tout à fait normale et que je ne perdais pas la boule.

Il était plutôt inquiétant, à vrai dire. Le genre d'homme que même les mafieux fuient. Même s'il était assis, je pouvais voir qu'il était très grand. Je ne pouvais pas distinguer les détails, mais ses bras étaient couverts de tatouages. Chacun d'entre eux semblait accentuer la fermeté tendue de ses muscles. Ses biceps fléchissaient. Je fus momentanément distraite par le bleu intense de son regard. Pendant une seconde, j'eus l'impression que ce n'était pas naturel, mais je détournai le regard, me disant que je souffrais probablement de stress post-traumatique et que je venais peut-être de perdre la raison.

Je repris une bouchée de pizza et mâchai en silence, feignant le calme et la normalité du mieux que je pouvais.

Lorsque je relevai la tête, il était en train de m'observer. Quand mon regard se posa sur le sien, il ne détourna pas la tête.

Sa mâchoire était couverte d'une épaisse barbe, mais elle était bien entretenue et taillée pour épouser la forme de son visage. Ses yeux, d'un bleu intense, brillaient comme des pierres précieuses, captant parfaitement la faible luminosité.

Je me mordis l'intérieur de la joue. Sa présence dans la pièce me paraissait écrasante et je déglutis difficilement, essayant désespérément de ne pas le laisser prendre le dessus sur moi. Je baissai le regard, étudiant la façon dont son t-shirt noir épousait son torse. Une paire de chaussures en cuir lustré apparaissait sous la nappe. Je n'en étais pas certaine, mais il semblait porter un jean bleu foncé.

Il était imposant, du genre de ceux que les riches célébrités engagent comme gardes du corps. En silence, il pencha la tête sur le côté, m'observant attentivement. Je m'attendais à ce qu'il dise quelque chose, qu'il me harcèle peut-être sur le fait que j'étais une femme seule dans la rue au milieu de la nuit, mais il ne dit rien.

Putain de merde. Et s'il était aussi sous les ordres d'Anthony ?

Il fallait que je parte d'ici, et vite. J'avais assez d'argent pour acheter un billet de train au moins. Il fallait juste que je bouge.

Je poussai mes paumes contre la table et me levai, manquant de renverser le vin au passage. Avec un sursaut de surprise, je le rattrapai avant qu'il ne se répande partout. Je fouillai dans ma poche et en sortis un billet de vingt, quand l'homme dans le coin s'éclaircit la gorge.

— Je ne sais pas qui tu fuis, mais ceux qui te poursuivent ne te dérangeront pas ici. Tu peux prendre ton temps et finir ton repas avant de t'asseoir avec moi et de me raconter ton histoire, dit-il.

Le doux grondement de sa voix fit battre mon cœur dans ma poitrine. C'était comme un grognement calme et apaisant qui se répercutait au plus profond de mes os. Le genre de voix que j'avais toujours attribué aux hommes dignes de se pâmer dans tous les livres que je lisais, qu'il s'agisse d'un pirate de cape et d'épée, d'un duc sexy ou d'un mafieux obsessionnel et intrépide qui ferait n'importe quoi pour les femmes qu'il aime.

Le genre de voix qui faisait fondre votre culotte presque instantanément.

Putain de merde. J'avais vraiment perdu la boule.

Je restai debout et levai le menton juste assez pour croiser son regard dur. Je jetai un coup d'œil de lui à la porte, essayant de deviner combien de temps il me faudrait pour sprinter depuis mon siège et me rendre jusqu'à la porte.

CHAPITRE DEUX

Ava

— Tu es en sécurité ici. Prends ton temps et finis ton repas, ajouta-t-il doucement.

Je ne saurais dire pourquoi, mais je me rassis. Peut-être était-ce la gentillesse chaleureuse qui se dégageait de chacun de ses mots, ou le fait qu'il n'ait pas fait un geste pour se lever et me stopper comme je m'y attendais. Alors que mon dos frôlait le cuir du siège, je jetai un coup d'œil à ma part à moitié mangée et pris une autre bouchée.

Est-ce que ça serait grave si je restais un peu plus longtemps ?

Je mangeai le reste de cette part en silence. Après avoir hésité à entamer la deuxième, je commençai à entendre le rugissement d'une voiture qui passait à toute allure dans la rue. Il y eut un autre crissement de freins, suivi d'un puissant coup de klaxon qui me figea. Je regardai vers la fenêtre, sans rien voir d'autre que le scintillement angoissant d'un lampadaire.

C'était un mauvais présage.

Je pris une grande inspiration. Mes mains tremblaient en attrapant le verre de vin. Après avoir bu une grande gorgée, je jetai un coup d'œil à l'homme qui se trouvait dans le coin.

Il m'observait toujours. Et s'il était lié à Anthony d'une manière ou d'une autre ? Et s'il avait un moyen de lui dire que j'étais ici, et que son travail consistait simplement à me garder ici jusqu'à ce que la mafia vienne me chercher ? Je fixai la nappe fine, étudiant la façon dont les fils s'entrecroisaient et repoussant mes larmes devant le chaos total dans lequel ma vie s'était transformée en l'espace de quelques heures.

L'homme dans le coin ne bougea pas. Il fouilla dans sa poche et en sortit un téléphone portable.

Cela aurait pu être un geste innocent. Pour ce que j'en savais, il pouvait n'être qu'un client très connu, ou même le propriétaire de l'endroit, mais il était aussi tout à fait possible que j'aie eu la malchance de tomber sur l'un des commerces de la ville dans lesquels Anthony mettait son grain de sel. Les familles mafieuses ont de nombreux contacts. Elles avaient des liens avec la police, le monde des affaires, le jeu, la drogue, etc.

Sortir de la ville serait-il suffisant ? Jusqu'où devrais-je aller ? Était-il possible de repartir à zéro quelque part ou devrais-je regarder par-dessus mon épaule pour le reste de ma vie ?

Je fermai les yeux. Il fallait que j'aille ailleurs. Je pouvais me faufiler dans l'entrée arrière de la bibliothèque du campus et m'y cacher pendant un certain temps jusqu'à ce que je trouve quelque chose. Avec une hâte croissante, je terminai la deuxième part de pizza et engloutis le reste du vin. L'homme semblait préoccupé, alors je me levai et me glissai vers la porte aussi silencieusement que possible.

Le serveur qui s'était occupé de moi était introuvable. En jetant un coup d'œil autour de moi, je vis que l'endroit était désert. Je sortis mon téléphone de ma poche.

Pas étonnant, il était près de quatre heures du matin.

Ce qui signifiait que j'étais ici toute seule avec l'homme dans le coin.

Je continuai à avancer vers la porte et il se racla la gorge. Je m'immobilisai et m'en voulus.

— Tu es en sécurité. Je te promets que celui que tu fuis ne te trouvera pas ici, dit-il, et je sursautai, ne pouvant m'empêcher de jeter un coup d'œil à ses yeux bleus bienveillants. Ses biceps fléchirent tandis qu'il buvait une gorgée de sa boisson et je me mordis l'intérieur de la joue. S'il s'approchait de moi, je ne pourrais pas le repousser. Il pourrait me briser comme une brindille.

— Viens, je t'en prie. Assieds-toi avec moi et raconte-moi ton histoire, me dit-il, mais je résistai à l'envie de faire ce qu'il me demandait. Comment faire confiance à un inconnu dans un moment pareil ? Et si tout cela n'était qu'un stratagème pour me garder ici jusqu'à l'arrivée d'Anthony avec l'intention explicite de me violer et de m'assassiner dès qu'il en aurait fini avec moi ?

— Je ne peux pas, dis-je à voix basse, et je me rapprochai à nouveau de la porte.

— Tu es en sécurité ici. Tu es en sécurité avec moi, répéta-t-il. La panique, la peur et le stress me frappèrent de plein fouet et les larmes que j'avais essayé de retenir toute la nuit se libérèrent. Les unes après les autres, elles coulèrent sur mes joues et je m'effondrai physiquement. Je me serais probablement roulée en boule sur le sol si je n'avais pas été entourée de bras épais et forts.

Ses muscles semblaient encore plus énormes de près. Je ne pouvais pas m'éloigner. Honnêtement, je n'en avais pas envie. C'était si agréable d'être tenue ainsi. Il me dominait et me serrait contre lui. Ma joue frôla son torse et je cédai, me laissant complètement encercler par lui. Son cœur battait bruyamment, comme un battement de tambour constant et apaisant.

Je ne savais pas pourquoi cela importait, mais j'espérais qu'il ne penserait pas que j'étais folle. Je n'aurais pas dû m'en soucier. C'était un parfait inconnu, mais d'une certaine manière, dans ses bras, il me semblait être bien plus que cela.

Il me tint dans ses bras pendant un moment. Je ne saurais dire combien de temps, mais j'avais l'impression que cela durait une éternité, jusqu'à ce que mes larmes commencent à sécher. Je clignai des yeux pour faire disparaître les dernières, soudain plus gênée que jamais maintenant que toute cette émotion s'était exprimée.

Je reniflai, son odeur m'attirant dans ses griffes.

C'était un arôme enivrant. Des notes d'agrumes, de gingembre et de bois de santal m'entouraient, me retenant prisonnière d'une promesse ténue de sécurité.

— C'est bon. Tout va bien. Je te tiens, me répondit-il dans un grondement de voix. La façon dont ses mots se répercutaient en moi, une douce chanson de violon apaisante qui suffisait enfin à me détendre dans ses bras.

— Je ne connais même pas votre nom, marmonnai-je anxieusement.

— Je m'appelle Cyrus, et tu peux me tutoyer, répondit-il calmement. Il se recula d'un cheveu, suffisamment pour glisser son doigt sous mon menton. Doucement, il le souleva suffisamment pour que mes yeux rencontrent les siens. Maintenant, dis-moi le tien, chuchota-t-il.

La douceur de ses mots fit bondir mon cœur.

— Ava, murmurai-je, perdue dans les bassins de saphir qu'étaient ses yeux.

Au premier abord, j'avais simplement pensé qu'ils étaient bleus, mais ils étaient bien plus que cela. Ils étaient le calme ondulant de l'océan des Caraïbes. Le grondement tumultueux d'une cascade. L'éclat profond d'une pierre précieuse. L'éclat argenté de la lune. Ils étaient tout cela et plus encore, et je me surpris à les regarder avec émerveillement.

Le reste de son corps était ferme. Dangereux. Fort.

Mais pas ses yeux. Ils étaient différents. Quand il me regardait, je ne sentais rien d'autre que de la sécurité au fond d'eux.

— Dis-moi qui tu fuis, me dit-il doucement.

J'ouvris la bouche, prête à raconter mon histoire, mais quelque chose m'en empêcha. Ce n'était pas de son fait, mais de ma propre peur qui m'en empêchait. Mon histoire était du genre à figurer dans un livre ou un film. Ce genre de choses n'arrive pas aux gens normaux.

Il ne me croirait pas. Il pensait probablement déjà que j'avais perdu la tête. J'étais tombée dans cet endroit au milieu de la nuit, j'avais mangé un repas et j'avais fait une dépression juste avant d'essayer de partir.

Je ne voulais pas qu'il ait encore moins d'estime pour moi si je lui racontais la réalité de ce qui s'était passé ce soir, comment une simple fille comme moi s'était attiré les foudres d'un puissant et dangereux caïd de la mafia.

Son étreinte autour de moi ne faiblissait pas, toujours aussi stable et forte.

Je mentis donc.

— Je me suis disputée avec mon petit ami, dis-je.

Il soupira lourdement et, pendant un instant, je craignis qu'il ne me croie pas.

— Tu as besoin d'un endroit où passer la nuit ? demanda-t-il doucement. Pour la millième fois, sa voix grondait en moi, apaisante et douce, et mes entrailles me criaient de lui faire confiance.

— Je n'ai nulle part où aller. Il m'a virée de notre appartement, marmonnai-je. Je me détestais de mentir, mais je n'avais pas d'autre choix. Je ne pouvais faire confiance à personne, pas même à mon intuition.

— Mon appartement est à l'étage. Pourquoi ne viendrais-tu pas avec moi, et je te préparerai une chambre d'amis pour la nuit, me répondit-il. Il y avait une certaine tendresse dans son ton qui ne pouvait être feinte. À l'offre d'un lit confortable, une vague d'épuisement me frappa et je dus étouffer un bâillement.

— Je ne devrais pas, commençai-je, mais il secoua la tête.

— Ce n'est pas un problème. Tu peux te reposer tranquillement et régler les choses demain matin. Il ne te trouvera pas ici, dit-il résolument, et je fis un signe de tête hésitant avant de réaliser ce que je faisais.

Son emprise sur moi se desserra, glissant jusqu'au bas de mon dos. Il me guida vers l'avant, plaçant son corps entre le mien et la sortie, comme s'il savait que j'étais prête à m'enfuir à tout moment.

— C'est par là, me dit-il en traversant la cuisine pour rejoindre un couloir à l'arrière. Une fois la porte franchie, il la referma derrière nous et la verrouilla à l'aide d'une clé. Je faillis dire quelque chose, mais il ouvrit une autre porte qui révéla un escalier. Il poussa un peu plus fort sur mon dos, m'acculant à l'intérieur et m'empêchant de m'échapper, de sorte que le seul chemin que je pouvais emprunter était celui du haut.

Il avait peut-être raison. J'étais très fatiguée. Il me fallait dormir.

— S'il vient à la porte... commençai-je.

— Il n'entrera pas. Je te le promets. Et même s'il le faisait, il faudrait qu'il me passe sur le corps avant de poser un seul doigt sur toi, grogna-t-il. Il y avait un côté dangereux dans ce grondement délicieux et je savais au fond de moi qu'il pensait chaque mot. Tu es en sécurité ici avec moi. Rien ni personne ne te fera de mal quand tu seras sous ma protection, Ava.

Je tournai la tête et montai le reste des marches, laissant son vœu de protection m'envelopper. Je me laissai convaincre, me disant que ce n'était que pour la nuit, pour que je puisse dormir un peu. Je serais plus lucide demain matin, et je serais capable de comprendre ce que je devais faire.

— D'accord, je te crois, dis-je en souriant faiblement.

— Bonne fille.

Mon cœur se resserra. Ces deux mots avaient pratiquement enflammé mon corps. J'étais reconnaissante que mon soutien-gorge cache mes mamelons soudainement dressés. Mes doigts se crispèrent sur les bords de ma veste, la rapprochant comme si cela pouvait cacher le fait que mon clito s'était soudain mis à palpiter avec une urgence vicieuse.

C'était officiel. J'avais perdu la boule.

Cet homme ne m'avait montré que de la gentillesse et j'étais quasi prête à sauter dans son lit.

J'avais vraiment besoin de dormir.

Nous montâmes les escaliers qui menaient à son appartement. Il était bien plus beau que je ne l'imaginais. Il s'agissait d'un espace ouvert pour la plupart, révélant des comptoirs en marbre coûteux dans la cuisine, des tapis en peluche tissés à la main dans le salon, et des éléments de design simplistes qui criaient l'argent.

J'étais trop épuisée pour saisir tous les détails, mais je savais que Cyrus était un homme fortuné, caché derrière l'apparence modeste d'un restaurant familial italien.

Ses doigts effleurèrent mon dos et me conduisirent au bout du couloir, devant plusieurs peintures abstraites accrochées aux murs. Il ouvrit une autre porte et me guida dans une chambre. Le lit était massif, moelleux et si accueillant que j'eus du mal à m'empêcher de sauter dedans.

Derrière moi, il saisit le col de ma veste. Avec précaution, mais avec une fermeté tranquille, il me la retira, et je croisai honteusement les bras sur ma poitrine, me sentant soudain très timide, même si j'étais encore entièrement vêtue.

— Attends ici. Je vais te chercher quelque chose pour dormir, me proposa-t-il.

Lorsqu'il quitta la pièce, j'eus l'impression qu'il avait emporté l'air avec lui. Je fermai les yeux, essayant de saisir le calme qui semblait s'être emparé de moi en son absence. Mes oreilles se dressèrent et j'écoutai le moindre signe de lui, le craquement d'une planche de bois, la fermeture d'un tiroir, n'importe quoi pour me dire qu'il n'était pas parti et que je n'étais pas seule.

Lorsque ses pas résonnèrent dans le couloir et revinrent dans la chambre où je me trouvais, j'eus l'impression de pouvoir respirer à nouveau. Puis il se trouva devant moi, et sa présence massive était là comme un havre. Il me tendit un morceau de tissu flanelle dans les mains.

— Change-toi maintenant avec ça. Laisse tes vêtements sur la chaise là-bas, me dit-il.

Lorsqu'il partit, je ne pus m'empêcher de parler.

— S'il te plaît, ne pars pas. Tu peux te retourner, dis-je en haletant.

Il hocha la tête une fois et fit ce que je lui demandais. Sa présence calma les battements erratiques de mon cœur. Je me déshabillai précipitamment. Je ne savais pas si je voudrais un jour remettre cette chemise ou ce pantalon, car chaque fil me rappellerait l'horreur de cette nuit. Je jetai aussi mon soutien-gorge et restai un instant seule avec ma culotte.

En déglutissant, je décidai de la garder. Je jetai un coup d'œil vers lui, mais il se tenait toujours debout dans l'autre direction, stoïque comme mon garde du corps personnel. Je pris la chemise en flanelle. Elle était si grande que je la glissai par-dessus ma tête et je la mis en place sans même la déboutonner. Elle était imprégnée de son odeur et je la respirai avec avidité.

— C'est bon, je suis habillée maintenant, dis-je d'un ton vif, et il se retourna. Pendant une seconde, je le vis regarder mes jambes nues et j'aurais juré qu'une lueur de désir avait traversé son visage, mais elle avait disparu avant que je puisse en être certaine.

— Il est temps d'aller au lit, Ava, me dit-il.

Sa main s'enroula autour de mon bras et me conduisit doucement jusqu'au grand lit massif. Il saisit l'épais édredon et le rabattit. J'y grimpai et m'allongeai sans un mot, plongeant mon regard dans ses yeux chauds avant de poser ma tête sur l'oreiller. Le lit trembla lorsqu'il s'assit sur le bord, et je levai timidement les yeux vers lui.

Le contact rugueux de ses doigts frôla ma mâchoire. Il prit doucement ma joue dans sa main et passa son pouce dans un mouvement de va-et-vient. Je soupirai et m'appuyai sur sa paume.

— Je serai de l'autre côté du couloir, dans ma chambre. Quand tu fermeras les yeux, je veux que tu penses que personne ne te fera de mal ici, que tu es en sécurité et que tu n'as pas à t'inquiéter des dangers qui te poursuivent jusqu'à ce que tu te réveilles le matin. Tu me comprends ? gronda-t-il.

— Oui. Merci, Cyrus. Je ne sais pas comment je vais te remercier, murmurai-je, et il secoua la tête. Sa main se détacha et je m'aperçus qu'elle me manquait.

— Dors. C'est tout ce que je veux, Ava, répondit-il. Il se rapprocha de moi et écarta une mèche de cheveux de mon front.

— D'accord. Si c'est ce que tu veux, lui répondis-je en souriant faiblement.

— Oui. Bonne nuit, Ava, répondit-il.

Mon regard plongea sur la plénitude de ses lèvres. Elles étaient douces et j'eus soudain envie de les goûter. Quelle sensation aurait sa barbe en grattant mon menton ? M'embrasserait-il doucement ou me dévorerait-il avec ces lèvres ?

— Ferme les yeux, Ava, ordonna-t-il. Son ton était toujours aussi doux, mais il était beaucoup plus ferme à présent.

Timidement, je lui obéis.

— Bonne nuit, Cyrus, marmonnai-je. Le lit se souleva lorsqu'il se mit debout et j'écoutai le bruit de ses pas lorsqu'il traversa la pièce.

— N'oublie pas que je suis juste de l'autre côté du couloir. Si tu as besoin de quoi que ce soit, tu n'as qu'à m'appeler et je viendrai, ajouta-t-il.

J'étais si fatiguée que je ne pus que marmonner un remerciement avant que la porte ne se referme et que je m'endorme.

* * *

— Écoute, salope, ça fait longtemps que tu l'as cherché. Tu n'as pas le droit de me dire non. Je ne suis pas qu'un patron de la mafia, je suis un putain de dieu, hurla-t-il, et mon cœur se serra dans un mouvement de panique tandis que le canon de l'arme s'enfonçait dans le côté de mon cuir chevelu.

Je regardai autour de moi, cherchant un moyen de m'échapper, mais mes bras étaient attachés au-dessus de ma tête et Anthony avait coincé mes jambes sous son poids. Il saisit les bords de ma robe et la déchira, révélant mes seins tandis que je me débattais.

Il n'y avait personne dans la pièce avec nous. Je ne savais pas où nous étions, mais c'était un endroit cher. Peut-être que c'était un hôtel. Peut-être qu'il m'avait kidnappée et qu'il me retenait dans son manoir, quelque part au milieu de nulle part.

Il ouvrit encore plus ma robe, dévoilant l'étendue de mon ventre. Je criai et il retira son bras pour me gifler assez fort pour que ma tête tourne et que mes yeux pleurent.

— Non !

Ma mâchoire me faisait mal là où il m'avait frappée. C'était presque impossible de parler.

— J'imagine depuis longtemps à quoi tu ressembles nue. Tu as toujours paradé dans cette école comme une vierge innocente, mais je savais que tu n'étais qu'une pute, et je vais enfin te donner ce que tu mérites ! rugit-il, et il saisit mes tétons entre ses doigts. Il les tordit assez fort pour me faire gémir, puis il recula, me forçant à ouvrir les jambes pendant qu'il me torturait. Je criai.

— Ferme ta bouche de pute. Ça fait longtemps que tu veux ça, dit Anthony en souriant, et je me mis à crier de nouveau. Je ne voulais pas ça. Je voulais qu'il s'en aille. Je voulais juste que ça s'arrête.

Je continuais à crier. Lorsque j'ouvris les yeux, je m'attendais à voir les yeux cruels d'Anthony au-dessus de moi et à sentir la dureté des menottes autour de mes poignets qui me maintenaient en place.

Mais où étais-je, putain ? Étais-je encore dans son lit ? Où était-il ?

La porte s'ouvrit brusquement, et je me précipitai contre la tête de lit, paniquée, mais Anthony ne passa pas cette porte. C'était Cyrus.

Je fondis en larmes à sa vue, non pas de peur, mais de soulagement.

Il entra à grands pas dans la chambre et s'assit sur le lit à côté de moi. Il n'eut pas besoin de m'attirer à lui. Je me jetai pratiquement dans ses bras. Il les enroula autour de moi, me protégeant par sa chaleur et sa sécurité. Une de ses paumes se posa sur l'arrière de ma tête et il me berça, très légèrement, mais suffisamment pour me faire prendre conscience que je n'étais plus dans les griffes de ce terrible rêve.

Il me dit :

— C'est bon, tout va bien. Je suis là pour toi. Ce n'était qu'un cauchemar. Tu es en sécurité, me dit-il pour me rassurer. Son ton était doux et apaisant. Je serrai sa chemise, sans me soucier du fait que la mienne était remontée et qu'il pouvait probablement voir le tissu rose foncé en dentelle de ma culotte.

Mon cœur battait à tout rompre et j'avais du mal à respirer. Je fermai les yeux, refusant d'affronter le fait que la pièce était devenue plus petite, que le monde semblait se refermer sur moi et que j'inspirais de l'air de façon irrégulière.

— Ava, tu n'es pas seule. Je suis là.

Ses lèvres se posèrent sur le sommet de mon crâne. Je me recroquevillai contre lui, désireuse de réduire la distance qui nous séparait encore.

— J'ai juste... il était là... je... marmonnai-je, mais je refermai mes lèvres lorsque je réalisai ce que je faisais.

— Chut, ma douce. Concentre-toi sur ta respiration pour moi. C'est tout. Je veux que tu ne t'inquiètes de rien d'autre, me dit-il doucement.

Je ne pouvais rien faire d'autre, alors j'obéis. La joue contre son torse, je respirai toute la puissance de Cyrus. Je le laissai me consumer.

Une minute passa, puis une autre. Finalement, la pièce sembla s'ouvrir à nouveau et le monde relâcha sa terrible emprise sur moi. La panique finit par s'estomper et l'étau qui retenait mes poumons prisonniers se desserra.

— Je suis désolée, marmonnai-je, me sentant très embarrassée d'avoir réveillé cet homme au petit matin en hurlant à cause d'un cauchemar.

— Ce n'est pas grave, Ava. Parfois, nos propres pensées peuvent prendre le meilleur de nous-mêmes, murmura-t-il.

À contrecœur, je relâchai la prise mortelle que j'avais sur sa chemise. Lorsqu'il fit un geste pour se lever, un petit bruit de panique s'échappa de mes lèvres et il fit immédiatement demi-tour.

— S'il te plaît, ne t'en va pas, plaidai-je.

— Tu veux que je reste avec toi ? me demanda-t-il doucement.

— Je ne veux vraiment pas être seule, avouai-je, et il hocha la tête. Il se dirigea rapidement vers le placard et disparut à l'intérieur, pour en ressortir avec un oreiller épais et une couverture. Je le regardai, confuse, les poser sur le sol à côté du lit.

— J'arrive tout de suite, Ava. Si tu en as besoin, tu n'as qu'à tendre le bras et me toucher pour savoir que je suis là si tu te réveilles à nouveau, expliqua-t-il.

J'ouvris et refermai la bouche plusieurs fois, ne sachant que dire.

— Retourne sous les couvertures et ferme les yeux, dit-il fermement, et j'étais tellement épuisée émotionnellement que je me contentai de faire ce qu'il me demandait. Je posai ma tête sur l'oreiller et le regardai s'installer confortablement sur le sol à côté de moi.

En m'endormant, je me dis que c'était la chose la plus gentille que quelqu'un ait jamais faite pour moi.

Je ne savais pas ce que j'avais fait pour mériter cela.

CHAPITRE TROIS

Ava

Lorsque je me réveillai à nouveau, c'était la fin de la matinée. Lorsque j'ouvris les yeux, je vis Cyrus assis dans un fauteuil en cuir près de la fenêtre, en train de lire un livre. Il m'avait sans doute entendue remuer, car son regard chaleureux me cherchait. Avec un doux sourire, il pencha la tête.

— Bonjour. Tu as bien dormi ?

— Oui, je crois, répondis-je timidement. Pour être honnête, j'étais tombée dans un profond sommeil une fois qu'il était revenu dans la chambre. Je ne m'étais pas réveillée, pas même une seule fois. Je clignai des yeux plusieurs fois, essayant de me débarrasser de la lourdeur de l'épuisement qui m'étreignait encore. Avec un léger gémissement, je me passai la main sur le visage. Je savais que j'avais l'air en piteux état. Je n'avais même pas nettoyé mon maquillage et il me voyait dans toute ma gloire matinale. Je devais faire peine à voir.

J'espère que je n'avais pas ronflé, ou pire, que je n'avais pas bavé la nuit dernière.

— Il y a une brosse à dents supplémentaire et tout ce dont tu pourrais avoir besoin dans la salle de bains là-bas, me dit-il en me montrant du doigt la salle de bains à droite.

— Merci, marmonnai-je avec embarras.

Je me précipitai hors du lit et laissai sa chemise à boutons en flanelle se mettre en place. Je filai dans la salle de bains, désireuse de ne pas voir le simulacre qu'était mon visage. Quand je me regardai dans le miroir, ce n'était pas aussi terrible que je m'y attendais, mais j'étais tout de même dans un état pitoyable. Mon maquillage était étalé. Mes yeux étaient un peu rouges, et mes cheveux n'étaient rien de moins qu'un nid d'oiseau surdimensionné.

Je commençai par me passer un peu d'eau sur le visage. Il y avait des lingettes démaquillantes emballées individuellement et j'en pris une. Je déchirai l'emballage et me nettoyai le visage. J'ouvris ensuite une brosse à dents toute neuve et me brossai les dents. Quand ce fut fait, je me rendis aux toilettes pour soulager ma vessie extrêmement pleine.

Il y avait une nouvelle brosse sur le comptoir, et je m'en servis pour dompter ma crinière sauvage du mieux que je pus. Une fois que j'eus terminé, mes longs cheveux épais tombaient en vagues autour de mon visage. Sans maquillage, je me sentais banale. Mais comme je n'avais aucune de mes affaires, j'allais devoir faire avec.

Je tirai mes épaules en arrière et respirai profondément avant de retourner dans la chambre. Cyrus était là où je l'avais laissé.

— Qu'est-ce que tu lis ? demandai-je doucement.

Il glissa un marque-page dans le livre. J'étais heureuse de voir qu'il n'était pas le genre de monstre à plier les pages d'un livre.

Cela l'aurait rendu infréquentable.

Je faillis m'étouffer à cette idée. J'avais officiellement perdu la tête.

— C'est un thriller de Douglas Preston et Lincoln Child. Ça s'appelle *Relic*. Ils ont essayé d'en faire un film, mais c'était horrible d'après ce que j'ai entendu, expliqua-t-il avec un sourire. Il referma lentement le livre, le posa sur une table d'appoint et se leva.

— Viens, suis-moi à la cuisine. Je vais te préparer un petit déjeuner.

Je ne savais pas quoi faire d'autre, alors je le suivis dans le couloir.

À la lumière du jour, l'appartement paraissait encore plus grandiose que la nuit. Chaque meuble avait été minutieusement assemblé avec des détails explicites qui ne pourraient jamais être reproduits dans une usine. Certains semblaient être des antiquités, d'autres plus modernes, mais tout était réuni pour que l'ensemble paraisse cher et accueillant à la fois.

Les planchers de bois franc étaient bordés de tapis moelleux et je m'y enfonçais un peu à chaque pas. J'avais l'impression de marcher sur un nuage.

Je tendis la main et touchai la table à manger en acajou.

— J'ai fait venir cette pièce par avion d'un menuisier italien basé en Sicile, déclara Cyrus tandis que j'étudiais les bords sculptés de manière complexe. Je traçai du bout de mon doigt le long du motif tourbillonnant avant de relever les yeux vers lui.

— C'est magnifique, dis-je doucement.

— Assieds-toi. Il m'indiqua la table et je m'assis lentement sur l'une des chaises rembourrées. Le coussin était doux sous moi et je me retournai pour l'observer dans la cuisine.

— Tu cuisines ? demandai-je curieusement en fronçant les sourcils tandis qu'il ouvrait le réfrigérateur. Il haussa un sourcil dans ma direction et renifla comme si j'avais dit la chose la plus drôle du monde.

— Je sais me débrouiller dans une cuisine, dit-il en souriant. Pendant que je prépare le petit déjeuner, tu vas me dire ce qui s'est vraiment passé hier soir.

Je déglutis difficilement. Malgré tout ce qui s'était passé entre nous jusqu'à présent, je ne voulais toujours pas lui dire ce qui s'était réellement passé, et je n'étais pas tout à fait certaine de ce que j'avais fait pour le mettre sur la piste et lui faire croire que je mentais. C'était un homme gentil et si j'étais complètement honnête avec lui, je pourrais potentiellement le mettre en danger lui aussi et je ne voulais vraiment pas faire ça.

Je ne savais pas quoi faire d'autre, alors je feignis l'agacement et m'en tins à mon histoire.

— Je ne sais pas pourquoi tu me demandes ça, dis-je sèchement. Je me suis disputée avec mon petit ami et il est très méchant quand il se met en colère.

Je me pinçai les lèvres, m'asseyant contre la chaise un peu plus fort que je ne l'aurais voulu. Derrière le comptoir, Cyrus soupira et posa la casserole qu'il avait sortie du meuble. Il contourna l'îlot. Je me crispai, incertaine de ses intentions.

Je l'observais attentivement, mais je ne sentais aucune malveillance de sa part, alors je ne bougeai pas.

Alors qu'il s'approchait de moi, il sortit son téléphone de sa poche. Il tapota plusieurs fois sur l'écran, puis le tourna face à moi.

— Je veux que tu regardes ça, Ava, demanda-t-il doucement.

Je le regardai avec une curiosité croissante, puis je baissai les yeux vers l'écran de son téléphone. C'était une photo en noir et blanc. Je me mordis la lèvre, me penchant en avant pour l'étudier de plus près.

— Elle a été prise hier soir, peu de temps après que tu te sois assise à l'une de mes tables en bas, expliqua-t-il.

— Tu es le propriétaire de l'établissement ? demandai-je.

— En effet. Le bâtiment m'appartient. Maintenant, arrête d'essayer de me distraire et regarde la photo comme je te l'ai demandé, poursuivit-il.

Avec un léger hochement de tête, je me retournai vers son téléphone. Je tendis la main vers l'avant, utilisant mes doigts pour zoomer sur le groupe d'hommes.

La photo me fit sursauter, comme si le fait de les regarder les rendait réels.

Je reconnaissais les visages. L'un d'eux était Jon et l'autre Anthony. Ils étaient tous les deux entourés d'une bande de brutes massives. Je savais qu'ils étaient à ma recherche.

Ne pouvant réprimer un cri de peur qui s'échappait de mes lèvres, je me levai et battis en retraite. Je ne parvins pas à aller bien loin, car la main de Cyrus se referma sur mon poignet, m'empêchant d'aller plus loin.

— Tu sais qui sont ces hommes, n'est-ce pas, Ava ? insista-t-il.

— Je... je... ne sais pas, bégayai-je, mais il secoua la tête. Sans dire un mot, il avança une des chaises et s'assit. Il me poussa doucement vers lui, et je fus tellement prise au dépourvu que je ne me crispai même pas en tombant en avant dans sa direction.

Le temps que je réalise ce qui se passait, j'étais déjà allongée sur ses genoux, face contre terre. Je haletai, essayant de comprendre ce que cette position signifiait.

Il n'y avait qu'une seule chose qui se produisait lorsqu'une femme se retrouvait ainsi sur les genoux d'un homme.

Cyrus était-il sur le point de me donner une fessée ?

Sa chemise était si longue qu'elle couvrait mon derrière, mais je rougis en réalisant que j'étais sur ses genoux et que tout ce qu'il aurait à faire pour m'exposer était de relever ce simple vêtement.

Je fus soudain très reconnaissante d'avoir gardé ma culotte hier soir.

— Tu m'as menti, Ava, commença-t-il, et sa main se posa sur mon derrière. Je déglutis difficilement, me sentant comme une vilaine fille sur le point de recevoir une vraie leçon de discipline pour la première fois de sa vie.

J'avais lu d'innombrables livres où l'héroïne têtue était remise à sa place par une bonne fessée sur les genoux du fringant héros, mais je n'avais jamais rêvé que je me retrouverais un jour dans une telle position. Les hommes d'aujourd'hui n'étaient tout simplement pas constitués de cette façon. J'avais de la chance s'ils étaient assez gentlemen pour m'inviter à un vrai rendez-vous dans un bon restaurant où ils payaient le repas au lieu d'oublier leur portefeuille à la maison.

— Qu'est-ce que tu fais ? finis-je par lâcher.

Je n'étais pas bête. J'étais sur ses genoux et sa paume s'appuyait de façon menaçante sur mon cul. Son autre bras passait dans le bas de mon dos et saisissait ma hanche, me clouant sur place alors que je n'avais pas encore commencé à me battre contre lui.

— S'il te plaît, laisse-moi me lever, essayai-je ensuite.

— Tu m'as menti plusieurs fois, Ava, et les petites filles méchantes qui me mentent sont punies, expliqua-t-il, et ma bouche devint sèche.

Punies ?

— Tu plaisantes, dis-je en me moquant de lui.

Sa paume glissa sur mon dos.

— Non, Ava. Je vais te punir et si tu veux que je te libère, tu vas me promettre de me dire la vérité, poursuivit-il.

— S'il te plaît, laisse-moi me lever, suppliai-je.

La large surface de sa paume quitta mon dos tandis que la main sur ma hanche m'enserrait plus étroitement. Il était si grand que mes orteils atteignaient à peine le sol. Je me sentais si minuscule dans cet état, mais je ne pouvais rien faire. Je tentai de balancer mes hanches pour m'éloigner, mais son emprise sur moi était ferme. C'était comme s'il m'avait immobilisée.

— Cyrus ! S'il te plaît ! Je tentai encore une fois de me dégager, mais sa paume massive me frappa durement le derrière. C'était le son qui était le plus choquant. Bien sûr, il était logique que ce soit fort, mais c'était tellement plus bruyant que ce que j'avais imaginé. La claque se répercuta sur les murs, faisant chuter mon estomac sur le sol.

La douleur qui s'ensuivit fut encore plus accablante. Dans tous les livres sur la fessée que j'avais lus, on parlait toujours de la douleur qui accompagnait la fessée, mais ce n'était rien comparé à la vraie fessée. Lorsqu'il me donna une deuxième fessée, j'étais mieux préparée au son, mais je ne pouvais pas m'habituer aux piqûres d'aiguilles qui irradiaient mon derrière en même temps que la fessée.

Cela ne fit qu'empirer lorsqu'il commença à accélérer le rythme. La douleur devint de plus en plus forte, la sensation initiale d'être assise sur un coin tranchant se transformant en un milliard de piqûres d'une ruche d'abeilles en colère. Je criai, essayant de me retourner et de couvrir mon dos avec ma main, mais il se contenta de saisir mon poignet et de le coincer derrière mon dos. Sa poigne était forte et serrée, mais il était suffisamment doux pour que cette partie ne me fasse pas mal.

Je ne pouvais pas en dire autant de l'état brûlant de mon cul.

Sa main était massive, couvrant facilement la totalité d'une fesse à chaque fois qu'il me donnait une fessée. J'avais beau me tordre ou me retourner, je ne pouvais pas éviter un seul coup sur mon cul retourné.

Même si cela me faisait mal, je ne pouvais pas nier qu'une partie tordue de moi y prenait plaisir et tirait une sorte de plaisir pervers d'une punition aussi puérile.

— Je ne tolérerai pas le mensonge, Ava. Est-ce que je me suis bien fait comprendre ? gronda-t-il, et mon cœur se serra sous l'effet d'une excitation effrayante.

— Oui ! Oui, Cyrus ! m'exclamai-je.

La fessée ne cessa pas. Je ne saurais dire pourquoi je m'attendais à ce qu'elle s'arrête. Peut-être était-ce un faux espoir. Je tournai mes hanches autant que je le pouvais, ce qui était très peu, mais je frottai par inadvertance mon clitoris contre sa cuisse assez fort pour le faire palpiter.

Je remuai un peu les jambes et gémis. Je fermai les yeux, réalisant que ma culotte était trempée. Je serrai mes cuisses l'une contre l'autre comme si cela pouvait cacher la réaction traîtresse de mon corps.

Il me donna une fessée plus forte et je poussai un cri de détresse.

Combien de temps cela allait-il durer ? Serais-je capable de le supporter ? Voulait-il me faire pleurer ?

Je fermai les yeux, luttant contre la douleur cuisante. Il me donna plusieurs coups successifs sur les courbes inférieures de mon cul, ce qui me fit encore plus mal que les autres.

— S'il te plaît ! Je t'en prie ! Je vais te dire la vérité ! gémis-je.

Sa main s'arrêta aussitôt. Sa paume se posa sur moi, caressant légèrement mes fesses échaudées. Avec une ferme intention, il me souleva et me remit debout de façon à ce que je sois face à lui. Je devais volontairement m'empêcher de tendre la main vers l'arrière et d'empoigner mes joues brûlées. Je croisai mes mains devant moi, les tordant anxieusement, tandis que je le voyais descendre jusqu'à la boucle de sa ceinture.

Ma bouche devint sèche.

Je restai silencieuse lorsqu'il fit glisser l'extrémité de la ceinture dans la boucle. Le seul son qui résonnait dans la pièce était le doux glissement du cuir contre le cuir lorsqu'il la dégagea de son pantalon. Je sursautai nerveusement lorsqu'il la plia en deux et la posa sur la table.

Je n'avais pas besoin qu'on me dise à quoi il comptait l'utiliser. Mes fesses brûlantes me donnaient la réponse. Je fixai l'épais cuir noir usé, sachant qu'il allait bientôt servir à me fouetter les fesses.

Toute ma vie, j'avais fantasmé sur des moments comme celui-ci, mais je n'avais jamais pensé que ce serait réel. Pas comme ça.

Je ne pouvais même pas me résoudre à protester. Je lui avais menti. Plusieurs fois. Je méritais d'avoir les fesses marquées par cette ceinture.

En déglutissant lourdement, je me retournai vers Cyrus qui se raclait la gorge.

— Tu vas me dire la vérité maintenant, Ava, et ensuite je finirai ta fessée pour m'avoir menti hier soir et ce matin. Si je crois que tu me dis toute la vérité, je laisserai ma ceinture sur la table. Si je ne te crois pas, tu recevras la fessée avec la ceinture au lieu de ma main, prévint-il.

Je poussai un petit cri.

— Je ne fais pas cette menace à la légère, petite fille. De toute façon, tu auras une fessée. Le seul choix qui te reste maintenant, c'est de savoir quelle sera la dureté de la fessée, poursuivit-il.

Putain.

Mon clitoris palpitait. Je déplaçai mon poids d'un côté à l'autre, ce qui ne faisait qu'accentuer les palpitations.

— Dois-je te remettre sur mon genou, Ava ? demanda-t-il audacieusement.

Je secouai la tête, même si une partie de moi voulait qu'il le fasse exactement pour qu'il puisse baisser ma culotte et me toucher là où j'en avais le plus besoin.

La ceinture me fit réfléchir.

— Non, Cyrus. Je te dirai tout, murmurai-je. Mes fesses douloureuses me piquaient, mais la douleur s'était atténuée. Anxieuse, je passai mon bras autour de ma poitrine. Je me préoccupai encore quelques instants de ma lèvre inférieure avant de me lancer dans mon récit.

Le plus dur avait été de commencer. Une fois la vérité lancée, elle coula tout naturellement de ma bouche. Il m'écouta en silence, l'air songeur. Je m'attendais à ce qu'il soit inquiet, en colère, ou peut-être même effrayé par la foule, mais il ne montra rien de tel.

Lorsque je terminai, je n'arrivais toujours pas à lire en lui. Je jetai un coup d'œil nerveux à la ceinture posée sur la table, étudiant le fil gris foncé en haut et en bas de la sangle à l'aspect vicieux. Le cuir était plus épais que je ne l'avais cru. Je l'imaginais en train de me pencher sur la table ou le canapé. Soulèverait-il ma chemise et baisserait-il ma culotte ? Aimerait-il voir mes fesses rougir sous l'effet de sa punition ?

Est-ce que cela me plairait aussi ?

Mon visage se réchauffa sous l'effet de l'embarras. Je tentai de dissimuler mes mauvaises pensées autant que possible, mais j'avais l'impression qu'il pouvait les lire sur mon visage. Je me tenais devant lui comme une vilaine petite fille, attendant d'être mise sur ses genoux pour la deuxième fois.

La première fois n'avait été qu'un avertissement. J'avais le sentiment que la deuxième serait la vraie punition.

— Je te crois, Ava, dit-il après ce qui m'avait semblé être une éternité.

Je soupirai de soulagement et jetai à nouveau un coup d'œil à la ceinture. Peut-être qu'il ne l'utiliserait pas après tout. Ma chatte se contracta fortement, presque en signe de déception. Qu'est-ce qui ne va pas chez moi ? Est-ce que je voulais qu'il me fouette ?

— Il faut que tu saches que tu es en sécurité maintenant, Ava. Anthony ne touchera plus jamais à un cheveu de ta tête, jura-t-il. En prononçant ces mots, il saisit mes deux mains et les enferma dans les siennes. Son regard captura le mien, chaud et apaisant comme la lumière de la lune scintillant sur une marée roulante. Ses pouces effleurèrent mes articulations, et ce fut plus apaisant que je ne l'avais imaginé. Je regardai le mouvement circulaire pendant une minute avant de me sentir assez courageuse pour lui faire face.

Ses doigts serrèrent fermement les miens.

Mon esprit était en ébullition, mais je ne voyais pas ce que je pouvais faire d'autre que de lui faire confiance. Je n'avais pas assez d'argent pour disparaître. Je n'avais personne d'autre que mon oncle chez qui je pouvais m'enfuir, mais cela le mettrait probablement en danger lui aussi.

Je ne voulais pas non plus lui faire subir cela.

— Tu le penses vraiment ? demandai-je à voix basse.

— Oui, répondit-il, et à ce moment-là, je le crus. Il n'avait été que gentil et c'était le genre de personne dont j'avais besoin en ce moment. Il était fort, protecteur, et sa seule présence faisait monter mon corps en flèche.

Peut-être était-ce parce que je savais que la fessée n'était pas encore terminée ou peut-être était-ce parce qu'avec lui, je me sentais vraiment en sécurité.

— Pourquoi n'as-tu pas peur de la mafia ? demandai-je.

— Anthony n'est pas la seule puissance de cette ville, Ava, répondit-il simplement. J'avais l'impression qu'il y avait plus dans l'histoire qu'il ne le laissait entendre. Était-il aussi un criminel ?

Je regardai ses genoux, sentant que sa seule présence suintait le pouvoir et la domination pure et simple. Ses mains sur les miennes enflammaient ma peau, électrisaient chaque nerf et me mettaient à cran. Je n'avais pas eu l'idée de remettre mon soutien-gorge et mes seins me semblaient lourds. J'espérais que l'épais tissu à motifs de sa chemise suffirait à cacher mes mamelons qui se durcissaient. Ma chatte était encore très humide. Allait-il baisser ma culotte ? Verrait-il la tache humide qui la recouvrait ?

Je perdais le contrôle de mon corps à un rythme effréné.

— Je te garderai en sécurité, répéta-t-il une fois de plus.

— Je te crois, avouai-je enfin.

— Maintenant, aimerais-tu un baiser avant le reste de ta punition ? demanda-t-il doucement.

Mon visage se réchauffa comme si je l'avais mis directement dans un feu de camp. Mon rougissement augmenta encore alors que je me tenais devant lui, et je me mordis la lèvre, incapable de détourner mon regard de sa bouche.

Ses lèvres seraient-elles douces ? Serait-il tendre ? Est-ce que j'aimerais que sa barbe gratte mon menton ?

Je me perdais dans mes pensées.

La seule chose dont j'étais sûre, c'était que je voulais qu'il m'embrasse. Secrètement, j'espérais qu'il ferait beaucoup,

beaucoup plus que cela, mais je n'étais pas encore sûre qu'il le veuille aussi.

— J'aimerais un baiser, avouai-je en rougissant. Il ne garda mes mains dans les siennes que quelques secondes avant de se lever, m'écrasant brièvement par sa taille gigantesque. Ses paumes enveloppèrent mes joues et il m'attira vers lui avec une douceur inouïe. Je levai nerveusement les yeux vers les siens, mais ils me donnèrent l'impression que ce baiser était approprié, que j'en avais envie.

Lorsque ses lèvres frôlèrent enfin les miennes, je sursautai tandis qu'un feu liquide grésillait dans mes veines.

Un de ses bras s'enroula autour de ma taille et il m'attira contre lui. Son corps entoura le mien et il me coupa le souffle avec la douceur initiale de ce baiser. Au fil des secondes, l'étreinte devint plus rude, plus possessive, et mon cœur se mit à battre la chamade de désir.

C'était le genre de baiser pour lequel une femme vendrait son âme au diable. Aucun homme ne devrait être autorisé à embrasser ainsi.

À ce moment-là, je compris qu'il avait commencé à me voler mon cœur.

Je me laissai emporter par ce baiser. Je laissai sa présence envelopper la mienne, m'envelopper de sa sécurité, de sa protection et de la pure séduction qu'il exerçait sur moi.

Ce baiser me posséda et je sus que je ne regarderais plus jamais un autre homme de la même façon. Désormais, je comparerais chaque baiser au sien, chaque contact au feu qu'il attisait en moi, chaque regard plein d'âme échangé entre un homme et une femme. À ce moment précis, je sus qu'une partie de moi lui appartiendrait toujours.

Lorsqu'il se dégagea, mes lèvres me faisaient mal et mon corps était en proie à un besoin irrépressible. Mes mamelons dressés frôlaient son torse et je me demandais s'il pouvait les sentir. Mon cœur vibrait pratiquement de besoin. Mes bras s'enroulèrent autour de sa taille et le contour dur de sa bite frôla ma hanche.

Il était dur. Pour moi.

Cette constatation me fit perdre tout l'air que j'avais dans les poumons. Une vague de chaleur me traversa et ma chatte se resserra. Je ne voulais pas m'éloigner de lui. Je ne voulais pas perdre la sensation de sa chaleur autour de moi.

— Tu veux quelque chose d'autre avant ta fessée ? demanda-t-il. Il continua de frotter ses hanches contre moi. Son bras entoura ma taille plus étroitement, ce qui eut pour effet de presser plus fermement sa bite contre ma hanche. Je ne reculai pas, même si je sentais qu'il était encore plus dur maintenant.

Sa question me fit rougir encore plus. Je levai les yeux vers lui nerveusement, mais son regard était toujours aussi chaleureux. Timidement, je frôlai ses lèvres. Mon hésitation disparut au fur et à mesure que je l'embrassais et lorsque je me retirai, j'étais certaine de ma réponse.

— Je veux plus. Ma poitrine tressaillit alors que j'attendais ce qu'il allait dire ensuite.

— Mets tes bras autour de mon cou, me dit-il. Mon cœur bondit d'excitation.

Je lui obéis et ses mains descendirent le long de mon dos, sous mes fesses fraîchement giflées et jusqu'à l'arrière de mes cuisses. Je sursautai lorsqu'il me souleva dans ses bras. Il fit plusieurs pas en avant jusqu'à ce que mon corps soit plaqué contre le mur. Il me plaqua contre le mur et j'enroulai mes jambes autour de sa taille tandis qu'il capturait mes lèvres dans un autre baiser déchirant qui me laissa à bout de souffle.

— J'ai envie de t'embrasser depuis le moment où tu t'es assise dans mon restaurant, murmura-t-il. Son souffle chatouilla mon oreille et je gémis doucement. Mon cœur battait la chamade dans ma poitrine, plein d'espoir, nerveux et agité à la fois. Lorsque je penchai la tête sur le côté, les poils drus de sa barbe vinrent gratter contre ma peau.

Cette sensation me plaisait.

Je tournai la tête et il gémit lorsque ses lèvres se posèrent à nouveau sur les miennes. Cette fois, son baiser était plus dur, plus rude, il me meurtrissait même. Je fondis dans ses bras, ma chair brûlant de fièvre.

Je poussai mes hanches vers l'avant, sentant son érection ferme à travers son pantalon contre ma chaleur intérieure. Je voulais qu'il me remplisse.

Je voulais tout.

— S'il te plaît, le suppliai-je.

— Qu'est-ce qu'il y a ? me demanda-t-il. Il déposa des baisers dans mon cou, utilisant son menton pour pencher ma tête sur le côté. Je soupirai, son doux contact allumant d'interminables traînées de feu qui s'enfonçaient profondément dans mon corps.

— Je veux plus qu'un baiser, suppliai-je.

Il avança ses hanches. Il savait ce que je voulais, et il me taquinait. Sa bite me paraissait énorme, même si elle était entièrement enfermée dans son pantalon. Mes parois intérieures se serrèrent avec excitation.

Je n'avais pas fait l'amour depuis très longtemps. Je n'étais pas vierge, mais je n'en étais pas loin. Je n'avais couché qu'avec deux hommes et aucun n'était comme Cyrus. Ils étaient tous les deux des garçons riches avec lesquels j'avais fricoté au lycée. Ils n'en valaient pas la peine, surtout parce qu'ils n'avaient pas été capables de me donner un orgasme.

Quelque chose me disait que Cyrus ne se reposerait pas tant que je ne me serais pas effondrée sous lui.

Mes mamelons étaient incroyablement durs contre son torse, et je déposai un baiser sur sa joue, la rugosité de sa barbe m'attirant encore et encore. Il était si incroyablement viril que j'avais encore plus envie de lui.

Il se détacha du mur et je m'agrippai à lui, mais je n'avais pas besoin de le faire. Son emprise sur moi était forte et j'avais la certitude qu'il ne me lâcherait pas. Il me porta comme si je ne pesais pas plus qu'un oreiller. Je m'attendais à ce qu'il me conduise à la chambre d'amis, mais il tourna à droite au lieu de tourner à gauche.

— Libère-toi de moi, me demanda-t-il gentiment, et je fis ce qu'il me demandait avec excitation. Il me tendit ses grandes mains puissantes et déboutonna un bouton après l'autre.

Lorsqu'il les défit tous, ce n'est qu'à ce moment-là qu'il ouvrit la longue chemise pour dévoiler mes seins. Je n'eus même pas le temps d'empêcher la chemise de glisser de mes épaules. Elle tomba sur le sol.

Ses paumes effleurèrent mes mamelons en érection. Il les pinça légèrement, ce qui me fit sursauter lorsqu'une explosion de douleur éclata sur mes seins et au plus profond de mon corps, et que mon clitoris se mit à palpiter.

Je ne supportais plus la distance qui nous séparait et je fis un pas en avant, mais il me saisit par les épaules et me projeta en arrière. Je retombai sur le dos sur le lit, et soudain, il était sur moi. Je saisis sa chemise, la dégageant de son pantalon.

— Je veux... je veux, fis-je en me débattant, et ses lèvres me réduisirent au silence par un baiser meurtrier.

— Je sais ce que tu veux. Tu vas me laisser prendre soin de toi, sinon je vais aller chercher ma ceinture sur la table, me prévint-il, et un tremblement d'excitation me parcourut.

— S'il te plaît, pas la ceinture, dis-je. Pour être honnête, je ne savais pas si je le pensais vraiment. Sa paume effleura mon sein et je frissonnai de désir.

J'espérais qu'il me baiserait bientôt. Je ne savais pas combien de temps je pourrais encore supporter cela.

— Alors, sois une bonne fille pour moi, ronronna-t-il, puis il s'assit et descendit du lit. Il remonta sa chemise par-dessus sa tête et la jeta de côté. Je me délectai de la vue de son torse ciselé. Son torse était parsemé de poils drus, et j'avais envie de passer mes doigts dans ces poils. Chaque partie de son corps était dure. Lorsque ses mains se posèrent sur la ceinture de son pantalon et qu'il le déboutonna lentement, j'aspirai une bouffée d'air.

Il enleva ses chaussures et baissa son pantalon, libérant sa bite d'un seul geste.

Oh. Mon. Dieu.

Elle était énorme. Sa simple vue me fit serrer les cuisses, car il ne faisait aucun doute dans mon esprit qu'une partie de jambes en l'air avec lui me laisserait endolorie longtemps après qu'il en aurait fini avec moi. Mais cela ne me donnait pas moins envie de lui.

Au contraire, je le désirais encore plus.

Ses pectoraux fléchirent, attirant mon regard sur l'étendue dure de son ventre. Il avait la carrure d'un culturiste et je ne comptais plus le nombre d'abdominaux qu'il avait, tandis que mes yeux descendaient jusqu'au V profond de ses hanches. Je me mordis l'intérieur de la joue lorsqu'il revint sur le lit et sur moi. Il mordit mes seins avec ses dents et écrasa sa bite contre ma chatte en culotte. Ses doigts se glissèrent sous les bords de ma culotte et j'aspirai une bouffée d'air chaud.

— Tu vas encore me donner une fessée après m'avoir baisée ? demandai-je à bout de souffle. Je ne savais pas pourquoi je posais cette question. Pour une raison ou une autre, je voulais qu'il me tienne pour responsable et je ne le comprenais pas vraiment. Le simple fait de prononcer ces mots faisait trembler tout mon corps et sa paume saisit mon menton avant qu'il ne m'embrasse tendrement.

— Oui, dit-il. Mon clito vibrait fort contre sa queue.

Je soupirai, de bonheur ou de soulagement, je ne savais pas trop. Il me donna un nouveau baiser et je gémis contre sa bouche. J'étais peut-être folle de vouloir cela, mais ici, dans ses bras, je me sentais parfaitement en sécurité. Je le croyais quand il disait qu'Anthony ne m'ennuierait plus jamais et cela me donnait envie de me livrer à lui de toutes les façons possibles, même si cela signifiait une bonne fessée et me faire baiser dans son lit.

— Pourquoi ? demandai-je.

Ses doigts plongèrent dans ma culotte et je sursautai lorsqu'il découvrit l'humidité qui se cachait entre mes cuisses.

— Parce que tu en as besoin. Regarde comme tu es mouillée, grogna-t-il, et je gémis quand ses doigts rugueux commencèrent à caresser doucement mon clitoris.

Oh. Mon. Dieu. J'étais trempée.

— Ça va faire mal ? dis-je en haletant. Mon corps commença à bouger sous son toucher expert. Je gémis tandis que mon désir montait en flèche, une bouffée d'excitation rapidement suivie d'une autre et d'une autre jusqu'à ce qu'une véritable tempête d'électricité déferle entre mes jambes.

— Oui, tu as besoin d'être punie, petite fille, grogna-t-il. Son souffle était chaud contre mon cou et je frissonnai fortement.

Son toucher était léger et incroyablement persuasif alors qu'il poussait mon désir à son paroxysme. Mon corps tout entier se mit à trembler et je criai, pressant mon bassin contre le bout de ses doigts avec un désespoir croissant.

— Je veux que tu jouisses d'abord pour moi. Une fois ici et ensuite quand je baiserai cette petite chatte en manque, demanda-t-il, ce qui ne fit que m'exciter davantage.

Soudain, je fus à bout de nerfs. J'avais besoin de jouir, pas seulement pour lui, mais pour moi.

— Oh ! S'il te plaît ! gémis-je, me tortillant avec une envie folle de jouir. Son autre main palpa mon sein et taquina mon mamelon très sensible. Je gémissais, tordant mon corps dans tous les sens jusqu'à ce qu'il commence enfin à taquiner mon clito avec une réelle détermination.

Ses doigts étaient tellement plus efficaces que les miens.

— Arrête de réfléchir. Arrête de t'inquiéter. Tout ce que je veux, c'est que tu te laisses aller pour moi, me dit-il, et une vague de désir m'envahit.

— Oui. Oui, gémis-je, et il pressa plus fort, encerclant mon bourgeon en manque jusqu'à ce que j'aie l'impression que mon cœur allait s'enflammer.

— Tu attendras pour jouir, ma douce. Je te dirai quand tu seras autorisée à exploser pour moi, ordonna-t-il, et une nouvelle flambée de besoin passionné déferla dans chaque parcelle de mon corps. J'étais plus excitée que je ne l'avais jamais été. Mes cuisses commencèrent à trembler.

— Mais, s'il te plaît, je ne peux plus résister ! criai-je. Je ne peux pas ! criai-je.

Je ne savais pas combien de temps je pourrais tenir. J'étais déjà submergée par la boule de désir qui tournoyait dans mon cœur.

— Rappelle-toi ce que j'ai dit à propos de la ceinture, menaça-t-il, et j'enroulai mes bras autour de son cou. Je l'embrassai, essayant de lui montrer à quel point il me rendait désespérée et à quel point je voulais jouir pour lui, ici et maintenant.

La pression dans mon cœur continuait à monter.

Ses doigts continuèrent d'agir. Je craignais de lâcher prise avant qu'il ne me le permette. Je me mis à le supplier.

— S'il te plaît, Cyrus. S'il te plaît, laisse-moi jouir, suppliai-je. Je n'avais jamais eu à demander la permission d'avoir un orgasme auparavant et ma chatte se resserra. Le pouvoir qu'il exerçait sur moi semblait si grand à ce moment-là et tout ce que je voulais, c'était lui faire plaisir, ce qui me donnait encore plus envie de jouir.

Les coussinets de ses doigts faisaient vibrer mon clito avec encore plus d'ardeur.

Je criai, craignant de perdre le contrôle. Mes mains agrippèrent ses larges épaules. Pendant un moment, je tentai de ne pas enfoncer mes ongles dans son dos, mais je perdis rapidement le contrôle de la situation.

Tout était centré sur le petit paquet de nerfs entre mes cuisses.

Mes cris devenaient pitoyablement désespérés et, alors que je craignais de perdre pied, il prononça enfin les mots que j'attendais d'entendre.

— Jouis pour moi, Ava, exigea-t-il.

C'est tout ce dont j'avais besoin pour m'effondrer.

Son contact devint plus intense, plus persistant, et une pluie de bonheur chauffée à blanc s'abattit sur moi. Je courbai le dos, me frottant à ses doigts du mieux que je pouvais. Mes hanches roulaient encore et encore tandis que d'énormes vagues de plaisir déferlaient sur moi, commençant au bout de mes orteils et tombant en cascade jusqu'à l'extrémité de mes doigts.

C'était sans aucun doute l'orgasme le plus intense que j'aie jamais eu de ma vie. Pendant que je jouissais, j'imaginais la suite. Je fantasmais sur son énorme bite qui glisserait en moi assez fort pour me faire crier.

Je gémis tout bas tandis que les tremblements de plaisir me tenaient captive. Mes yeux se révulsèrent au fur et à mesure que mon orgasme s'intensifiait. Je tombais dans un gouffre d'extase sans limite alors que mes parois intérieures se resserraient, encore et encore. Lorsque le premier orgasme atteignit son apogée et commença à s'estomper, ma peau était couverte d'un léger voile de transpiration tandis que je luttais pour reprendre le contrôle de moi-même. Mon cœur battait frénétiquement dans ma poitrine et j'haletais en essayant de reprendre mon souffle.

— Bonne fille, chuchota-t-il, et mon clito se remit à pulser.

Il recula, saisit ma culotte et la fit lentement glisser le long de mes hanches. Son regard se posa sur la pointe de mes cuisses tandis qu'il me dévoilait, ce qui me fit gémir timidement. Ses genoux étaient entre mes jambes, il n'y avait donc aucun espoir de les presser l'une contre l'autre pour cacher mes parties les plus intimes.

Je m'étais toujours rasée à cet endroit, mais j'étais soudain complexée par mon apparence.

Le temps qu'il descende ma culotte jusqu'à mes cuisses, mon clitoris palpitait à l'idée qu'il me voie en entier. Je m'attendais à ce qu'il s'écarte pour pouvoir la descendre jusqu'au bout, mais il ne le fit pas. Au lieu de cela, il saisit ma culotte à deux mains et l'arracha complètement. Il la jeta de façon à ce qu'elle atterrisse quelque part sur le sol.

Je ne la quittai pas des yeux pour voir où elle était allée.

— Ouvre tes cuisses pour moi. Je veux voir la petite chatte en manque que je vais baiser, demanda-t-il d'un ton bourru. Je rougis fortement devant la violence de ses paroles, mais je fis exactement ce qu'il me demandait.

En écartant les jambes, mon cœur palpitait et j'avais l'impression que j'allais pouvoir jouir à nouveau.

Je n'avais jamais joui deux fois auparavant. J'avais le sentiment que ce ne serait pas un problème avec un homme comme Cyrus.

Ses yeux étaient comme un tison contre ma chair en manque. Je me léchais les lèvres, timide, embarrassée et plus excitée que je ne voulais l'admettre, mais il le savait probablement.

— Tu es trempée pour moi, Ava. Je peux voir que ça brille tout le long de tes cuisses, observa-t-il, et mes genoux se refermèrent instinctivement d'un centimètre. Ses mains s'enroulèrent autour de mes cuisses et ses pouces glissèrent sur l'excitation qu'il venait de souligner. Je rougis fortement, mais je ne reculai pas.

Il se pencha en avant, gardant le contact visuel avec moi tandis que son sexe frôlait l'intérieur de ma cuisse. Sans perdre de temps, il me pinça les tétons avec force. Lorsqu'il les relâcha, une douleur cuisante supplémentaire apparut sur mes seins, tandis qu'il ouvrait un tiroir de sa table de nuit. Je vis un emballage de préservatif dans sa main. Il le déchira avec ses dents.

Je jetai un coup d'œil à sa bite. Elle semblait plus grosse qu'avant, et je tremblai un peu quand il roula le préservatif sur sa longueur.

— Cyrus. J'ai envie de toi, gémis-je.

— Cela te ferait-il rougir de savoir que je pense à ce moment depuis que tu as franchi ma porte ? demanda-t-il et je gémis lorsque la surface texturée de son préservatif glissa contre ma chatte, taquinant mon clitoris et me faisant frémir d'anticipation.

— Oui, soupirai-je, et la tête de sa bite taquina l'entrée de mon corps. Mon cœur palpitait pratiquement dans ma poitrine et je gémis doucement lorsqu'il ne l'enfonça pas tout de suite. Je tentai de balancer mes hanches pour le forcer à entrer en moi, mais il sourit et se retira comme s'il savait exactement ce que je faisais.

— Je veux que tu te souviennes de quelque chose, petite fille. Quand tu es dans mon lit, ce n'est pas toi qui commandes. Moi. C'est moi qui décide quand et combien de fois tu jouis pour moi. C'est moi qui décide quand tu dois crier pour moi, et c'est moi qui décide quand et avec quelle force je te baise. Est-ce que tu me comprends ? demanda-t-il, et ma chatte se serra très fort.

— Je comprends, dis-je. Ma voix tremblait.

Mon corps bouillonnait de besoin à ce moment-là. Je ramenai mes jambes un peu plus loin, les enroulant autour de sa taille. Il poussa ses hanches vers l'avant et je me mordis l'intérieur de la joue pour m'empêcher de gémir à voix haute.

Oh. Putain.

Même s'il le faisait doucement, ça allait quand même faire mal. Le bout de sa bite effleurait à peine l'entrée de mon corps, et il m'ouvrait déjà tout grand. Le bout de ses doigts effleura mon épaule et prit l'arrière de ma tête.

Ses lèvres rencontrèrent les miennes au moment où il commença à enfoncer le reste de son énorme bite en moi. Je haletai, mais il étouffa le bruit. Ses dents mordirent ma lèvre et je gémis.

Sa bite ressemblait à une lance de fer. Ma chatte était brûlante tandis qu'il m'ouvrait le ventre. Tout mon corps était tendu, mais son épaisse bite continuait à s'enfoncer en moi. Le préservatif avait une sorte de surface texturée, et je n'avais jamais rien senti de tel auparavant. Ma mouille facilita son passage, mais cela n'arrêta pas la douleur cuisante de sa pénétration qui me brûlait de part en part.

J'avais mal, mais cela me rendait d'autant plus chaude. J'avais l'impression qu'il était en train de me conquérir avec sa bite, et je n'en avais jamais assez, même si cela me faisait mal. Je voulais le prendre plus profondément et à chaque centimètre qu'il glissait en moi, je gémissais à haute voix.

Ma chatte se serra autour de lui et une nouvelle vague de douleur brûlante me traversa. Mon clito se mit à palpiter et je gémis lorsqu'il enfonça sa bite jusqu'au bout.

Je gémis, luttant pour supporter la douleur cuisante en même temps que je l'accueillais. Une fois qu'il fut complètement en moi, je haletai, me sentant plus pleine que je ne l'avais jamais été dans ma vie. Mes parois intérieures se resserrèrent plusieurs fois autour de lui et il grogna, ce qui me dit qu'il pouvait sentir chaque seconde de ma lutte physique pour le prendre.

— Elle est si grosse, soufflai-je.

— Oui mais tu as réussi à la prendre entièrement, n'est-ce pas ? murmura-t-il, et une nouvelle vague de chaleur s'empara de moi.

— Oui, soupirai-je.

Lentement, il fit glisser sa bite hors de moi et la remit tranquillement en place, me baisant sans précipitation tandis que je gigotais sous lui.

Il y avait une connexion physique comme je n'en avais jamais ressentie auparavant. Avec lui en moi, mon cœur prenait feu comme une bombe en fusion et lorsqu'il commença à accélérer le rythme de ses poussées, je perdis le contrôle de mon corps à une vitesse effrayante. Je me tortillai sous lui, balançant mes hanches d'avant en arrière au rythme de ses mouvements afin de le prendre le plus profondément possible. Je gémis, mais ce n'était pas de douleur ou de désespoir. C'était une sensation purement et simplement irrésistible qui me traversait sauvagement.

— Cyrus. Je ne peux pas. Je vais jouir, gémis-je.

Il enfonça ses hanches en moi d'une poussée dure et punitive. Je criai et il m'embrassa à nouveau, avant de faire glisser ses lèvres le long de ma gorge, mordillant mon lobe d'oreille avant de se retirer.

— Jouis bien fort pour moi, Ava. Je veux sentir cette douce petite chatte aspirer ma bite, demanda-t-il, et mon corps réagit viscéralement à ses mots sordides.

— Oh ! Cyrus ! gémis-je et mon deuxième orgasme me frappa de plein fouet. Mon cœur se resserra sur lui-même et mes yeux se révulsèrent. Une félicité brûlante me traversa de part en part. Ma peau se réchauffait avec une fièvre foudroyante, brûlant de plus en plus à chaque instant. Je luttais pour inspirer de l'air en m'agrippant à son dos, enfonçant mes ongles dans son corps pour m'accrocher à la vie.

Je criai pour lui alors que mes parois intérieures s'agrippaient à sa bite. Il rugit avec sa propre libération, pompant vicieusement dans ma chatte alors qu'il prenait ce qu'il voulait de moi. Je roulai mes hanches, le prenant de plus en plus profondément jusqu'à ce que ma libération commence à s'estomper.

Mon corps entier semblait palpiter, et tout était centré sur le minuscule pack de nerfs entre mes jambes. Pendant plusieurs minutes, cela continua, s'emparant de moi et refusant de me quitter. Finalement, le pouls constant disparut lui aussi, laissant derrière lui une douleur envoûtante.

— C'est bien, ma belle. Tu as beaucoup joui pour moi, n'est-ce pas ? demanda-t-il. Je rougis fortement.

— Oui, Cyrus, soufflai-je, et il me fit un grand sourire.

— Tu as joui pour moi même si tu sais que tu dois encore passer sur mon genou, n'est-ce pas ?

Ma honte se renforça.

— Oui, murmurai-je en tremblant, le visage aussi brûlant qu'un feu ardent.

Il dégagea sa bite et enleva le préservatif. Je fermai les yeux, l'écoutant aller dans la salle de bains et le jeter dans la poubelle. Mon corps palpitait et ma chatte me faisait mal, mais j'étais un peu triste de me sentir aussi vide.

Lorsqu'il revint, il grimpa dans le lit et m'entoura de sa chaleur. Face à lui, je collai ma joue contre son torse. Je respirai son odeur, la laissant m'envahir complètement pendant quelques instants.

Il allait encore me donner une fessée. Aussi incroyable que cela puisse paraître, ma chatte palpitait de désir à cette idée. Je me blottis contre lui, me sentant plus en paix en sachant qu'il allait encore me punir.

Mon corps finit par se refroidir, mais j'étais encore bouleversée. De chaque effleurement de ses doigts à chaque poussée puissante de sa bite, en passant par ses baisers rugueux qui me possédaient, il était tout simplement parfait.

Je n'avais jamais rencontré quelqu'un comme lui auparavant.

— Cyrus, soufflai-je.

— Qu'est-ce qu'il y a, ma belle ? Il embrassa mon front et mon cœur se mit à battre la chamade.

— Tu vas vraiment me protéger ? demandai-je. Ses doigts puissants effleurèrent mon menton et prirent délicatement ma joue.

— Je le ferai, mais tu dois me laisser faire, Ava, répondit-il.

Il ne le mentionna pas, mais je pensai que c'était peut-être une autre raison pour laquelle il avait toujours l'intention de me donner la fessée après tout cela. Je déglutis en dépit de la boule dans ma gorge, m'accrochant à lui comme si ma vie en dépendait. Il me rapprocha de lui et je me laissai envahir par sa protection.

Je ne saurais dire combien de temps il me tint ainsi, mais ce fut suffisant pour chasser de mon corps la peur qui m'avait secouée. Lorsqu'il reprit la parole, la seule chose qui m'inquiétait était la fessée que je savais être sur le point de recevoir.

La plupart des filles se seraient enfuies, mais je n'avais nulle part où aller. Je ne voulais pas fuir. Je voulais en savoir plus. Cyrus avait été tout ce qu'il y a de plus gentil et doux, avec une fermeté sombre qui évoquait quelque chose de bien plus profond. Je me mordis la lèvre et il se racla la gorge.

Je savais que c'était l'heure du reste de ma punition.

CHAPITRE QUATRE

Ava

— Tu te sens mieux maintenant, Ava ? demanda-t-il doucement.

— Oui, je me sens mieux, répondis-je.

— Bien, répondit-il simplement. Il embrassa à nouveau mon front. Lève-toi pour moi maintenant.

Mon estomac se souleva avec une poussée d'anxiété. Je me mordillai la lèvre, m'interrogeant sur ma santé mentale alors que mon clitoris palpitait à nouveau. Je ne bougeai pas tout de suite. Le souvenir de la ceinture posée sur la table finit par me traverser l'esprit et je me dégageai de ses bras. Je descendis du lit et me tins près de lui tandis qu'il se poussait pour s'asseoir en face de moi.

Nous étions tous les deux encore nus et je rougis à la vue de sa bite qui durcissait devant moi. Ma chatte endolorie se contracta fermement.

— Tu m'as menti plusieurs fois, n'est-ce pas, Ava ? commença-t-il. Ses yeux bleus étaient devenus glacés, et je ne pouvais m'empêcher de gigoter d'un pied sur l'autre.

— Oui, murmurai-je avec culpabilité.

— Tu as eu plusieurs occasions de me dire la vérité, poursuivit-il, et je ne pouvais pas supporter plus longtemps la vue de son regard ferme et désapprobateur.

— Oui. Je fixai le sol.

— T'ai-je donné l'impression que tu ne serais pas en sécurité avec moi ? Que tu ne pouvais pas me faire confiance pour te protéger ? insista-t-il.

— Non. Je me mordis la lèvre.

— Les hommes qui te chassent ne te trouveront pas, Ava. Sais-tu pourquoi ? répondit-il.

— Je n'en suis pas sûre, murmurai-je.

— Parce qu'au moment où tu as franchi ma porte, tu étais à moi. Je protège ce qui est à moi et ce qui va se passer fera en sorte que tu ne l'oublies jamais, dit-il avec audace, et je sursautai alors qu'une chaleur brûlante m'envahissait.

— Cyrus... Je... commençai-je, voulant m'expliquer davantage, et il secoua la tête.

— C'est l'heure, vilaine fille, dit-il fermement, et il me saisit le poignet. Il me tira vers l'avant, sur ses genoux. Sa bite dure comme la pierre se pressait contre mon flanc.

Je rougis fortement, réalisant l'image que nous devions donner de nous deux. Nous étions tous les deux complètement nus. J'étais soudain extrêmement consciente de chaque centimètre de mon corps, en particulier de l'étendue vulnérable de mon dos nu.

— Ton cul est particulièrement joli quand tu es comme ça, observa-t-il d'un air pointilleux, et je gémis bruyamment avant de cacher mon visage dans la couverture sous moi. Il n'est même plus rose.

— S'il te plaît, tu n'as pas besoin de me donner la fessée, essayai-je, retrouvant soudain un sentiment d'auto-préservation quelque part en moi. Mon cul se serra sciemment, connaissant déjà la terrible piqûre de la main qui se posait sur lui.

— C'est vrai. Tu dois savoir ce qui t'attend si tu me mens à nouveau, Ava. Ce sera à la fois une punition et un avertissement, répondit-il.

— Cyrus, répondis-je en tremblant.

— Je vais rougir tes belles fesses pour que chaque fois que tu t'assiéras aujourd'hui, tu te souviennes de ce qui se passe quand ma méchante fille me ment.

Sa main tapota doucement mon derrière.

Je repliai mes bras sous ma poitrine, gémissant sous ma respiration en attendant le début de la punition. Chaque centimètre de ma peau était électrisé par l'anticipation, attendant le moment où ma fessée commencerait et espérant qu'elle se terminerait tout de même. Mes mamelons durcissaient contre la surface du lit et lorsque je pressais mes cuisses l'une contre l'autre, j'avais honte de constater qu'elles étaient lisses d'excitation.

Qu'est-ce qui n'allait pas chez moi ?

Il serra ma joue gauche, puis la droite, si fermement que cela me fit mal. Je haletai, mais cela ne lui donna pas de répit. Je me tortillai sur ses genoux, essayant de m'échapper et de l'exciter en même temps.

La première fessée me coupa le souffle. La seconde me priva de tout l'air de la pièce. Je criai de stupeur, complètement déconcertée par l'augmentation d'intensité entre la fessée sur sa chemise ce matin et ce qui se passait maintenant. Sa paume semblait s'être transformée en une épaisse plaque de bois.

La douleur était bien plus forte que ce à quoi je m'attendais.

Je savais alors que ce matin n'avait été qu'un avertissement, quelques claques dures qui n'étaient rien de plus qu'un petit aperçu de ce dont il était capable.

J'étais beaucoup plus sensible. Chaque fessée dure me semblait faire plus mal qu'elle ne le pouvait, et je gémissais lorsque la véritable nature de ma punition se manifestait. Sa main était impitoyable, peignant mes joues de haut en bas avec une intention cruelle. Il ne laissa pas un seul centimètre de mon derrière impuni. Lorsqu'il frappa l'endroit où le bas de mes fesses rencontrait le haut de mes cuisses, je ne pensais pas que cela pouvait être pire.

Puis il commença par l'arrière de mes cuisses.

Il n'était pas question de faire preuve de courage ou de rester forte pendant tout ce temps. Honnêtement, je n'avais même pas eu l'occasion de penser à me taire ou à rester tranquille dans une situation pareille. Au moment où je tentai de me mordre la lèvre pour m'empêcher de crier, j'étais déjà en train de haleter et de gémir assez fort pour qu'il l'entende. L'une de ses mains saisit ma hanche, me maintenant au sol alors que je luttais pour supporter la dureté de la punition. Mes orteils s'enfonçaient dans le sol et j'oubliais de rester silencieuse et stoïque alors que je gémissais sous l'effet d'une claque particulièrement cinglante à l'arrière d'une cuisse.

— S'il te plaît ! Cyrus ! Je suis désolée ! criai-je.

— Tes fesses sont à peine roses, vilaine fille, me répondit-il.

Voulant échapper à son emprise, j'essayai de ramper vers l'avant. Sans perdre de temps, il me replaça sur une jambe et glissa l'autre jambe sur l'arrière de la mienne, me clouant sur place. À présent, je ne pouvais même pas donner un coup de pied à ses jambes.

J'étais totalement impuissante.

Je haletai de peur et d'excitation, essayant de concilier mes sentiments confus et n'y parvenant pas. D'un côté, je me sentais en sécurité et protégée par sa discipline sévère et de l'autre, un désir croissant me traversait rapidement.

Alors que je pensais que ça ne pouvait plus faire mal, il commença à me donner une fessée encore plus forte. Je gémissais, balançant mes hanches d'à peine un centimètre dans une tentative infructueuse d'échapper à chaque coup cruel. Mon cul brûlait, comme si je m'étais assise dans un feu de camp et que je n'arrivais pas à m'en sortir. Sa paume était massive, couvrant chaque joue d'une seule fessée. Mes cuisses me brûlaient plus que le reste et j'avais l'impression que le monde s'écroulait sur moi.

J'étais une vilaine fille qui se faisait fouetter les fesses nues par l'homme qui venait de la baiser à en perdre la raison.

— Je suis vraiment désolée, monsieur.

Je ne sais pas pourquoi je l'avais appelé ainsi, mais je me sentais bien quand j'étais ainsi nue sur ses genoux.

— Je sais, Ava. Je t'ai déjà pardonnée, répondit-il gentiment, mais la fessée ne s'arrêtait toujours pas. Quelque part au fond de moi, je savais qu'elle ne s'arrêterait pas et c'était étrangement réconfortant.

— S'il te plaît, suppliai-je.

Je ne savais pas quoi dire d'autre. Je n'arrivais pas à penser à quoi que ce soit parce que toute mon attention était concentrée sur le feu qui brûlait sur mon cul retourné. Je gémissais, essayant d'accepter le fait que ça faisait mal, que je ne contrôlais rien et que ça ne s'arrêterait que lorsqu'il le déciderait.

Sa jambe était une contrainte bien plus efficace que je n'aurais jamais pu l'imaginer. Elle maintenait fermement mon corps sur ses cuisses, de sorte que je ne pouvais pratiquement pas bouger d'un pouce.

Je reniflais lorsqu'il me punissait encore plus durement, et je criais lorsqu'il descendait presque exclusivement sur mes cuisses. Je tentais de m'en sortir. Je cherchais à implorer son pardon, mais à ce stade, la seule chose qu'il me restait à faire était de survivre et d'encaisser.

L'absence totale de contrôle commençait à me rendre folle. Je ne savais pas quand cela finirait, ni à quel point cela deviendrait plus difficile.

Mes yeux se mirent à pleurer. Je clignai des yeux plusieurs fois, essayant de lutter, mais sa main me faisait tellement mal.

— Je n'ai fait que prendre soin de toi, et tu as décidé de me mentir, gronda-t-il.

Ma culpabilité était plus intense que jamais.

— Je suis désolée. Je suis désolée de t'avoir menti, gémis-je. J'arquai le dos autant que je le pouvais, voulant lui présenter mes fesses, lui montrer que je comprenais pourquoi j'étais sur ses genoux, les fesses nues, comme une très vilaine petite fille.

Il punit les courbes inférieures de mes fesses avec beaucoup de force après cela.

Je criai et la première larme glissa le long de ma joue. Elle fut rapidement suivie d'une deuxième et d'une troisième, puis d'un torrent de larmes.

La fessée ne cessa pas complètement, mais elle ralentit. Chaque claque était plus dure, s'enfonçant profondément dans mes fesses d'une manière qui ne laissait aucun doute sur le fait que je la sentirais longtemps après qu'il ait fini. Je sanglotais plus fort. Il n'y avait pas de mots pour le moment, mais en fait, je n'en avais pas besoin.

La fessée avait fait remonter mes larmes à la surface. J'avais mal, mais ce n'était pas pour cela que je pleurais.

Je sanglotais à cause du stress, de la peur et de la colère que je ressentais face à la situation avec Anthony. Je pleurais parce que je ne pouvais pas m'aider et parce qu'il avait pris ma vie et l'avait fait basculer.

Je pleurai si fort que je ne réalisai pas que la fessée était terminée jusqu'à ce que Cyrus me prenne dans ses bras et m'installe sur ses genoux.

— Bonne fille, c'est bien. C'est fini maintenant. Tout va bien.

Il embrassa ma joue, mon front et mes lèvres. Il embrassa les larmes salées qui continuaient à couler. Je passai mes bras autour de son cou, m'agrippant à lui comme à une bouée de sauvetage.

— Je suis désolée d'avoir été une mauvaise fille, murmurai-je.

— Chut, tout ce dont tu avais besoin, c'était d'un rappel, Ava. Tu es une gentille fille, me répondit-il rapidement.

Je nichai mon visage dans le creux de son cou. Il me tint pendant ce qui me sembla être une éternité, jusqu'à ce que mes larmes soient complètement séchées, et plus encore après cela. J'écoutais le son apaisant des battements de son cœur, forts, réguliers et rassurants.

Je ne m'étais jamais sentie aussi bien entourée de toute ma vie. Je n'avais jamais vraiment pu compter sur quelqu'un, mais maintenant, il était là.

— Tu avais besoin de ça, n'est-ce pas, ma belle, dit-il doucement.

— Oui, monsieur.

Il avait raison. Je me sentais si légère maintenant, comme s'il avait enlevé le poids du monde de mes épaules, que pour une fois dans ma vie, je n'avais pas besoin de contrôler.

C'était libérateur.

— Merci, dis-je, ma voix étant presque inaudible.

— Je ferais n'importe quoi pour toi, Ava. Je suis sincère quand je dis que tu es à moi et cela signifie que je n'hésiterai pas à te mettre sur mes genoux chaque fois que tu en auras besoin, poursuivit-il.

Mon clitoris palpitait fortement. Je me tortillai un tout petit peu, plus que consciente de la nudité de ma chatte alors qu'une goutte d'excitation roulait le long de ma cuisse.

— Allonge-toi sur mon genou, me dit-il.

Je gémis doucement sous l'effet d'une excitation anxieuse, mais je fis ce qu'il me demandait. J'espérais que mon obéissance me vaudrait de la clémence.

Je tremblai un peu, craignant que la fessée ne soit pas terminée après tout.

Heureusement, il fit glisser sa paume sur mon cul échaudé en décrivant des cercles apaisants. Je sentais ses yeux sur ma chair nue, admirant la couleur rouge vif de mon derrière puni. Ma chatte s'enflamma de besoin et la fermeté de sa bite s'enfonça dans mon flanc. Ses doigts glissèrent le long de mon cul jusqu'à ce qu'il commence à toucher l'arrière de mes cuisses. J'étais maintenant sur ses deux genoux et il ne fit pas d'effort pour me coincer, de sorte que mes mouvements n'étaient pas limités.

Par inadvertance, je basculai mes hanches à son contact et mes cuisses s'entrouvrirent.

Je gémis d'embarras lorsque le bout de ses doigts effleura l'humidité galopante qui recouvrait mes cuisses.

— Mon Dieu, ma douce. Tu es trempée après ta fessée, observa-t-il, ce qui rendit la situation encore plus mortifiante.

— Ça m'a fait mal, dis-je en faisant la moue, et il ricana.

— C'était censé faire mal. C'était une punition, dit-il. Sa bite palpitait contre ma hanche.

— Cyrus, haletai-je alors que ses doigts effleuraient à peine l'intérieur de mes cuisses, frôlant dangereusement ma chatte de quelques centimètres seulement.

— Tu veux savoir quelque chose d'autre, ma douce ? me demanda-t-il.

— Oui, soufflai-je.

— J'ai beaucoup aimé te punir. Il n'y a rien de plus beau que ces jolies larmes qui glissent sur tes joues, murmura-t-il. Rien qu'à voir ce cul rouge vif, ma bite devient très, très dure.

Mon visage rougit d'une chaleur ardente.

Ses doigts glissèrent entre mes jambes. Il taquina mon clito en exerçant la pression la plus légère possible, mais cela suffit à provoquer une poussée de désir jusqu'à mon cœur.

Il continua à me taquiner sans relâche et il ne fallut pas longtemps pour que je me torde de besoin sur ses cuisses. Je gémis à chaque seconde, demandant de la pitié et n'en recevant aucune. Il n'appuyait jamais assez fort pour me permettre de jouir, me gardant au bord de l'orgasme pendant ce qui me semblait être une éternité.

— S'il te plaît, monsieur, fais-moi jouir, suppliai-je. Laisse-moi jouir, s'il te plaît, suppliai-je, mais il ne céda pas. Il me taquina jusqu'à ce que ma chatte ne soit plus qu'une bouillie de besoins palpitants. J'essayais de frotter mon clito contre ses doigts. Lorsque je tentai de me repousser contre lui, il me donna une fessée ferme.

Le choc de cette piqûre soudaine et ardente fut écrasant et terrible, et ma chatte se resserra violemment.

— Cette petite chatte nécessiteuse a besoin qu'on s'occupe d'elle aussi, n'est-ce pas ?

— Oui ! S'il te plaît ! le suppliai-je et je soulevai mes hanches, espérant que les doigts de l'homme m'amèneraient à l'orgasme maintenant.

— Debout, exigea-t-il, et je poussai un cri de désespoir. La vive piqûre qui brûlait encore mon derrière suffisait à m'empêcher de désobéir, mais lorsque je me mis debout, je dus m'empêcher de tendre la main entre mes cuisses et d'utiliser mes propres doigts pour jouir sur-le-champ.

Il se pencha sur le côté, ouvrit le tiroir et en sortit un autre préservatif.

— Je suis sous contraception, dis-je doucement.

Son regard avide se posa sur le mien. Il remit l'emballage dans le tiroir.

— Tu vas monter sur mes genoux, vilaine fille, mais pas comme avant. Cette fois, tu vas t'asseoir sur ma bite, me dit-il.

Ma bouche s'ouvrit et je rougis fortement.

— Mais... commençai-je.

— Tu vas monter sur ma bite, vilaine fille, ou je vais chercher ma ceinture et je vais te marquer les fesses jusqu'à ce que tu me supplies de te donner une seconde chance, me prévint-il, et l'air s'échappa de mes poumons dans un grand élan.

— Je grimperai sur ta bite, promis-je en rougissant. Mes fesses étaient déjà si douloureuses et mon clitoris palpitait si fort que j'en voyais des étoiles. Je frottai mes cuisses l'une contre l'autre, et une violente poussée de besoin me tordit le cœur.

— Bonne fille, me félicita-t-il.

Je pris sa main lorsqu'il me la tendit et plaçai mes genoux de part et d'autre de sa taille. Sa bite était à nouveau incroyablement dure, et mes parois intérieures palpitaient d'avidité. Même si nous avions baisé peu de temps auparavant, je la regardais avec nervosité. Était-il possible qu'il soit encore plus gros qu'avant ?

L'une de ses mains me stabilisa tandis que je me mettais en équilibre au-dessus de lui. Le bout de sa queue frôlait mon ouverture et je me mordillais nerveusement la lèvre alors que je planais au-dessus de lui. Lorsque je commençai enfin à m'abaisser, je sursautai lorsque l'épaisse tige me transperça en deux.

Je sursautai, la douleur de tout à l'heure revenant immédiatement, mais je l'ignorai. Je devais faire face soit à cette douleur, soit à la douleur brûlante de sa ceinture, et pour l'instant, je voulais désespérément qu'il soit en moi.

Chaque centimètre de lui était douloureux, mais je le prenais quand même. Il ne m'offrait aucune aide, me faisant clairement comprendre que je devais le prendre tout seul en moi. C'était une mesure d'obéissance, un test pour moi afin de lui montrer que je pouvais être sa bonne fille et mériter une récompense après une punition aussi dure.

Lorsque mes fesses douloureuses frôlèrent ses cuisses, je sursautai. Ma chatte se resserra autour de lui, douloureuse et incroyablement en manque. Son regard était sombre et possessif tandis que ma chatte avalait sa bite. Je sentais qu'il m'encourageait et je voulais l'impressionner.

J'avais l'impression qu'il était tellement plus profond quand je le prenais comme ça.

— Maintenant, vilaine fille, dis-moi pourquoi je t'ai donné la fessée. Dis-moi pourquoi je t'ai donné une fessée si forte, me dit-il. Ma chatte se contracta par réflexe, et il sourit d'un air entendu.

— J'ai reçu une fessée parce que je t'ai menti. Je détournai le regard, complètement en manque et gênée.

— Quoi d'autre ? demanda-t-il.

— Parce que je ne t'ai pas laissé me protéger, continuai-je timidement.

— Pourquoi d'autre ? insista-t-il doucement.

— Parce que je suis à toi, répondis-je, et il hocha la tête.

— C'est vrai, ma douce. Tu es à moi, chuchota-t-il. Il se pencha en avant et embrassa doucement mes lèvres. Ta petite chatte bien serrée a comprimé ma bite très fort quand tu as parlé de ta fessée, ajouta-t-il, et mes joues devinrent encore plus brûlantes.

Je ne pouvais pas cacher mes réactions, pas quand ma chatte était collée à sa bite comme ça.

— Aimerais-tu jouir à nouveau ? demanda-t-il.

— Oui, monsieur. Je me mordis la lèvre avec anxiété. Mon cœur se resserra. Ses mains descendirent jusqu'à ma taille et se posèrent sur le bas de mon dos.

— Si tu veux jouir à nouveau, vilaine fille, tu devras me chevaucher, ordonna-t-il, et je rougis encore plus. J'ouvris et refermai mes lèvres plusieurs fois en essayant d'avaler la boule qui se formait dans ma gorge. Je n'avais jamais rien fait de tel auparavant.

Les deux garçons avec qui j'avais été n'avaient rien fait de plus qu'un simple missionnaire. Je me sentais tellement plus coquine, et je ne savais pas vraiment quoi faire. Je restai immobile pendant quelques instants avant de rouler timidement mes hanches. Je haletai doucement, la sensation étant totalement différente de ce que j'avais connu auparavant.

Sa bite se courba de telle sorte qu'elle s'écrasa contre un seul point au fond de moi et lorsque je répétai le mouvement, je faillis crier à cause de la différence d'intensité. Mes mouvements restèrent lents et hésitants.

— Tu as besoin d'aide ? demanda-t-il doucement.

Je me mordis la lèvre, ne sachant pas vraiment ce qu'il voulait dire. Je cherchai dans son regard un indice quelconque et n'y trouvai que de la tendresse.

— Oui, répondis-je avec hésitation. Ses mains quittèrent le bas de mon dos pour venir caresser mes seins. Je fredonnais de plaisir lorsqu'il les prenait chacun dans sa main. Lorsqu'il effleura mes mamelons en érection, je sursautai et ma chatte se resserra sur sa queue.

Sa brève caresse cessa lorsqu'il prit les deux mamelons et les pinça cruellement. Je poussai un cri de surprise lorsque la douleur éclata sur chaque sein.

— Tu vas chevaucher ma bite, vilaine fille, ou le prochain pincement laissera tes mamelons douloureux pour le reste de la journée, menaça-t-il, et mes yeux s'écarquillèrent.

Mon corps se tendit sous l'effet de la peur et d'une excitation torride. Je ne pouvais pas non plus m'empêcher d'être curieuse. Qu'est-ce qu'un homme comme lui avait d'autre dans sa manche ? Quelles sont les autres choses qu'il pourrait me faire faire ?

Je regardai fixement dans ces yeux océaniques et enroulai timidement mes bras autour de son cou.

Je bougeai à nouveau les hanches.

— Tu vas devoir fournir un effort supplémentaire, gronda-t-il, et je balançai à nouveau frénétiquement mon corps sur sa bite.

Mon clito pulsait.

Je retirai un bras et le glissai entre nous. Il grogna doucement, m'encourageant à le chevaucher plus vigoureusement. Mon corps bougeait et mon clito s'écrasait contre mes doigts. Un frisson de plaisir me parcourut et je commençai à me sentir plus courageuse qu'auparavant.

— Chevauche-moi, ma belle, m'a-t-il dit, et moi, je gémis, me frottant à sa queue.

Il me fallut un petit moment pour trouver mon rythme, mais une fois que je l'eus trouvé, je ne tardai pas à atteindre le bord du gouffre. Avec mes fesses encore brûlantes, mon désir de jouir montait comme un raz-de-marée, prêt à déferler et à s'écraser sur moi à n'importe quel moment.

— Cyrus, gémis-je.

— C'est ça. Jouis sur ma bite, m'ordonna-t-il.

Mes mamelons se dressèrent, encore endoloris par ses pincements, et je les pressai contre son torse. Les poils drus et la pression soudaine ravivèrent férocement la douleur pendant une seconde, ce qui m'incita à aller plus vite de peur qu'il ne les punisse à nouveau.

Je gémis, bougeant mes hanches encore plus rapidement. Mes doigts travaillaient furieusement sur mon clito, et j'étais au bord de l'orgasme. Une chaleur fiévreuse parcourut ma peau. Chaque nerf de mon corps était prêt à s'enflammer.

— J'ai besoin de jouir, suppliai-je.

— Jouis pour moi. Chevauche-moi sauvagement, ordonna-t-il, et je rejetai la tête en arrière tandis que mon orgasme me brûlait de part en part. Mon cœur se resserra encore et encore tandis que je bougeais avec un besoin désespéré. L'extase grésillante déferlait dans chaque parcelle de mon corps, brûlante et viscéralement brutale. Mon corps était encore sensible depuis ce matin et lorsque cette seule décharge atteignit son paroxysme, j'étais déjà haletante sous l'effet de la félicité écrasante.

Lorsque le plaisir commença à s'estomper, mon corps ralentit.

— Je ne t'ai pas donné la permission de t'arrêter, vilaine fille. Jouis encore pour moi, me dit-il, et je gémis doucement.

— Je ne... essayai-je de dire, mais il me coupa la parole en attrapant mes mamelons une fois de plus. Il les pinça et les tordit bien plus durement. Pendant qu'il les punissait, je gémissais, essayant de survivre au terrible assaut douloureux avant qu'il ne me relâche enfin. Une deuxième vague de sensations brûlantes irradia mes seins avant de s'estomper en une pulsation douloureuse et punitive.

— Oui, monsieur, réussis-je à dire avant de recommencer à le chevaucher.

Je bougeais plus rapidement maintenant, utilisant mes doigts pour amener mon corps vers un autre orgasme du mieux que je pouvais. Mon corps était si sensible, mais je savais que cela n'avait pas d'importance. Il voulait que je jouisse une fois de plus, et mon choix était d'obtempérer ou de subir le courroux de ses mains, ou au pire, de sa ceinture.

Si je choisissais cette dernière option, il me forcerait probablement à jouir de toute façon.

Une poussée frénétique de désir m'assaillit de l'intérieur lorsque ses doigts descendirent pour effleurer le haut de mon cul. Ses mains s'emparèrent de chacune de mes joues et les serrèrent assez fermement pour m'obliger à faire frémir ma chatte sur sa queue encore plus vite.

Lorsque mon orgasme commença à se manifester, une main frappa légèrement mes fesses et je m'effondrai, submergée par la douleur cuisante, l'écho bruyant et la façon dont mon cœur s'enflamma avec un besoin plus grand que je n'avais jamais connu.

Je jouis si fort sur sa queue que je perdis le contrôle de moi-même. Je me tordis sur lui, me balançant d'avant en arrière en hurlant. Mon dos se cambra et mes ongles s'enfoncèrent dans son corps, me retenant alors que la douleur et le plaisir d'un orgasme aussi brutal me consumaient.

— Encore un, demanda-t-il, et je gémis. Tout était palpitant à présent. Mon clito était excessivement sensible, et lorsque je le touchai à nouveau, cela frôla la douleur.

— S'il te plaît, suppliai-je.

Il fit un geste pour saisir mes mamelons une fois de plus, mais je recommençai rapidement à chevaucher sa bite et il saisit mes hanches à la place. Je soupirai de soulagement lorsqu'il commença à me balancer d'avant en arrière, en m'assistant. Cela ne fit que renforcer l'enfoncement de son épaisse bite.

— Jouis pour moi, vilaine fille. Je veux sentir cette douce petite chatte serrer ma bite quand je la remplirai de mon sperme, ronronna-t-il et je criai, le son s'échappant comme quelque chose entre un gémissement et une plainte.

Mon clito pulsait sous mes doigts. Je stimulai mon excitation une fois de plus, travaillant sur la sensibilité accrue jusqu'à ce que mes cuisses commencent à trembler. Mon corps s'enflamma d'une chaleur explosive et je me demandai combien de temps encore je pourrais supporter cela.

Je me mordis la lèvre et le chevauchai avec autant d'enthousiasme que possible. Je m'accrochais à lui, bougeant avec lui tandis qu'il m'aidait à monter et descendre sa bite. Il gémit, et ce son délicieux me stimula. J'enfonçai mes doigts dans son dos et je mis toute la force dont j'étais capable à le chevaucher aussi fort que je l'osais.

Ses doigts serrèrent ma taille et lorsqu'il émit un autre son grave de plaisir, mon cœur se resserra et je gémis en même temps que lui.

— Jouis avec moi, Ava. Laisse-moi sentir cette petite chatte serrée autour de ma bite, dit-il d'un ton sombre. Mes yeux se fermèrent alors que mon corps tout entier se mit à trembler.

Une sensation brutale et vicieuse me traversa, vive, terrible et magnifique à la fois. Il rugit en se libérant en même temps que moi, ce qui ne fit que renforcer mon propre orgasme. Mes parois intérieures aspiraient sa bite avec un désespoir croissant. Je criai, m'agrippant à lui avec plus de férocité, tout en résistant à la tempête. Sa bite palpitait et sa semence jaillit dans mon canal, brûlante, alors qu'il me marquait comme sienne.

Cette libération finale fut à la fois une douleur et un plaisir. Je n'étais pas certaine de savoir lequel des deux se précipitait en moi à chaque instant. Tout ce que je savais, c'est qu'elle était puissante et que je devais y survivre.

Lorsque le feu brûlant et impitoyable de mon orgasme commença à s'estomper, mes mains tremblaient. Je retirai ma main de ma chatte et l'enroulai autour de son cou. Ses mains caressaient mon dos nu de haut en bas. Sa bite était toujours en moi, et il ne fit rien pour briser cette connexion entre nous.

Lorsque je fermai les yeux, les battements réguliers et apaisants de son cœur m'envahirent. Je synchronisai ma respiration avec le rythme régulier de son cœur. Ses bras m'entouraient, me retenaient.

Il ne cessa jamais de me caresser, son toucher était doux, merveilleux et si apaisant que je n'osais pas bouger un muscle, car je ne voulais pas que cela s'arrête.

À un moment donné, j'étais tellement détendue que je tombai dans un sommeil profond.

CHAPITRE CINQ

Cyrus Holt

Lorsque ce petit bout de femme s'endormit dans mes bras, je ne voulais surtout pas la déranger. Je la laissai se reposer. Je savais que certaines parties de sa punition avaient été difficiles pour elle, mais je savais aussi qu'elle en avait eu grand besoin. Elle craignait toujours Anthony et la façon dont il avait bouleversé sa vie, et elle avait besoin de s'en débarrasser.

Je l'avais forcée à le faire quand je l'avais mise sur mes genoux. La fessée avait été difficile, surtout parce que je ne voulais pas qu'elle me mente à nouveau, mais ses larmes n'étaient pas seulement dues à la douleur de son petit cul rouge vif. Elle avait besoin de quelqu'un pour la faire lâcher prise et j'avais été cet homme pour elle.

Je fis glisser mes doigts le long de sa colonne vertébrale, si doucement qu'elle se recroquevilla plus près de moi. Elle gémissait doucement dans son sommeil et je savais que je mettrais le monde à l'envers pour la garder en sécurité. Elle était à moi maintenant et c'est moi qui mettrais une balle dans le crâne d'Anthony s'il avait l'idée de la toucher à nouveau.

Aussi prudemment que possible, je la soulevai de mes genoux et la déposai dans le lit. Ma semence ruisselait sur ses cuisses. Et cela me plaisait bien. Quand elle se réveillerait, cela lui rappellerait la façon dont elle avait chevauché ma bite assez fort pour nous faire jouir tous les deux en même temps.

Elle était parfaite.

Des cils magnifiquement épais flottaient contre sa joue. Elle émit un son doux dans son sommeil et s'approcha de moi. Je m'assis à côté d'elle sur le lit et elle sembla se calmer. Ses petites articulations frôlèrent ma cuisse et je fus soudain envahi par le besoin de la protéger, de prendre soin d'elle et de lui donner tout ce qu'elle voulait dans la vie.

J'avais tourné le dos à mon ancienne vie, mais j'y retournerais pour elle.

Autrefois, mon nom suscitait la peur chez tous ceux qui osaient me contrarier. Je savais que j'avais encore assez d'influence pour faire tomber qui je voulais si j'en avais besoin.

Ava se blottit davantage sous les couvertures. Lorsque je me levai, elle ne bougea pas. Je me dirigeai vers le fauteuil en cuir, l'observant attentivement pendant que je m'asseyais. Elle dormait profondément et je ne voulais pas la réveiller. Je voulais qu'elle se repose comme il se devait.

Je pris mon téléphone et ouvris les images de la nuit précédente. Je connaissais les visages des hommes qui la poursuivaient. Anthony était le chef de la famille Montagna, mais je savais aussi qu'il était nouveau et bien trop vert pour diriger la famille avec succès très longtemps. Il finirait par énerver quelqu'un en voulant faire ses preuves. Son règne ne serait pas long, surtout s'il ne renonçait pas à sa mission de s'emparer d'Ava.

Plusieurs de ces hommes n'étaient rien d'autre que ses soldats. Honnêtement, ils étaient probablement loyaux envers Anthony, simplement à cause de la réputation de son père. Je doutais qu'ils soient fidèles à un gamin qui venait à peine d'atteindre l'âge légal pour boire et qui se laissait aller à des excès de pouvoir.

Je connaissais pourtant bien Jon. Il était le « consigliere » de la famille Montagna.

Par le passé, lui et moi avions été alliés, collaborant à plusieurs affaires dans lesquelles nous avions combiné notre pouvoir pour racheter des membres stratégiques du Congrès et le maire, ainsi que de nombreux membres des forces de police. J'avais soutenu nos efforts collectifs avec mes propres alliés qui n'étaient loyaux qu'envers moi, mais j'avais toujours considéré Jon comme un homme raisonnable. Entre lui et Mike, le père d'Anthony, les Montagna étaient une puissance à part entière, du moins jusqu'à ce que Mike soit tué lors d'un conflit territorial peu de temps auparavant.

J'avais toujours des informateurs opérationnels. Je restais en contact avec la ville, à la fois pour ma propre curiosité et pour me protéger au cas où quelqu'un aurait l'idée incroyablement imprudente de me faire tomber pour accroître son propre pouvoir et sa réputation.

Je n'étais pas stupide. Tout le monde ne peut pas survivre dans ce genre de vie.

Je composai le numéro de Jon et pressai le téléphone contre mon oreille. Il décrocha à la deuxième sonnerie.

— Je n'aurais jamais cru voir ce numéro appeler à nouveau mon téléphone, répondit-il. Son ton était nostalgique et pas du tout malveillant, ce que j'espérais entendre.

— J'aimerais te rencontrer pour discuter de quelque chose, comme au bon vieux temps, dis-je. Par le passé, j'avais rencontré Jon plutôt que son patron pour régler des questions délicates. Je l'avais toujours apprécié pour son esprit logique et, en de rares occasions, il avait trouvé une meilleure solution que moi. Je respectais cela.

— J'ai entendu dire qu'ils avaient des fûts bien vieillis au pub irlandais qu'on aimait bien à l'époque, répondit Jon.

— Cet endroit est toujours en activité, hein ? Je contemplai la pièce, passant mon pouce sur les bords de ma barbe d'un air pensif.

— Ils se sont fait de bons amis au fil des ans.

— Des amis comme toi, j'imagine, dis-je en riant.

— Peut-être, dit-il en riant à gorge déployée.

— Alors, pourquoi pas ce soir ? 20 heures, ça te va ? proposai-je.

— Je serai là. Je nous commanderai deux verres, répondit-il.

— J'ai hâte ! dis-je.

— Moi aussi, Cyrus, répondit-il, et je raccrochai le téléphone. Ava ne s'était toujours pas réveillée, alors je passai encore quelques coups de fil. Au moment où je finissais de vérifier l'état actuel des choses ainsi que d'appeler quelques faveurs pour elle et son confort, je remarquai que ses yeux étaient enfin ouverts. Pendant un moment, elle sembla légèrement paniquée, comme si elle ne se souvenait plus très bien où elle était.

— Tu as fait une bonne sieste ? lui demandai-je, souriant à la façon dont ses yeux s'illuminèrent lorsqu'elle me vit assis à ses côtés.

— Oui, dit-elle timidement. Je ne voulais pas m'endormir.

— Tu avais besoin de te reposer. Comment te sens-tu ? demandai-je.

— Courbaturée, admit-elle. Ses joues rougirent à vue d'œil et elle essaya de le cacher en enfouissant son visage dans un oreiller.

— C'est bien. C'est normal, répondis-je, et elle poussa un cri d'embarras. C'était assez adorable, et je me surpris à glousser légèrement en entendant ce son. Elle finit par trouver le courage de me regarder à nouveau et j'étudiai le rougissement qui colorait encore ses joues. Elle n'avait pas l'air très confiante.

Lorsque je l'avais prise sur mes genoux, j'étais certain qu'elle n'avait jamais été manipulée de cette façon auparavant. Chacune de ses réactions avait été sincère. Elle avait d'abord été surprise, puis alarmée, mais elle avait réagi comme je l'avais imaginé.

Sa punition l'avait excitée et elle savait que je le savais aussi.

— Viens ici, lui dis-je. Je lui tendis la main et elle sortit timidement du lit pour s'approcher de moi. Je pris ses doigts dans les miens et la fis tourner doucement pour que je puisse voir mon travail. Ses fesses étaient encore roses, ce qui faisait palpiter ma bite. J'avais donné une fessée rouge vif et assez forte pour lui faire passer un message. Je pris sa fesse droite dans ma paume et elle se crispa.

— Cyrus, murmura-t-elle anxieusement.

Au lieu de faire une remarque sur la couleur de son petit cul parfait, je la tirai sur mes genoux. Elle sursauta doucement lorsque ma bite frôla sa hanche.

— Tu bandes à nouveau, murmura-t-elle, comme si elle n'arrivait pas à le croire.

— J'aime beaucoup donner à une petite coquine exactement ce dont elle a besoin, répondis-je. Je glissai ma main entre ses cuisses. Je ne fus pas surpris de la voir mouillée.

— Je n'ai jamais rien fait de tel auparavant, dit-elle en rougissant.

— Je sais, ma belle, lui répondis-je. J'embrassai le sommet de son crâne et elle soupira doucement. Pendant un moment, je la maintins ainsi en silence.

— Qu'est-ce qui va se passer maintenant ? demanda-t-elle enfin.

— Tu vas rester ici. Je ferai en sorte qu'Anthony ne te dérange plus jamais, répondis-je.

— Mais il est dangereux ! s'exclama-t-elle en voulant s'éloigner de moi. Je ne la laissai pas faire.

— Tu ne bougeras pas, Ava. Tu vas me permettre de te protéger, sinon je vais te fouetter les fesses avec ma ceinture avant de les punir avec ma bite, la prévins-je. Elle poussa un cri de surprise.

— Tu ne peux pas... commença-t-elle.

— Mais tu seras une bonne fille, n'est-ce pas ? dis-je, en prenant sa chatte dans mes mains pour lui faire comprendre que je n'hésiterais pas à lui donner une fessée à cet endroit s'il le fallait. Elle se calma. Les muscles de ses cuisses se contractèrent contre mes doigts. La seule chose qui m'empêchait de la jeter sur le lit et de la baiser à nouveau sans raison, c'est que j'étais certain qu'elle était encore très courbaturée par les fessées qu'elle avait reçues et par notre partie de jambes en l'air.

— Oui, souffla-t-elle.

— Bien, répondis-je. Elle ne résista pas plus longtemps et je la pris dans mes bras pour l'emmener dans la salle de bains principale. Elle enroula ses jambes autour de ma taille pendant que je faisais couler l'eau de la douche. J'attendis que l'eau se réchauffe avant de l'emmener avec moi à l'intérieur. Elle ne pouvait s'empêcher de soupirer de plaisir lorsque les gouttes tombaient en cascade sur sa peau. Je la déposai doucement pour qu'elle ne glisse pas.

Je tendis la main vers l'étagère encastrée et versai quelques gouttes de shampoing dans la paume de ma main. Lorsqu'elle voulut s'en servir, je lui écartai les mains et commençai à lui laver les cheveux moi-même. Elle ne protesta qu'une seconde lorsque j'appliquai le bout de mes doigts sur son cuir chevelu. Je souris en signe de victoire lorsqu'elle laissa tomber ses mains et sourit en fermant les yeux.

Tendrement, je savonnai sa crinière sauvage. Quand j'eus terminé, je lui passai la tête sous le jet d'eau en veillant à ce que la mousse ne pénètre pas dans ses yeux. Je versai ensuite un peu d'après-shampoing dans mes paumes et le fis pénétrer dans ses cheveux fraîchement nettoyés avant de me servir d'un luffa.

Je prenais mon temps avec elle, lavant chaque centimètre de son corps endolori aussi minutieusement que possible. Lorsque j'eus terminé, elle était pratiquement immobile sous mes doigts.

Je me lavai les cheveux et me savonnai le corps beaucoup plus rapidement. Je la guidai à nouveau sous le jet d'eau, rinçant tout avec beaucoup de soin. Je passai mes mains sur ses seins, entre ses jambes et, à son grand désarroi, entre ses fesses.

Lorsque je coupai enfin l'eau, elle n'était plus qu'une jeune fille bredouillante et rougissante. Je la rapprochai pour l'embrasser, accro au goût sucré de ses lèvres. Je ne pouvais pas m'en passer.

Je sortis de la douche et attrapai une serviette épaisse lorsque je remarquai qu'elle frissonnait. Je l'enroulai autour d'elle et elle me remercia à voix basse. J'en saisis une autre pour moi avant que nous retournions tous les deux dans la chambre. Elle s'essuya ensuite complètement.

On frappa à ma porte.

Elle serra fermement les bords de sa serviette tandis qu'un éclair de panique passait sur son visage.

— Ne t'inquiète pas, j'ai demandé à quelqu'un de passer déposer quelques trucs. Ne panique pas. Reste ici et je vais répondre, dis-je rapidement. Son expression se radoucit au bout d'une seconde et elle hocha la tête en signe de compréhension. Je pris mon portefeuille et marchai dans le couloir, ma serviette serrée autour de ma taille. J'ouvris la porte et vis mon manager qui m'attendait avec plusieurs sacs.

— Vous voilà, patron, dit Stevie avec enthousiasme, et je souris.

— Merci d'avoir fait ça pour moi, dis-je, et j'ouvris mon portefeuille. J'en sortis plusieurs billets de cent dollars et les lui glissai dans la main. Pour le dérangement.

— Aucun problème, patron, sourit-il.

— Pouvez-vous m'envoyer quelques sandwichs pour le dîner et un apéritif ? demandai-je.

— Ce sera fait. Je préviendrai le chef moi-même, dit-il avant de se retourner et de redescendre pour s'occuper du restaurant.

— Merci ! dis-je. Il hocha la tête avec un sourire de travers avant de tourner à l'angle et de s'éclipser. Je ramenai les sacs dans ma chambre. Ava avait pris place sur le bord du lit et soupira visiblement de soulagement lorsque je franchis la porte.

— Tu étais inquiète ? lui demandai-je doucement, en penchant la tête sur le côté pour étudier son expression.

— Un peu, admit-elle.

— Il faudra bien plus qu'un homme à ma porte pour abattre un homme comme moi, lui dis-je. Je posai les sacs sur le lit. J'ai jeté un coup d'œil sur les tailles que tu portes et j'ai pris la liberté d'envoyer quelqu'un pour que tu aies des vêtements à porter.

Ses yeux s'écarquillèrent.

— Tu n'étais pas obligé de faire ça, marmonna-t-elle.

— Ce n'est rien, Ava. Stevie va nous préparer le dîner dans quelques minutes, alors viens dans la cuisine quand tu auras fini de te préparer, dis-je fermement. Je me penchai et l'embrassai avant de me débarrasser de ma serviette et de me diriger vers mon armoire. Je sentais qu'elle m'observait, alors je me retournai avec un sourire en coin. Elle détourna rapidement le regard et se leva d'un bond, fouillant rapidement dans les sacs pour cacher le fait que je l'avais surprise en train de me regarder.

Je revêtis un beau costume noir bien repassé, avec une chemise boutonnée gris foncé en dessous. Je passai une cravate bordeaux autour de mon cou et la nouai avant de glisser mes pieds dans une paire de chaussures en cuir. Quand j'eus terminé, je retournai dans la chambre.

Ses yeux étaient de nouveau braqués sur moi. Elle avait trouvé le sac de lingerie en premier et avait enfilé un ensemble soutien-gorge et culotte bleu clair assorti. Son teint pâle lui allait à ravir et la vision de la faire se mettre à quatre pattes faillit me faire perdre la raison.

Je secouai la tête. Nous aurions le temps de baiser plus tard.

Je pris un moment pour parcourir son corps du regard, en partie parce que j'aimais ça, mais aussi parce qu'elle l'aimait aussi. Elle voulait savoir à quel point je la désirais, et je n'avais aucun mal à lui montrer à quel point je la désirais. Lorsque la petite tentatrice se lécha les lèvres, je grognai doucement en guise d'avertissement.

— Finis de t'habiller ou je t'enlève ta culotte, je te penche sur le lit et je te baise à nouveau. Je me fiche que tu sois courbaturée ou non, menaçai-je. Son visage rougit à nouveau et elle se détourna timidement.

Le soutien-gorge n'était fait que d'une fine dentelle, révélant à quel point ses jolis petits tétons durcissaient à l'idée que je la prenne ainsi. Elle était un véritable trésor. Lorsqu'elle se tourna à nouveau vers moi, elle avait l'air inquiète, excitée et insatiablement curieuse.

— Oui, monsieur, dit-elle timidement.

Je fis un pas vers elle et elle sursauta, mais je me contentai de saisir sa joue et de l'embrasser doucement. Ses lèvres cherchèrent les miennes avec une insistance qui n'existait pas auparavant, et je savourai tout cela. Lorsque je m'éloignai, je remarquai que ses yeux étaient dilatés et que sa respiration était devenue instable et tremblante.

— Bonne fille, dis-je à voix basse. Sa bouche se retroussa en un doux sourire et j'embrassai sa joue.

Lorsque je me détournai, je l'entendis essayer de reprendre son souffle. Cela me plaisait de savoir que j'avais un tel effet sur elle.

Je traversai le couloir pour me rendre dans la cuisine, apercevant ma ceinture toujours posée sur la table. Je décidai de la laisser là, juste pour lui rappeler qu'elle serait toujours accessible si j'en avais besoin. Je savais que cela la ferait mouiller.

Lorsqu'elle sortit de ma chambre, elle était vêtue d'un pantalon de yoga souple et d'un sweatshirt violet à manches longues. Elle sursauta légèrement en voyant la ceinture, mais elle se reprit rapidement et s'assit juste à temps avant que Stevie ne frappe à la porte. Je remarquai qu'elle étudiait la ceinture avec plus d'attention et je gloussai intérieurement.

Je la lui présenterais en temps voulu.

— Votre dîner, patron ! dit-il et je me levai pour aller ouvrir la porte. Stevie me passa les sacs de nourriture et je le remerciai avant qu'il ne reparte. Je passai le repas à Ava et allai chercher des assiettes et des serviettes dans les placards de ma cuisine pour nous. Elle avait déballé la nourriture lorsque je revins à la table et que je m'assis avec elle.

— Tout cela a l'air vraiment délicieux, dit-elle avec enthousiasme. Elle prit une petite bouchée d'un des sandwichs au poulet parmigiana et une expression de bonheur passa sur son visage.

— Tu devrais augmenter le chef, s'exclama-t-elle.

— Il est excellent, hein ? Je lui souris. Le chef s'appelle Mikey. Je l'ai trouvé à la sortie d'une école de cuisine en Italie et je lui ai offert un emploi. Toute sa famille est venue avec lui et maintenant ils vivent à quelques rues au nord d'ici. Lorsque le restaurant est fermé pour les fêtes, je les laisse utiliser l'espace pour leurs dîners de famille. Il faut voir la quantité de nourriture qui arrive sur ces tables. On croirait qu'il nourrit une armée de deux cents personnes plutôt qu'une famille de quinze personnes.

— Quinze ? demanda-t-elle.

— Mikey a neuf autres frères et sœurs, dis-je en souriant.

— Waouh. C'est fou, dit-elle d'un air pensif.

— En effet oui, dis-je en riant.

Elle rit et le son musical remplit la pièce. Elle sourit et une mignonne petite fossette apparut sur sa joue gauche, ce qui ne fit qu'ajouter à son charme délicieusement attachant. Lorsque son rire cessa, elle prit une nouvelle bouchée de son sandwich, qu'elle mâcha pensivement.

— Alors, que se passe-t-il maintenant ? demanda-t-elle. Ses yeux se rétrécirent légèrement, ses sourcils se fronçant sous l'effet de la contemplation.

— Tu vas rester ici. Je vais rencontrer un de mes associés au sujet de ton problème. Je veillerai à ce qu'il soit réglé, répondis-je vivement. Elle acquiesça, se mordillant la lèvre.

— Combien de temps vas-tu t'absenter ? demanda-t-elle.

— Quelques heures seulement. Si tu as besoin de quoi que ce soit, appelle-moi. Stevie et Mikey, en bas, sont aussi de solides gaillards. Ils ne laisseront personne te faire du mal non plus, poursuivis-je.

Elle jeta un coup d'œil à la ceinture, puis à moi. Je ne dis rien à ce sujet, mais je n'en avais vraiment pas besoin. Elle essaya de dissimuler la façon dont elle s'agitait sur son siège en prenant une autre bouchée, mais je l'avais remarqué de toute façon. Ses fesses étaient douloureuses, et j'aimais ça. Cela lui rappellerait que je n'hésiterais pas à recommencer si elle en avait besoin.

Je mangeai rapidement mon propre sandwich. Quand j'eus fini, je me servis dans le buffet apéritif avant de le lui passer. Elle était ravie et finit par en manger la plus grande partie à elle toute seule. Je me réjouissais de son bon appétit, sachant qu'elle avait brûlé une tonne de calories dans mon lit.

Lorsque nous eûmes fini de dîner, il était plus de 19 heures. Je me levai et attrapai ma ceinture. Je souris. Lorsque je serrai la lanière de cuir autour de ma taille, elle se détendit visiblement. Je voulais qu'elle pense à moi quand je serais parti.

Je m'approchai d'elle, lui pris le poignet et l'entraînai loin de la table, dans le salon. Elle accepta de venir de bon gré, du moins jusqu'à ce que je la penche sur le canapé et que je lui donne plusieurs coups de poing dans le cul.

— Cyrus ! haleta-t-elle.

Je gémis en saisissant ses fesses avec mes mains. Je n'étais pas tendre, mais je savais que ce n'était pas ce qu'elle voulait. Elle voulait être malmenée et j'y prenais autant de plaisir qu'elle.

— Quand je reviendrai, je te montrerai à quel point tu m'as manqué, grognai-je, et un soupir délicieusement émoustillé s'échappa de ses lèvres. Je la relevai et l'embrassai fougueusement, avalant ses soupirs et les faisant miens. Quand je m'éloignai enfin, ses lèvres étaient rouges, et je passai mon pouce dessus.

— Promis ? demanda-t-elle.

— Je te le promets, dis-je avec un sourire. Je l'embrassai encore une fois avant de me détourner et de sortir. Je descendis les escaliers, imaginant toutes les choses honteuses que je lui ferais faire à mon retour.

* * *

Mon chauffeur me conduisit directement à la porte d'entrée du McGuire's. Il était encore assez tôt, mais il y avait beaucoup de clients au bar lorsque j'entrai. Il y régnait une vieille odeur de renfermé, mais l'endroit existait depuis une quarantaine d'années, ce qui ajoutait à son charme. L'intérieur était sombre et de lourdes poutres en bois tapissaient les plafonds et les murs. Il y avait une grande cheminée en pierre à l'arrière, avec un feu confortable qui crépitait constamment, et au moins une douzaine de petites bougies éclairaient les tables.

Je ne me rendis pas au bar. Je me dirigeai vers l'arrière, où je savais que je trouverais Jon. Il y avait là une grande cabine à l'abri des regards indiscrets. En tournant à l'angle, je le trouvai en train de m'attendre avec deux verres de whisky pleins.

— J'ai pris la liberté de demander à Liam de nous servir à tous les deux un verre du meilleur de la maison, me dit-il.

Je me glissai dans la cabine et pris une gorgée. L'alcool brûlait en glissant dans ma gorge, incroyablement doux et savoureux.

— Il a vieilli en fût de chêne pendant plus de vingt-cinq ans, poursuivit Jon.

— Tu t'es souvenu de ce que j'aimais, dis-je en souriant.

— Cela fait quelques années, Cyrus. Il se rassit. Son regard était pensif.

— C'est vrai. Mon ancienne vie m'a épuisé, mais me voilà de nouveau aspiré par elle, répondis-je. Je bus une nouvelle gorgée de whisky, savourant l'arrière-goût fumé.

— Tu veux revenir dans la course ? demanda-t-il.

— Pas spécialement, répondis-je.

— Qu'est-ce qui se passe alors ? demanda-t-il avec curiosité.

— Une femme, dis-je. Sa pomme d'Adam rebondit de haut en bas lorsqu'il déglutit.

— Elle ne s'appellerait pas Ava Richardson, par hasard ? Jon soupira.

J'acquiesçai. Ses épaules s'affaissèrent comme s'il avait été frappé par une soudaine vague d'épuisement. Il secoua la tête, l'air las, et jeta un coup d'œil autour de lui pour voir si quelqu'un l'écoutait.

— Je suppose que tu es au courant de la situation actuelle de la famille Montagna ? demanda-t-il.

— Je sais que la situation est précaire en ce moment, répondis-je.

— Anthony est jeune, il n'a pas fait ses preuves, commença Jon. Il est imprudent. Son père lui avait interdit de se venger de cette fille il y a des années et il s'est mis dans la tête que c'est quelque chose qu'il doit faire maintenant qu'il est en charge.

— Sache qu'elle est sous ma protection, dis-je fermement, et ses yeux bruns plongèrent dans les miens. Il savait ce que je voulais dire. Je n'avais pas besoin de lui dire que si Anthony poursuivait sa quête de vengeance, il devrait en assumer les conséquences.

— Vraiment ? demanda-t-il, et je hochai la tête une fois.

— Il faut qu'il l'oublie, répondis-je, et il se racla la gorge.

— Compris. Je ferai tout ce que je peux pour qu'il se concentre sur autre chose, dit-il.

— J'apprécie ce geste. Je bus un autre verre lentement, appréciant la douce brûlure tout en observant la gravité de ce que je disais se refléter sur son visage.

— Il n'est pas du tout comme son père. Il refuse d'entendre raison, marmonna Jon. Sa lassitude ne faisait qu'augmenter maintenant qu'il avait révélé sa frustration.

— Notre monde ne permet pas l'entêtement. Soit il apprendra, soit il connaîtra le même sort que son père bien plus tôt que prévu, répondis-je.

Jon hocha la tête, partageant mon avis. Au lieu de répondre tout de suite, il prit une longue gorgée de whisky et se rassit en soupirant lourdement.

— Je ne t'envie pas, dis-je, et il s'esclaffa.

— J'aurais dû accepter ton offre d'emploi il y a des années, soupira-t-il.

— Elle est toujours disponible, Jon. Tu n'as qu'à l'accepter, répliquai-je, et ses épaules se mirent à trembler de rire. Je savais qu'il ne le ferait pas, pas avec Anthony toujours en vie. Jon était l'un des hommes les plus loyaux que j'aie jamais connus. Il se mettrait devant une balle pour la famille Montagna. Même si je voulais qu'il devienne mon propre « consigliere » ou au moins une sorte de second, il ne leur tournerait pas le dos à moins qu'on ne lui force la main.

— Tu sais, j'ai essayé de la sauver de lui. Je l'ai aidée à s'enfuir, admit-il.

— Elle m'en a parlé, dis-je en hochant la tête.

— J'ai pensé que cela suffirait peut-être, mais il la veut toujours. Cette fille est innocente. Elle ne mérite pas les choses ignobles qu'il veut lui faire subir, cracha Jon en faisant tourner son verre. Les glaçons s'entrechoquèrent bruyamment avant qu'il ne le repose sur la table. Contemplatif, il le fixa et le prit à nouveau dans sa main.

Il le but jusqu'à la dernière goutte.

— Je te promets que j'essaierai de l'orienter dans l'autre sens. Je veux juste que tu sois prêt au cas où il ne m'écouterait pas, expliqua-t-il. Je savais que c'était le mieux qu'il pouvait faire dans les circonstances actuelles. Je ne pouvais pas vraiment demander plus que cela.

— Tu es un homme bon, Jon, répondis-je.

Il hocha la tête, son sourire se crispant avec retenue. Il n'avait pas hâte de repartir. J'espérais que la prochaine fois que je le verrais, ce serait pour boire un verre, plutôt que pour tuer l'homme pour lequel il travaillait.

CHAPITRE SIX

Cyrus

Je ne m'étais pas précipité hors du pub tout de suite après le départ de Jon. Je sirotai mon whisky tout en passant quelques coups de fil. Même si je voulais faire confiance à Jon, je savais qu'il ne fallait pas se fier entièrement à lui. Je passai des coups de fil à plusieurs autres familles aussi puissantes que les Montagna, mais qui n'étaient pas vraiment en bons termes avec eux, sachant qu'il ne faudrait pas grand-chose pour les faire passer de mon côté.

Lorsque j'eus fini mon verre, une heure s'était écoulée et il était temps de rentrer chez moi. Je jetai plusieurs gros billets sur la table en m'éloignant de la cabine. Mon chauffeur m'attendait à l'extérieur. En montant à l'arrière, je regardai le pub abandonné. La peinture était écaillée par endroits et le bardage était fissuré, mais tout cela ajoutait à son caractère nostalgique.

La voiture démarra et je regardai les rues sombres défiler. La ville était encore très vivante à cette heure-ci. Des piétons faisaient leur jogging sur le trottoir. Une femme en costume d'affaires passait à toute vitesse devant des gens qui se déplaçaient nonchalamment dans la rue.

Nous n'avions roulé qu'un ou deux pâtés de maisons avant que Frank ne descende la cloison qui nous séparait.

— Patron, il faut que vous regardiez ça, déclara-t-il, inquiet. Je plissai les yeux de confusion et me penchai en avant pour avoir une vue sur le pare-brise.

Mon bâtiment était en feu.

— Emmenez-moi là-bas tout de suite ! criai-je.

Le rugissement du moteur répondit à sa place. Je restai assis pendant qu'il ignorait les feux de circulation et qu'il contournait les voitures dans la rue. À un moment donné, il roula même du mauvais côté de la route, mais il s'arrêta devant mon restaurant en un temps record. Après avoir bondi de la voiture, je me précipitai à l'intérieur. Je courus jusqu'à la cuisine et poussai un juron lorsque je vis un corps allongé face contre terre sur le carrelage.

C'était Stevie. Il y avait une mare de sang sous lui, le rouge se détachant sur le carrelage toscan de couleur crème. Je me mis à genoux et appuyai mes doigts sur le côté de son cou. Il n'y avait pas de pouls. Je me penchai pour voir une blessure par balle au milieu de son front.

Je me relevai et fouillai le reste de l'appartement. Mikey était introuvable. J'espérais qu'il n'était pas blessé ou pire encore.

Je ne pouvais pas retourner dans le cellier, car c'était là que le feu avait pris.

Je sortis de la cuisine en sprintant vers l'escalier. Je montai les marches deux par deux, ignorant la brûlure cuisante de la fumée qui s'insinuait dans mes poumons. J'avais les yeux humides, mais cela ne suffit pas à m'arrêter. Je traversai la porte en m'appuyant sur mon épaule. La douleur me faisait grogner, mais je l'ignorais. Les murs extérieurs étaient en flammes. Les flammes léchaient les rideaux et toute la structure gémissait.

— Ava ! rugis-je. La panique m'envahit et ma vision devint rouge. Si elle était blessée, je réduirais les responsables en miettes.

Je ne la voyais nulle part. En cherchant, je trouvai des signes de lutte. Des chaises avaient été renversées. Des assiettes et des verres cassés jonchaient la moquette. Elle n'était pas là.

— À l'aide !

Je poussai un soupir de soulagement en entendant sa voix.

— Je suis de retour ! cria-t-elle à nouveau. Elle venait de la direction de ma salle de cinéma. Je me précipitai vers elle, enjambant une plante en pot tombée au sol, tout en courant dans le couloir, passant devant ma chambre et la chambre d'amis, jusqu'à l'escalier situé à l'arrière du bâtiment.

Une partie de l'escalier s'était effondrée. La fumée était extrêmement épaisse ici, et je fis de mon mieux pour en respirer le moins possible. Lorsque je jetai un coup d'œil vers le haut de l'escalier, je vis qu'une des poutres du plafond était tombée, bloquant la sortie.

Elle regarda en bas.

— Tu vas bien ? criai-je.

— Oui ! répondit-elle rapidement.

— Il y a quelqu'un avec toi ? criai-je et elle secoua la tête.

— Mikey a sorti un type d'ici, mais je ne l'ai pas revu depuis, expliqua-t-elle d'un air inquiet.

— Ne bouge pas. Je vais venir te chercher ! hurlai-je.

Il n'y avait qu'un seul moyen de l'atteindre et je n'étais pas certain que ça marcherait.

Son visage disparut et je me précipitai dans la chambre d'amis. J'ouvris la fenêtre et grimpai sur l'escalier métallique branlant. J'avais l'intention de mettre toute la structure aux normes un de ces jours, mais ce n'était pas une priorité.

J'aurais bien aimé en faire une maintenant.

La plateforme était rouillée et grinçait sous mon poids. Je levai les yeux, maudissant le fait que l'échelle menant au troisième étage était tout juste hors de ma portée. La chaleur de l'immeuble en feu me brûlait les poumons.

— Merde.

Je sautai et enroulai mes deux mains autour du dernier barreau de l'échelle. Tout l'escalier de secours en métal se mit à grincer. Je m'attendais à ce qu'il s'écroule sous mes pieds, surtout lorsque l'échelle tomba au deuxième niveau.

Mes pieds frappèrent durement la plateforme, la faisant trembler comme si elle était ravagée par un séisme. Je ne saurais dire comment, mais elle resta en quelque sorte attachée au bâtiment.

Le souffle tremblant, je grimpai l'échelle à toute vitesse. Je m'agrippai au rebord de la fenêtre et tentai de l'ouvrir, jurant copieusement lorsque je me rendis compte qu'un crétin l'avait peinte pour la fermer. Il n'y avait pas de temps à perdre, alors je serrai mon poing et l'enfonçai directement dans la vitre.

Ava cria de l'intérieur, mais cela ne fit que m'encourager.

Je retirai rapidement ma veste de costume et m'en servis pour faire tomber le reste de la vitre. Je la posai sur le rebord de la fenêtre lorsque j'eus terminé et sautai à travers. L'incendie semblait particulièrement grave ici. La fumée était si épaisse que le simple fait de respirer m'emplissait les poumons et que j'étouffais avec une quinte de toux. L'énorme écran de projection était en flammes. Les oreillers et les couvertures brûlaient comme du petit bois.

Ava se précipita à mes côtés et je passai mon bras autour de sa taille. Sachant que le temps était compté, je la jetai par-dessus mon épaule et m'élançai vers la fenêtre. La structure métallique commençait à chauffer. Je ne savais pas combien de temps ce truc branlant allait tenir, alors je descendis l'échelle jusqu'à la plateforme du deuxième étage aussi vite que je l'osais. Lorsque j'atteignis le bord, je jurai en voyant que l'échelle qui menait au sol ne tenait plus qu'à une seule vis cassée.

— Qu'est-ce qui ne va pas ? demanda-t-elle, et je ne répondis pas.

À côté de moi, la fenêtre explosa et des flammes parcoururent les murs. Je rugis et me jetai du rebord, me tordant durement en la plaquant contre ma poitrine.

Mon dos heurta le toit de la camionnette garée en contrebas.

Tout mon corps se raidit sous l'effet de la douleur de l'impact, mais l'important était qu'elle soit en sécurité et que j'aie pris le plus gros de l'impact. Je me donnai un bref instant pour laisser la douleur s'estomper. Je la pris alors dans mes bras et sautai de la camionnette en ruine.

Mon chauffeur m'attendait toujours. Je saisis la poignée de la porte et l'ouvris d'un coup sec, me glissant sur la banquette arrière aussi vite que possible.

— Emmène-moi à Brentwood. Appelle James et préviens-le que j'arrive, rugis-je.

Frank acquiesça rapidement et referma la cloison. Je posai doucement Ava sur le siège à côté de moi et commençai à passer mes mains sur elle, vérifiant qu'elle n'était pas blessée. Elle inspira profondément lorsque je saisis sa cheville gauche, et je relevai la tête pour lui faire face.

— Ce n'est rien. J'ai juste fait un faux pas quand j'ai couru dans les escaliers. Je crois qu'elle a roulé ! s'exclama-t-elle.

— Quelqu'un t'a fait du mal ? grognai-je. J'avais du mal à contenir ma colère. Personne n'avait le droit de toucher à ma femme. J'avais envie de les mettre en pièces.

— Non. Mikey s'est occupé d'eux avant qu'ils ne s'occupent de moi, répondit-elle immédiatement. Je vais bien, me rassura-t-elle en m'attrapant et en m'entourant le cou de ses bras.

Pendant une longue minute, elle resta silencieuse, et je me contentai de la serrer dans mes bras.

— Il y a eu un coup de feu, dit-elle d'une voix tremblante à mon oreille.

— Ils ont tué Stevie, lui répondis-je simplement. Cela ne servait à rien de lui cacher cette information. Elle le découvrirait tôt ou tard.

— J'ai reconnu certains d'entre eux sur la photo. Ce n'était pas Jon ou Anthony. C'étaient les autres, expliqua-t-elle. Sa voix tremblait et je détestais cela. Je la serrai encore plus fort, voulant la protéger du monde. Je voulais lui faire oublier sa peur.

Anthony avait envoyé ses soldats pour me la prendre. Il allait payer pour cela.

— Il ne s'arrêtera pas.

Je sentais chaque tremblement qui parcourait son corps et je ne désirais rien de plus que de le voir mort.

— Je le sais. Je vais devoir le tuer, crachai-je.

— Tu ne peux pas. C'est trop dangereux. C'est un mafieux, pour l'amour de Dieu, répondit-elle avec inquiétude.

— Je crois qu'il est temps que je te parle un peu de moi, lui dis-je en m'asseyant à côté d'elle. Voulant la garder près de moi, je la pris dans mes bras et la glissai sur mes genoux.

Elle ne protesta pas, bien qu'ayant senti un poil d'hésitation dans son corps pendant que je la tenais.

— Qu'est-ce que tu veux me dire ? demanda-t-elle timidement.

— Il y a quinze ans, cette ville était mon terrain de jeu. J'étais un peu comme Anthony, mais en beaucoup plus grand. Aujourd'hui encore, j'ai plus de pouvoir que lui, commençai-je. Elle ne me coupa pas la parole.

— Je dirigeais la ville comme une entreprise. J'achetais les politiciens, les flics, les riches de l'Upper East Side, tous ceux qui avaient besoin d'être persuadés d'être mes alliés. En échange, nous nous sommes tous enrichis grâce à la vente de drogues, d'armes et de tout ce que vous vouliez sur le marché noir. J'ai régné pendant plusieurs années, mais une vie comme celle-là ne reste pas longtemps réglée.

Je marquai une pause. Elle me regarda à nouveau, attentive à mon histoire.

— Puis, une année, un grand cartel de la drogue a essayé de s'installer dans la ville. Ils étaient prétentieux et arrogants et sont arrivés avec un mépris total pour les gens qui étaient déjà là. Leur chef a accepté de me rencontrer, mais ce n'était qu'une tactique pour me distraire dans leur vol de territoires et de pouvoirs, poursuivis-je.

Je fis une pause, les souvenirs douloureux s'emparant de moi. Aujourd'hui encore, il était difficile d'en parler. Elle leva les yeux vers moi avec inquiétude et ses doigts se serrèrent un peu plus sur le tissu brûlé de ma chemise.

— Le chef avait demandé à un tueur à gages de tuer mon fils et ma femme de sang-froid au moment même où je le rencontrais, dis-je doucement.

— Je suis tellement désolée, Cyrus, murmura-t-elle. Je ne savais pas.

— Je sais, ma douce. C'était il y a de nombreuses années et j'ai eu ma revanche à la fin, répondis-je.

— Comment était-elle ? demanda-t-elle.

Je pris l'arrière de sa tête avec ma paume. Sans attendre, j'embrassai le sommet de son cuir chevelu et elle se blottit plus près de moi.

— Elle s'appelait Isabel. C'était une femme puissante, courageuse et sûre d'elle. Elle avait un tempérament de feu, mais son amour était inépuisable. Quand elle a accouché de notre fils, elle s'est adoucie d'une manière inattendue, et je l'ai aimée encore plus que je ne l'aurais cru possible. D'une certaine manière, tu lui ressembles, expliquai-je.

— Comment ?

— Quand tu souris, tes yeux s'illuminent et cette mignonne petite fossette se révèle sur le côté gauche de ton visage. Elle en avait une de chaque côté.

Je passai mon pouce sur la tache de sa joue, souriant en pensant à la fois au passé et au présent.

— Et ton fils ? Comment s'appelait-il ? demanda-t-elle ensuite.

— Henry. C'était un garçon adorable. Il n'avait que sept ans quand il est mort, mais il avait l'étoffe d'un petit politicien depuis sa naissance, murmurai-je. Je ne pouvais pas cacher la tristesse de ma voix.

— Je suis vraiment désolée. Qu'est-il arrivé aux hommes qui les ont tués ?

— Après avoir appris leur mort, je les ai enterrés, j'ai pris une semaine pour faire mon deuil, puis je suis parti en guerre contre le cartel de la drogue. Mes soldats étaient forts. Les autres familles de New York m'ont soutenu. Mes alliés étaient puissants et nous les avons détruits, mais j'ai aussi perdu beaucoup d'hommes dans le processus. Mon entreprise a subi plusieurs revers et au lieu de la reconstruire à partir de zéro, j'ai pris ma retraite, expliquai-je.

— Et le tueur à gages ?

— Je l'ai tué moi-même, ainsi que le minable individu qu'était le chef du cartel.

— J'espère que tu ne leur as pas donné une mort rapide, cracha-t-elle avec colère.

Je la regardai avec surprise, tombant encore plus amoureux d'elle à cause de cela.

— Non, je ne l'ai pas fait.

— Bien, répondit-elle fièrement.

Pendant quelques instants, nous restâmes tous les deux silencieux. Elle semblait contemplative et je ne voulais pas la brusquer davantage, sachant que mon histoire était difficile à digérer.

— Où allons-nous maintenant ? demanda-t-elle enfin.

— Je t'emmène chez un vieil ami. Il veillera sur toi pendant que je retrouverai Anthony, répondis-je.

— James ?

— Oui. Il était l'un de mes plus proches alliés. Il a également pris sa retraite, mais je ne pense pas qu'il ait pris autant de recul que moi par rapport à ce monde.

Elle regarda par la fenêtre et redevint silencieuse pendant un moment.

— Il y a autre chose que je me demande, dit-elle en guise d'introduction.

— Dis-moi, répondis-je en l'invitant à le faire.

Elle sourit doucement, cherchant mon visage avant de reprendre la parole.

— Pourquoi une pizzeria ? Cela semble étrange pour quelqu'un comme toi.

— Pour honorer mon Isabel. Lors de notre première rencontre, je l'avais emmenée dans la meilleure pizzeria de la ville. La petite s'était vantée de ses talents de pizzaïolo. Je l'ai mise au défi de la faire pour moi lors de notre deuxième rendez-vous, ne la croyant pas vraiment et pensant qu'elle ne faisait que se montrer. Mais elle avait raison. La sienne était meilleure et elle me l'a fait reconnaître à la fin de la soirée, dis-je en remontant le fil des souvenirs. Je soupirai, me souvenant de la façon dont son visage s'était illuminé lorsque je lui avais dit à quel point c'était bon.

— Elle devait être une femme merveilleuse. Je suis désolée que tu l'aies perdue, murmura-t-elle.

— Merci, ma douce, répondis-je.

Je jetai un coup d'œil par la fenêtre, remarquant que nous avions quitté la ville et que nous roulions sur l'autoroute. La maison de James ne se trouvait pas très loin, mais elle était suffisamment éloignée de la mienne pour que je sache qu'elle y serait en sécurité.

— Tu es sûre que tu n'es blessée nulle part ? demandai-je à nouveau. Elle s'était détendue contre moi. Toute blessure aurait pu être masquée par l'adrénaline du besoin de s'enfuir. Je sentais la douleur du saut dans la camionnette irradier dans mes membres. Je savais que cela ne ferait qu'empirer le lendemain.

— Je sais que ça ne fera qu'empirer demain. Rien d'autre que ma cheville et ça va déjà mieux, dit-elle en souriant. Elle fit un effort pour la faire rouler, juste pour me montrer. Je l'observai attentivement, mais il n'y avait aucun signe que cela lui causait une réelle douleur. Elle ne broncha même pas.

La voiture prit la sortie suivante et nous entrâmes dans une communauté surveillée. Frank traversa les collines sinueuses jusqu'à ce qu'il s'engage dans l'allée pavée du manoir de James. La maison était bien éclairée, mettant en valeur les multiples niveaux et l'aménagement paysager impeccable de sa demeure, même dans l'obscurité.

— Attends-moi, je reviens tout de suite. Je reviens tout de suite, dis-je à Frank.

Lorsque j'ouvris la porte, Ava essaya de descendre de mes genoux. Je ne la lâchai pas, à la fois parce que je n'en avais pas envie et pour garder un certain contrôle. Elle fit une petite moue quand je refusai de la mettre à terre, mais je n'y fis pas attention en la portant sur le porche d'entrée. La porte massive en chêne s'ouvrit avant que je puisse frapper.

James se tenait dans l'entrée avec un grand sourire.

— Bonjour, mon vieil ami, déclara-t-il. Ses yeux bruns étincelaient. Cela faisait quelques années que je ne l'avais pas vu. Ses cheveux étaient gris, mais ils lui donnaient un air distingué qu'il n'avait pas dans sa jeunesse.

— J'ai besoin de ton aide, dis-je rapidement.

— Dans ce cas, tu es au bon endroit, répondit-il. Il haussa un seul sourcil en jetant un coup d'œil sur la femme que je tenais dans mes bras, puis sur moi.

CHAPITRE SEPT

Cyrus

James ferma la porte derrière nous avant de nous guider vers le salon. Je portai Ava tout le long du chemin. Sa mâchoire était crispée et elle soufflait doucement de contrariété, mais je n'y prêtais pas attention. Elle aurait pu mourir dans cet incendie, et je ne voulais pas encore la laisser partir. Pour être franc, c'était la seule chose qui m'empêchait de conduire jusqu'à la ville et d'étrangler Anthony dans son lit en ce moment même.

— Je vais bien, Cyrus. Tu peux me poser, protesta-t-elle.

— Tu vas me laisser m'occuper de toi, sauf si tu veux que je demande à mon ami si je peux emprunter une de ses chambres d'amis à l'étage pour que je puisse baisser ce jean et te donner une fessée rouge vif pour te rappeler ce qui se passe quand tu te bats contre moi, grognai-je.

Ses lèvres se fermèrent et elle acquiesça rapidement. Elle rougit fortement et jeta un coup d'œil en direction de James, sachant pertinemment que je n'hésiterais pas à mettre ma menace à exécution.

Je ne lui mentionnai pas qu'il m'avait entendu faire face à Isabel à maintes reprises. Elle avait un côté orgueilleux et têtu qui l'avait mise en danger plus souvent que de raison. Un derrière rouge vif lui avait fait du bien à plusieurs reprises dans le passé, tout comme il le ferait pour Ava de temps en temps, surtout lorsqu'il s'agissait de sa sécurité.

Ava se tortilla un peu sur le canapé lorsque je m'assis à côté d'elle. J'étais certain qu'elle pensait encore à la fessée qu'elle avait reçue dans l'autre pièce et que cela la faisait mouiller. Elle croisa mon regard et je lui souris en connaissance de cause, ce qui la fit rougir encore plus.

— Quel est le problème ? demanda James. Il était assis en face de moi dans un élégant fauteuil en cuir gris, croisant une jambe sur l'autre et attendant patiemment que je raconte notre histoire. Il ignora mon interaction avec Ava et se concentra sur la raison pour laquelle j'étais venu en premier lieu.

Je me lançai immédiatement dans un rapide résumé de ce qui s'était passé au cours des dernières vingt-quatre heures, et il m'écouta attentivement. Lorsque j'eus terminé, son expression était devenue sérieuse.

— La famille Montagna a prospéré sous le règne de Mike. Anthony a hérité de solides piliers, même s'il ne les a pas gagnés, répondit James.

— J'ai besoin que tu protèges Ava pour moi pendant un petit moment. Je vais retourner en ville et m'occuper du problème de manière plus agressive cette fois-ci, expliquai-je.

Mon téléphone sonna dans ma poche et je le sortis. C'était Jon.

— Jon, répondis-je simplement. J'allais justement t'appeler.

— Vous allez bien tous les deux ? demanda-t-il rapidement. Sa voix était hâtive et quelque peu inquiète. L'incendie l'avait probablement pris au dépourvu, tout comme moi.

— Nous allons bien, répondis-je vivement.

— Anthony a pris ton cuisinier en otage. Il le rendra si tu acceptes de lui livrer la fille, poursuivit Jon, un peu essoufflé. J'entendais un peu d'agitation en arrière-plan, mais pas assez pour savoir de quoi il s'agissait.

Putain de merde. Mikey ne s'était donc pas enfui après tout.

— Tu veux qu'on se retrouve au bar ? Je pourrais peut-être lui faire entendre raison, crachai-je furieusement. Je n'en voulais pas à Jon. Je ne pensais pas qu'il mettrait une femme en danger de cette façon. Il n'avait jamais été de ce genre.

Mon irritation était dirigée contre quelqu'un de beaucoup plus précis. Je fermai les yeux, tentant de calmer la mer de rouge qui avait peint ma vision en écarlate.

— Je vais voir ce que je peux faire, répondit Jon.

— Chez McGuire. Dans une heure, dis-je, et je raccrochai le téléphone.

Je restai debout pendant plusieurs secondes, le temps de me ressaisir. Je ne voulais pas qu'Ava me voie dans cet état. J'avais fait des choses terribles dans le passé. Certains pourraient même me qualifier de monstre, mais je n'exposerais jamais ma femme à quelque chose comme ça.

Elle avait besoin d'être chérie, aimée et protégée.

Je serais cet homme pour elle.

James se leva et appuya sur un bouton caché sous une table. L'un des tableaux massifs de la pièce glissa sur le mur, révélant une grande cache d'armes. Je regardai les différentes options qui s'offraient à moi. Il y avait plusieurs fusils de sniper, des mitrailleuses automatiques, des revolvers semi-automatiques, des couteaux de lancer et toutes sortes d'armes plus discrètes qui feraient l'affaire en cas de besoin.

Il retira plusieurs armes de poing du mur et me les lança. Le poids semblait très naturel dans ma paume, et je fis glisser ma main autour de la crosse.

Je sentais les yeux d'Ava braqués sur moi.

Un majordome arriva avec une veste de costume noire. C'était probablement la veste de James, mais nous étions tous les deux assez proches en taille pour qu'elle m'aille aussi. Il y avait plusieurs endroits pour ranger des armes à l'intérieur et j'en profitai. Ava regardait avec des yeux écarquillés et le temps que je sois complètement équipé, elle semblait prête à s'enfuir.

— Je dois y aller, Ava. Tu vas rester ici avec James. Il a beaucoup d'agents de protection sur le terrain pour te garder en sécurité, expliquai-je doucement.

— J'en aurai quelques-uns au bar quand tu seras là aussi, proposa James. Je fis un signe de tête dans sa direction avant de croiser le regard nerveux d'Ava.

— Dois-je te dire ce qui se passera si j'apprends que tu as donné du fil à retordre à mon ami ? murmurai-je d'un ton menaçant. J'étais très sérieux. Si elle faisait quoi que ce soit pour se mettre en danger, je ferais en sorte qu'elle ne s'assoie pas pendant une semaine.

Elle pâlit visiblement et secoua la tête. J'espérais qu'elle se rendait compte de la gravité de la situation et qu'elle ne se mettrait pas en danger inutilement.

— Non, monsieur, répondit-elle. Son regard se porta sur ma ceinture, puis sur ma main. Je ne fis rien pour démentir ses soupçons. Elle aurait bien plus que ça si elle me désobéissait.

— Bien. Je m'attends à te voir ici à mon retour, répondis-je.

Je fis trois pas rapides et l'attrapai par la nuque. Je la soulevai du canapé et l'embrassai brutalement.

— Je vais quand même te baiser ce soir, grognai-je, et elle poussa un cri d'embarras, jetant un coup d'œil à James alors que ses joues rosissaient.

— Cyrus ! s'exclama-t-elle.

James gloussa à côté de moi.

— Je vais faire préparer une chambre pour vous deux, dit-il en riant, et Ava se couvrit le visage de ses mains.

— Peut-être celle qui se trouve de l'autre côté de la maison. J'ai l'intention de la faire crier et je ne voudrais pas vous empêcher de dormir quand je reviendrai, continuai-je. Ava se rassit sur le canapé en poussant un gémissement dramatique. Je ris légèrement et l'embrassai sur le dessus de la tête.

— Sois une bonne fille pour moi, dis-je légèrement.

— Je le ferai, Cyrus, répondit-elle. Elle rougissait encore furieusement.

Je sentais ses yeux qui m'observaient alors que je sortais à grands pas de la chambre et que je franchissais la porte d'entrée.

— Elle sera en sécurité ici, dit James.

— Je sais. Appelle-moi si elle te pose des problèmes, exigeai-je.

— Oui, je le ferai, dit-il en souriant. Oh, et rends-moi service. Fais-leur vivre l'enfer pour moi.

— Ne t'inquiète pas. Cette petite merde va payer, dis-je en souriant.

— C'est ce que j'aime entendre, dit-il, les yeux pétillants de noirceur.

Je descendis rapidement le perron et montai à l'arrière de mon 4x4. Frank avait déjà démarré la voiture et il appuya sur la pédale d'accélérateur sans qu'on ait besoin de le lui dire. Les pneus crissèrent sur la chaussée.

— Ramène-moi chez McGuire, ordonnai-je, avant de m'asseoir avec un soupir d'exaspération. Tout mon corps vibrait de tension et si Anthony n'y prenait pas garde, cela allait lui exploser à la figure. Je ne savais pas encore si ce serait mon poing ou une balle.

L'avenir nous le dirait bientôt.

* * *

Lorsque ma voiture se gara devant le bar, je ne perdis pas une seconde et sautai hors de la voiture avant qu'elle ne s'arrête complètement. Sans attendre, je me dirigeai d'un pas décidé vers l'intérieur. Je jetai un coup d'œil autour de l'endroit, à la recherche de signes d'un acte criminel. Il y avait plusieurs personnes, mais aucune ne semblait s'intéresser à moi.

Je n'étais pas certain de savoir quels hommes répondaient à James, mais je savais qu'ils étaient là. Je fis un rapide signe de tête au barman. C'était un ami proche que j'avais connu il y a plusieurs années. Il se trouvait également être le propriétaire du bar.

— Je suis content de te voir, Gerard, dis-je et il me fit signe de m'approcher. Son visage était vide, mais je connaissais bien cet homme. Une veine unique palpitait sur le côté droit de son front. C'était toujours le cas lorsqu'il était préoccupé par quelque chose.

— Jon est à l'arrière ? demandai-je en m'approchant du bar, et il secoua la tête.

— Non. En revanche, il voulait que je te donne ça, répondit Gerard à la hâte. Il glissa une note sur le bar, et je la ramassai avec méfiance. Le message semblait avoir été écrit précipitamment et je le lus rapidement.

Cyrus,

Quelqu'un a dit à Anthony qui tu étais, et il a refusé de venir avec moi. Il envoie ses hommes à sa place. Mikey est dans notre cabine. Il n'a pas été blessé, mais je devais sortir d'ici pour essayer de comprendre la situation. Je vais le retarder autant que possible, mais tiens-toi prêt.

Il veut te tuer. Il pense que s'il peut abattre un homme comme toi, il sera l'homme le plus puissant de la ville.

Jon

— Putain de merde, marmonnai-je. La veine du front de Gerard vibra plus fort et il jeta un coup d'œil par-dessus mon épaule. Je ne regardai pas tout de suite, mais j'avais le sentiment que les choses allaient déraper.

La porte s'ouvrit derrière moi et la petite cloche au-dessus de la porte tinta. Un silence inquiétant envahit le bar.

Je savais que les hommes d'Anthony étaient probablement arrivés.

— Sont-ils armés ? demandai-je à voix basse.

— Oui, patron, répondit-il.

— Et toi ?

— Toujours, me dit-il.

— Comme au bon vieux temps, grognai-je. Je plongeai mes deux mains à l'intérieur de ma veste de costume et enroulai mes doigts autour des étuis de deux des 9 mm qui s'y trouvaient cachés. Ils étaient chargés à bloc, je le voyais à leur poids. Je les dégageai lentement en me retournant. Je les soulevai et visai. Mes doigts caressèrent les gâchettes, mais je ne les pressai pas encore.

Une demi-douzaine d'hommes s'entassaient dans le bar et d'autres suivaient. À côté de moi, quatre hommes se levèrent et se rapprochèrent de moi.

— James vous envoie ses salutations, dit l'un d'eux et je grimaçai tandis que d'autres hommes de main d'Anthony franchissaient la porte. Au moins, cela allait être un challenge intéressant.

À sa décharge, Anthony avait envoyé un nombre respectable d'hommes, mais c'était loin d'être suffisant pour quelqu'un de mon calibre. Il connaissait peut-être mon nom, mais je doutais fort qu'il connaisse mon histoire. Il était probable qu'il ait seulement entendu dire que j'étais puissant, riche, et que j'avais fait tomber quelques grands noms dans le passé.

Des noms bien plus dangereux que des gens comme lui. Certains ici même, dans ce bar.

Nicky Lombardi me vint d'abord à l'esprit. Il avait eu le malheur de penser que kidnapper mon Isabel était une bonne idée.

Il avait eu tort. Il s'était vidé de son sang sur la cheminée à l'arrière. Je parie que si je regardais de près, je pourrais encore voir des morceaux de son cerveau cachés dans les fissures de la pierre.

Anthony Montagna n'était même pas un point sur la carte. Il n'avait pas ce qu'il fallait pour être un leader dans ce monde. Tôt ou tard, il allait être rattrapé.

Plus tôt si cela dépendait de moi.

— C'est lui. C'est lui, dit un soldat particulièrement costaud depuis la porte.

— Enchanté de te rencontrer. Je m'appelle Cyrus, dis-je en lui adressant un sourire diabolique. Il recula d'un pas, complètement pris au dépourvu par l'intention meurtrière dans mes yeux. J'appuyai sur la gâchette de mes deux pistolets en succession rapide, touchant plusieurs hommes à la poitrine. Le temps que les autres commencent à réagir, je sautai par-dessus le bar et rejoignis Gerard pour abattre les survivants.

Ils n'avaient aucune chance.

Leurs tirs se déchaînèrent, révélant qu'ils étaient terriblement sous-entraînés. Beaucoup de balles passèrent à côté de moi, s'enfoncèrent dans le mur et me manquèrent de peu. Par pur hasard, une balle frôla mon épaule droite, mais juste assez pour brûler le tissu qui recouvrait mon bras.

Dans un élan d'auto-préservation, l'un d'entre eux lança plusieurs tables en bois, tentant de les utiliser pour bloquer nos tirs. Ceux qui restaient se réfugièrent derrière elles, respirant difficilement. L'un d'eux porta la main à sa jambe blessée par une balle et cria de panique.

Je ne savais pas où Anthony avait trouvé ces hommes, mais ils n'avaient certainement pas été recrutés par son père. Mike savait qu'il était important d'avoir une garde compétente et ce n'était pas le cas.

Pendant plusieurs minutes, le bar resta silencieux et j'en profitai pour me ressaisir. Je rechargeai chaque arme aussi rapidement que possible. J'enfonçai le chargeur juste à temps lorsqu'un seul homme téméraire surgit de derrière l'une des tables. Je le récompensai de sa témérité en lui tirant une balle entre les deux yeux.

À mon avis, il n'en restait plus que trois. Il y avait déjà neuf corps qui gisaient au hasard sur le sol. La plupart d'entre eux étaient morts, mais quelques-uns gémissaient de douleur. Bientôt, ils rendirent leur dernier souffle.

Les soldats de James nous rejoignirent derrière le bar.

— Mettez vos armes de côté ! criai-je. Au début, aucun d'entre eux n'écouta. Quelques instants de tension s'écoulèrent, mais quelqu'un finit par jeter son arme, qui s'écrasa sur le sol. Un autre fit de même, puis un autre.

— Levez-vous. Les mains en l'air, exigeai-je.

Ils firent ce que je leur demandais, mais je n'étais pas arrivé à ce niveau de pouvoir sans prendre des décisions difficiles qui se terminaient souvent par une effusion de sang. Je ne tardai pas à appuyer à nouveau sur la gâchette, éliminant les hommes de gauche et de droite. Je n'en laissai qu'un seul en vie.

Il poussa un cri d'alarme, un son aigu, empreint de panique et absolument déshonorant. Pour être honnête, je n'aurais pas été surpris s'il s'était pissé dessus.

— Tu vas transmettre un message à ton patron de ma part. Tu lui diras que Cyrus Holt demande à le rencontrer, rugis-je.

— Cyrus Holt ? *Le fameux* Cyrus Holt ? dit-il avec effroi. Son visage devint aussi pâle qu'un drap. Je l'étudiai de plus près. Il était un peu plus âgé que les autres.

— Oui, répondis-je simplement. Je ne pensais pas que c'était possible, mais il devint encore plus blanc.

— Je suis désolé, patron. Si j'avais réalisé que c'était vous, je n'aurais jamais conduit mes hommes ici, déclara-t-il en s'étranglant.

— Va, transmets mon message. Ne me fais pas regretter de t'avoir laissé en vie, le prévins-je, et il hocha la tête, manifestement prêt à faire tout ce que je lui demandais.

— J'ai compris. Considérez cela comme fait, dit-il rapidement. Il semblait presque trop effrayé pour bouger, mais il se précipita finalement vers la sortie et laissa les autres derrière lui. Je le regardai sprinter sur le trottoir.

— Suis-le, dis-je à l'un des hommes de James. Il ne se fit pas prier et s'élança à sa suite. Je m'armai et me dirigeai vers la cabine du fond pour voir si Mikey allait bien. Il était adossé au mur. Il avait l'air un peu amoché, mais pour le reste, il allait bien. Je le laissai tranquille et retournai au bar.

— Ça va être chiant à nettoyer, grommela Gerard.

— Mets ça sur ma note. Je prends tout en charge, répondis-je sans hésiter. J'étais en train d'évaluer les dégâts quand mon téléphone se mit à sonner.

— Cyrus, dit James dès que je décrochai.

— Qu'est-ce qu'il y a ? demandai-je rapidement.

— C'est Ava. Elle s'est enfuie, a volé les clés d'une de mes Audi et a disparu, dit-il précipitamment. Elle m'avait dit qu'elle allait se détendre dans un bain et je l'ai laissée faire.

Je ne pensais pas qu'elle me ferait faux bond après tout ce que tu m'as dit.

Je poussai un profond soupir.

— Quand je lui mettrai la main dessus, elle va le payer très cher, marmonnai-je.

— Où irait-elle ? demanda-t-il. Je peux mettre mes hommes sur le coup.

— Je pense savoir où elle a pu aller. Je vais passer quelques coups de fil et trouver une solution. Je te ferai savoir si j'ai besoin de quoi que ce soit, répondis-je.

— Compris, patron, répondit-il rapidement, et je raccrochai le téléphone.

— Un problème avec une femme ? demanda Gerard.

— Tu n'as pas idée, marmonnai-je.

CHAPITRE HUIT

Ava

Je n'arrêtais pas de penser à Cyrus. Je ne savais pas si je pouvais lui faire confiance. J'avais vu ses yeux. La dureté de son regard m'avait indiqué que quelque part au fond de lui se cachait un monstre.

C'était un criminel. Je ne connaissais pas tous les détails, mais je n'en avais pas besoin.

Il avait déjà tué. Sans aucun doute, je savais qu'il n'hésiterait pas à recommencer et qu'il ne sourcillerait pas deux fois avant de le faire.

Je voulais croire que c'était un homme bon, que les douces caresses et les tendres baisers étaient ce qui le rendait si spécial, mais je craignais qu'il n'y ait bien plus que cela. Je savais maintenant qu'il avait un passé, et je n'étais pas certaine de pouvoir accepter cela.

La vie avec lui serait toujours dangereuse. Je devrais constamment surveiller mes arrières, craignant la mort à chaque tournant. Il aurait des ennemis qui m'utiliseraient contre lui et, aussi mal à l'aise que je sois en ce moment, je ne voulais pas qu'il lui arrive quoi que ce soit. Il avait déjà perdu sa maison et son restaurant. Je ne voulais pas qu'il perde aussi sa vie.

Au moins, il avait été gentil avec moi. Il ne méritait pas que je lui cause des ennuis. C'était quelque chose que j'allais régler moi-même.

Je savais qu'aller voir les flics était un risque, mais la situation était devenue incontrôlable. Je voulais faire confiance à quelqu'un. Peut-être que la police pourrait me placer dans un refuge ou me déplacer quelque part où Anthony ne me trouverait jamais. Peut-être que j'aurais de la chance, que personne ici ne saurait qui il est ou que la mafia existe, et qu'ils me protégeraient.

On peut toujours espérer, non ?

Je me garai sur une place de parking et sortis de la voiture, montant les escaliers deux par deux. Je me dépêchai de franchir la double porte vitrée, voulant entrer le plus vite possible au cas où quelqu'un ferait des repérages. Il était tard et il n'y avait pas beaucoup de monde dans la salle d'attente, alors je m'approchai de la réception tout de suite.

— J'ai besoin d'aide. S'il vous plaît, dis-je.

La femme qui s'occupait de l'accueil me jeta un coup d'œil avec une expression ambivalente. Ses cheveux étaient coiffés en une permanente blonde décolorée tout droit sortie des années quatre-vingt. Elle me dévisagea lentement, de haut en bas, avec un jugement de plus en plus sévère. Ses paupières étaient couvertes d'un fard à paupières bleu vif et elle avait mis ce qui ressemblait à du mascara violet fluo. Son fard à joues était rose et très clairement administré d'une main lourde. Elle me regarda en clignant des yeux, et je pouvais sentir le dédain qu'elle éprouvait pour ma présence.

— Vous avez l'air d'aller bien, dit-elle, et je secouai la tête, me penchant sur le bureau de l'accueil, tandis qu'elle se penchait en arrière comme si j'étais contagieuse ou quelque chose comme ça.

— Il y a des types dangereux qui veulent ma peau, répondis-je précipitamment. Je m'éloignai du comptoir, ce qui sembla la mettre plus à l'aise.

— Souhaitez-vous demander une mesure d'éloignement ? me demanda-t-elle. Elle avait déjà l'air fatiguée.

— Non. Ce n'est pas suffisant. J'ai besoin d'une sorte de protection, comme un refuge ou quelque chose comme ça. Écoutez, j'ai besoin de parler à quelqu'un. S'il vous plaît, insistai-je, et elle attrapa une lime à ongles sur son bureau. Je tentai de contenir mon agacement tandis qu'elle limait l'ongle de son pouce. Je souris impatiemment, attendant qu'elle fasse quelque chose, n'importe quoi en fait. Elle continuait à m'ignorer activement, comme si je ne valais pas mieux que la crasse sous sa chaussure.

Quand elle réalisa enfin que je ne partais pas, elle soupira lourdement et pencha la tête en direction de la salle d'attente.

— Asseyez-vous là-bas et je vous enverrai quelqu'un pour vous parler, marmonna-t-elle en jetant le dossier de côté et en commençant à taper quelque chose sur son clavier.

Je tournai la tête vers la salle d'attente. Il n'y avait qu'une seule autre personne qui semblait assez inoffensive. Un homme vêtu d'un sweat-shirt trop grand s'était évanoui, adossé à l'un des murs. Il ronflait mais ne semblait pas être une grande menace. Par prudence, je m'assis le plus loin possible de lui et attendis.

Et j'attendis.

Et j'attendis encore.

Finalement, un homme d'un certain âge sortit de l'arrière. Il était en surpoids, avec un ventre qui dépassait largement de son pantalon. Sa barbe grise était parsemée de miettes et il tenait une grande tasse de café noir à la main. Il prit une gorgée bruyante avant de se racler la gorge.

Ce n'était peut-être pas la meilleure idée que j'aie jamais eue...

— Vous avez un problème dont vous voulez parler ? me dit-il. Il jeta un coup d'œil à l'homme dans le coin qui grommelait quelque chose dans son sommeil. Le plus âgé n'avait même pas l'air surpris.

Quel genre de personnes venait ici à cette heure de la nuit ?

— Oui, s'il vous plaît, répondis-je. Je me levai d'un bond et lui tendis la main.

— Par ici, dit-il. Il avait l'air aussi ennuyé que la réceptionniste. Mais il semblait un peu plus gentil.

— Je suis Ava Richardson, dis-je.

— Adjoint Lawson, répondit-il. Il ne dit rien d'autre en avançant dans le couloir. Nous passâmes devant plusieurs bureaux en bois vides. La plupart d'entre eux n'étaient pas occupés, mais quelques flics à bout de nerfs en occupaient certains. L'odeur d'un café bon marché et éventé flottait dans l'air, et je fronçai le nez.

Je le suivis dans un couloir jusqu'à une salle d'interrogatoire et il me proposa de m'asseoir.

— Vous voulez quelque chose à boire ? Un café ? De l'eau ? offrit-il.

— Non, merci. Ça va, dis-je en souriant. Il s'assit et but à nouveau son café. J'attendis qu'il avale.

— De quoi vouliez-vous parler ? demanda-t-il, et je commençai à me sentir plus à l'aise. Il me rappelait un peu le Père Noël, ce qui le rendait plus facile à aborder. Le regard chaleureux de Cyrus me manquait cependant.

L'adjoint m'observa avec un intérêt croissant pendant que je racontais mon histoire. Quand j'en vins à la partie sur l'incendie, quelqu'un frappa à la porte. Il leur demanda d'ouvrir et deux flics grands et élancés entrèrent.

— Pouvons-nous t'emprunter quelques minutes ? demanda l'un d'entre eux. Ils jetèrent un coup d'œil vers moi et vice-versa, mais je n'arrivais pas vraiment à lire leurs expressions. Ils n'avaient pas l'air particulièrement inquiets, peut-être un peu désabusés comme tout le monde dans cet endroit. Je me détendis contre le dossier de mon siège, observant leur échange avec attention, mais plus confortablement maintenant.

— Je reviens dans une seconde pour continuer, Ava, dit chaleureusement l'adjoint.

— Merci, dis-je en souriant. Il se leva et suivit les officiers hors de la pièce, me laissant seule avec les soucis qui ne tardèrent pas à envahir mon esprit.

Je me redressai contre la chaise en métal en soupirant. J'espérais avoir pris la bonne décision en venant ici et que ces hommes n'étaient pas payés par Anthony. Pour passer le temps, je me mis à regarder autour de la pièce. Sur l'un des murs, il y avait un miroir massif que je devinais être une sorte de miroir sans tain. Dans les coins, il y avait quelques caméras avec des lumières rouges clignotantes. Je me demandais si quelqu'un m'observait en ce moment même.

Je frissonnai à cette idée et me remis à étudier cette pièce ennuyeuse pour me distraire.

Les murs étaient simples et peints d'un gris terne. La peinture s'écaillait en de nombreux endroits, révélant une couleur terne qui aurait pu être blanche à l'origine. Le sol était recouvert de carreaux de bureau bon marché, dont certains s'écaillaient par endroits. La table à laquelle j'étais installée était en acier, mais sa surface était couverte d'égratignures et de bosses. La chaise en métal n'était pas très confortable, je la repoussai et me levai, tressaillant lorsque les pieds crissèrent contre le sol.

Je fis les cent pas. Je n'avais rien sur moi pour passer le temps. J'avais perdu mon téléphone depuis un moment, ce qui était probablement une bonne chose au cas où Anthony pourrait le retrouver d'une manière ou d'une autre. J'étais un peu inquiète que James et Cyrus puissent me retrouver en se basant sur l'emplacement de la voiture que j'avais empruntée.

Et si j'avais pris une mauvaise décision ? Et s'ils étaient en train de faire savoir à la famille Montagna que j'étais assise ici en ce moment même ?

Lorsque la porte s'ouvrit, je m'attendais à revoir l'adjoint Lawson et j'esquissai un sourire.

Mais ce n'était pas lui.

Cyrus franchit la porte à sa place et ma bouche devint sèche.

Son expression était sombre. Sa mâchoire était tendue et son regard dur. Je réprimai un petit soupir de surprise. Mon cœur battait la chamade, et je fis un pas en arrière, sa seule présence privant la pièce de la moindre trace d'air. Dans ce petit espace, il semblait tellement plus grand et plus intimidant que dans mes souvenirs.

— Cyrus ! m'exclamai-je, mon incrédulité transparaissant à chaque syllabe tremblante.

Il resta silencieux pendant plusieurs instants, et je restai figée sous son regard dur. Il retira sa veste de ses épaules et la jeta sur la chaise de l'adjoint. Il déboutonna sa manchette et la remonta le long de son bras gauche. Je ne pus détourner le regard lorsque les muscles tendus de son biceps se fléchirent et lorsqu'il répéta le mouvement du côté droit, je perdis complètement le fil de mes pensées.

J'aurais dû essayer de m'expliquer, mais aucun mot ne me vint à l'esprit.

— Quand je t'ai confiée à mon ami, je m'attendais à ce que tu ne bouges pas, dit-il enfin et je fis un nouveau pas de côté, voulant mettre le plus de distance possible entre nous. Il la combla en une fraction de seconde et je poussai un cri nerveux.

Ses mains claquèrent contre le mur de part et d'autre de ma tête. J'avais du mal à respirer, même s'il ne me touchait pas. Je pouvais sentir la retenue et la tension qui se dégageaient de lui et, pour la première fois, il me fit peur.

— Venir voir les flics était stupide, Ava. Anthony a beaucoup d'officiers à son service et tu as eu *beaucoup* de chance que mes hommes aient pu t'atteindre avant les siens, réprimanda-t-il férocement. Mon ventre se mit à trembler tandis que je le fixais, me sentant de plus en plus petite. Il ne voulait pas détourner le regard. Je voulais désespérément qu'il le fasse pour que je puisse respirer.

— Je n'ai pas... commençai-je, mais il me coupa la parole.

— Tu dois comprendre quelque chose, petite fille. Je ne laisserai rien t'arriver. Si quelqu'un te touchait, je le ferais tuer, sans poser de questions, mais tu dois me laisser te protéger. Je t'ai dit de ne pas bouger et tu m'as désobéi, grogna-t-il.

— Cyrus, plaidai-je rapidement, espérant qu'il m'écouterait juste une seconde pour que je puisse trouver une explication raisonnable.

— Tu m'appelleras monsieur lorsque tu seras sur le point d'être *punie*, me coupa-t-il.

— Attends. Tu ne peux pas. Pas ici, haletai-je.

Sa mâchoire se crispa et je sus immédiatement qu'il le ferait.

— Je t'ai prévenue plusieurs fois et tu n'en as pas tenu compte. Maintenant, tu vas découvrir comment je traite les petites filles désobéissantes qui ont besoin qu'on leur rappelle de suivre les règles. Sa voix grondait de danger, et j'eus le sentiment soudain que j'étais bien plus ignorante que je ne l'avais d'abord pensé.

— Je ne voulais pas te mettre en colère, murmurai-je, et il secoua la tête.

— Je ne suis pas en colère contre toi. Tu m'as désobéi, et cela te vaudra une dure leçon, mais une fois que ce sera fait, nous passerons à autre chose et je t'emmènerai dans un endroit sûr, continua-t-il.

— Je t'en prie. Ramène-moi chez James, suppliai-je.

— Non. C'est quelque chose que nous devons régler tout de suite, répondit-il sévèrement.

— Attends, je t'en prie ! S'il te plaît ! Et si quelqu'un s'en aperçoit ? criai-je. Instantanément, je levai les yeux vers les caméras et le miroir sur le mur. Il ne semblait même pas gêné par leur existence.

— Personne ici n'oserait regarder si je ne le permettais pas. Tu es à moi, Ava, dit-il, et je levai les yeux vers lui, nerveusement.

— Mais je... commençai-je, et il secoua la tête.

— Je te le promets. Personne d'autre que moi ne te regardera plus jamais. Je te protégerai de tous ceux qui oseront toucher un cheveu de ta tête, mais ça ne te sauvera pas de moi, ajouta-t-il, et mon cœur palpita d'angoisse. Il recula d'un pas et attrapa la chaise, l'éloignant de la table. Il s'assit et mes yeux s'écarquillèrent.

Putain. C'était vraiment sur le point d'arriver.

— S'il te plaît, ne me donne pas la fessée ici, suppliai-je une dernière fois. Mais son regard était dur. Il n'y aurait pas moyen d'arrêter ça. Je le savais, mais je devais quand même essayer.

— Viens ici et tiens-toi devant moi. Les mains sur la nuque. Si tu me désobéis maintenant, ça ne fera qu'empirer les choses pour toi, dicta-t-il. Son ton n'exprimait pas la moindre pitié et un sentiment de désespoir m'envahit.

Je regardai la porte et il secoua la tête. Je savais que je n'avais pas le temps de traverser la pièce et que même si j'essayais de courir, il n'aurait aucun mal à me rattraper.

— Viens ici, petite fille. Ne m'oblige pas à te le répéter, déclara-t-il d'une voix incroyablement ferme.

J'avançai vers lui, mais chaque pas me semblait une tâche monumentale. Plus je m'approchais de lui, plus il me paraissait intimidant.

Je me retrouvai devant lui bien plus vite que je ne l'aurais voulu, et je me mordis la lèvre, levant timidement les mains pour les poser sur l'arrière de mon crâne. Il saisit mon jean et me fit avancer d'un coup sec, me déséquilibrant au passage. Je ne luttai pas pendant qu'il le déboutonnait. Il fit glisser la fermeture éclair tout aussi rapidement et je dus me forcer à ne pas repousser ses mains alors qu'il les faisait descendre le long de mes hanches jusqu'à mes genoux tout en laissant ma culotte en place.

— Je ne peux pas te laisser découvrir ce monde tout en douceur. C'est dangereux et tu dois me laisser te protéger. Cela va être très dur parce que c'est nécessaire. J'ai besoin que tu me fasses confiance et s'il faut que je te botte le cul, je le ferai à chaque fois. Tu m'as bien compris ? gronda-t-il.

— Oui, monsieur, marmonnai-je anxieusement.

Il me saisit par la taille.

— Il faut que tu comprennes à quel point c'est dangereux, petite fille. Tu t'es mise en danger de façon incroyable. Tu aurais dû m'écouter.

Son ton était doux et il n'y avait plus la moindre trace de colère. Ses doigts serrèrent mes hanches et je plongeai mon regard dans les profondeurs de l'océan de son regard ferme. Une violente poussée d'anxiété me secoua, mais même dans ma nervosité, je savais que j'étais en sécurité avec lui.

— Je suis désolée. Je baissai la tête, honteuse.

— Tu étais parfaitement en sécurité là où je t'avais laissée, gronda-t-il tandis que le bout de ses doigts glissait sous la dentelle de ma culotte. Il la descendit lentement le long de mes hanches et j'eus désespérément envie de me couvrir le visage. Une épaisse vague d'embarras me traversa tandis qu'il me mettait à nu, et le fait que je sache que j'étais mouillée rendit la situation encore plus pénible.

Alors que je me tenais là, mon clitoris palpitait sans cesse.

— S'il te plaît, tu n'es pas obligé de faire ça, suppliai-je une dernière fois. Je savais qu'il ne m'écouterait pas, même si je prononçais ces mots, mais je me sentais mieux de les dire quand même.

Il avait raison. J'avais su, même en venant ici, que c'était un risque, et pourtant j'étais venue quand même.

— J'avais peur que tu sois blessé à cause de moi. Je ressentis le besoin soudain de m'expliquer, comme si cela allait me valoir un peu de pitié.

— Il en faudra bien plus pour qu'un salopard morveux comme Anthony me mette à terre, me rassura-t-il. Maintenant, mets-toi sur mes genoux. Nous allons nous occuper de ta punition et ensuite je t'emmènerai dans un endroit sûr.

Je savais que je n'avais pas vraiment d'autres options maintenant. Cyrus était le seul à avoir le pouvoir et la réputation nécessaires pour s'opposer à une famille mafieuse impitoyable. Mon seul véritable choix était de me soumettre et d'aller avec lui si je voulais avoir une chance d'avoir une vie normale après cela.

— Tu me prendras dans tes bras après ? Comme tu l'as fait avant ? demandai-je, la voix tremblante.

— Je te prendrai toujours dans mes bras, petite fille, chaque fois que tu en auras besoin.

Son utilisation de l'expression « petite fille » était réconfortante à certains égards. Mais parfois, cela me troublait, surtout quand je pensais à la dichotomie de pouvoir qui existait entre nous.

Mon clito pulsait fort. Il prit mes mains dans les siennes et les serra doucement. Ses pouces caressèrent le dos de mes mains.

— Écoute-moi, Ava. J'avais perdu espoir d'aimer à nouveau quelqu'un, et puis tu as franchi ma porte. Au départ, je voulais juste t'offrir ma protection, mais tu sais que c'est bien plus que cela maintenant, n'est-ce pas ? Sa tendresse me traversait, et mon cœur se réchauffait. L'anxiété qui m'envahissait se calma un peu et je me concentrai sur le grondement de sa voix.

— Oui, murmurai-je. Mes doigts tremblaient un peu.

— Je t'aime, Ava, déclara-t-il férocement, et mon souffle se bloqua au fond de ma gorge.

— Tu le penses vraiment ? demandai-je et il hocha la tête.

— Je t'aime, murmura-t-il, et il approcha mes phalanges de sa bouche. Il les embrassa l'une après l'autre et un doux soupir s'échappa de mes lèvres.

— Maintenant, viens. Il est temps que ta punition commence, dit-il fermement. Il tira mes mains vers sa poitrine, me guidant vers l'avant d'une manière qui indiquait clairement que c'était le moment et qu'il n'y avait plus de temps pour la discussion. Il ne me força pas, mais je savais que soit j'allais passer sur ses genoux de mon plein gré, soit il allait m'y mettre lui-même.

Son bras entoura ma taille et sa main se posa sur mes fesses nues.

— Dis-moi avec tes propres mots pourquoi tu es sur le point d'être punie, dit-il doucement.

Je rougis fortement, terrifiée à l'idée que quelqu'un puisse me voir comme ça et voulant croire que personne ne le ferait. J'ouvris et fermai la bouche plusieurs fois, mais aucun mot ne sortit.

— Ava, avertit-il, et je poussai un cri d'effroi.

— Je me suis enfuie quand tu m'as dit de ne pas bouger, réussis-je enfin à dire. Le ton de ma voix révélait à quel point cette position me rendait nerveuse.

— Si tu n'avais fait que cela, tu n'aurais eu droit qu'à une fessée à la main, au lieu de la ceinture et de la baise punitive qui t'attendent, dit-il fermement.

— Baise punitive ? demandai-je. Qu'est-ce que cela voulait dire ? Ses ébats amoureux avaient été douloureux. Cette simple menace serait passée inaperçue s'il s'était agi de n'importe qui d'autre, mais je savais qu'avec lui, ce ne serait pas le cas. Je souffrirais et je le regretterais au bout du compte.

Mon cœur se serra rien qu'en y pensant.

— Tu découvriras ce que cela signifie dans peu de temps, Ava. Dis-moi pourquoi tu reçois une punition aussi sévère, me demanda-t-il, et je serrai mes cuisses l'une contre l'autre avec anxiété.

— J'ai volé la voiture de James et je me suis mise en danger, gémis-je.

— Quoi d'autre, petite fille ? insista-t-il.

— Je n'ai pas eu confiance en toi pour prendre soin de moi, répondis-je. Je fermai les yeux, sentant la honte me gagner. Tout cela semblait si irréversible.

— Tu ne m'as pas fait confiance, répéta-t-il, ce qui aggrava encore la situation. Je pouvais entendre la douleur dans sa voix et c'était le pire de tout. Je ne voulais plus jamais entendre cela. Je voulais faire n'importe quoi pour que cela disparaisse.

— Je suis tellement désolée, gémis-je à voix basse, et sa paume glissa sur mes fesses nues.

— Je t'ai déjà pardonnée, ma douce, me dit-il tendrement. Il n'y avait qu'une seule chose à faire maintenant, une seule chose qui nous ferait nous sentir mieux tous les deux.

Je le savais tout autant que lui.

— S'il te plaît, punis-moi, suppliai-je. Je voulais que la culpabilité disparaisse, et je savais que mon passage sur ses genoux était mon moyen de rédemption. Je savais que ça ferait mal. Je savais que je pleurerais probablement, mais je paierais le prix et nous pourrions tous les deux passer à autre chose.

Sa paume entoura une joue, puis l'autre. Un tremblement nerveux parcourut ma chair et je posai timidement une main sur le sol et l'autre autour de sa cheville. Je m'agrippai à lui parce que je voulais ce lien entre lui et moi. Ça me rassurait un peu, alors j'agrippai sa jambe un peu plus fermement et je fermai les yeux.

— J'ai peur, admis-je, ne pouvant plus contrôler la façon dont ma voix tremblait.

— Tu es en sécurité, petite fille. Tu as toujours été en sécurité avec moi, même quand tu as été ma mauvaise fille, réprimanda-t-il fermement.

— Oui, monsieur, gémis-je.

La première fessée était particulièrement forte et même si personne ne regardait, je savais qu'ils pourraient entendre ce qui se passait. Le son de la chair frappant la chair était incomparable car il rebondissait sur les murs en béton. Ils sauraient que Cyrus me donnait la fessée, et je poussai un cri d'humiliation.

— Personne ne regarde, petite fille. La seule personne qui verra ce derrière nu, rouge vif, et complètement puni, c'est moi. Je ne veux pas que tu penses à eux. Je veux que ton esprit se concentre sur la raison pour laquelle tu es sur mes genoux en premier lieu, me dit-il sévèrement.

— Oui, monsieur, dis-je, et une fessée particulièrement forte frappa la courbe inférieure de ma fesse gauche. Pour être honnête, il n'était pas difficile de suivre ses instructions car sa main semblait soudain se transformer en une énorme patte d'ours dont la seule mission était de me donner une fessée jusqu'à ce que je sois vraiment désolée.

Bientôt, les bruits n'eurent même plus d'importance, car la douleur qui les accompagnait était bien pire.

Chaque claque me piquait férocement. Je me mordis la lèvre, me disant que je resterais stoïque, que je ne laisserais personne entendre à quel point il pouvait me punir, mais je me rendis vite compte que c'était un espoir insensé.

Il s'était déjà retenu auparavant. Il avait été doux avec moi, et je m'en rendais compte maintenant. C'était tellement différent.

C'était tellement plus pesant, à la fois émotionnellement et physiquement.

Sa main parcourait chaque centimètre de mon dos, du haut de mes joues jusqu'au milieu de mes cuisses. Je savais que j'avais mérité chaque fessée. Je m'étais mise en danger, mais ce n'était pas tout. Je lui avais aussi fait du mal.

Je gémis, réalisant pleinement le caractère désespéré de la situation et détestant m'être infligé cela.

Je criai et me plaquai une main sur la bouche. Je remuai les hanches, essayant désespérément d'éviter ne serait-ce qu'une seule fessée cruelle. C'était inutile. Il visait juste. Malgré tous mes efforts, il continua à me donner des fessées, sans même ralentir.

Mon jean et ma culotte étaient maintenant enroulés autour de mes chevilles, ce qui m'obligeait à me concentrer entièrement sur la nudité de mon cul pendant qu'il me punissait. Je ne pensais qu'à l'endroit où la prochaine fessée allait tomber, à la douleur qu'elle allait provoquer et au fait que j'avais besoin de ses mains sur ma chair de cette façon.

J'avais été une mauvaise fille.

Plusieurs coups durs frappèrent mon dos vulnérable et je protestai plus ouvertement maintenant.

— Ça fait mal, gémis-je. Honnêtement, je ne savais pas pourquoi je l'avais dit. Je savais que cela ne changerait rien. Il me restait encore tellement de coups à recevoir.

— C'est normal, mauvaise fille, répondit-il sèchement.

Sa main était infatigable, et il m'avait prévenue que j'aurais aussi droit à sa ceinture. Mon derrière brûlait déjà et je savais qu'il allait encore s'enflammer. Mes hanches se balancèrent tandis qu'un faible gémissement m'échappait.

Il commença à me donner la fessée avec encore plus de fermeté, ce qui rendit la piqûre encore plus profonde. J'essayai de lui montrer que je comprenais, allant même jusqu'à soulever mes fesses pour quelques fessées. Mais je ne pouvais pas continuer ainsi. La douleur grandissait, grandissait, grandissait, jusqu'à ce que j'aie l'impression que mon cul prenait feu, et ça ne s'arrêtait toujours pas.

À un moment donné, il se mit à punir mes cuisses, ce qui me fit crier à plusieurs reprises. Ces fessées étaient bien plus douloureuses. Ensuite, il me fessa partout. Il n'y avait ni logique ni rationalité. Parfois, il me donnait une fessée sur le cul, d'autres fois sur les cuisses. Parfois, il frappait même la zone la plus sensible entre mes jambes lorsque je commettais l'erreur imprudente de les ouvrir suffisamment pour qu'il puisse m'y attraper.

Après plusieurs longues et terribles minutes, j'avais vraiment du mal à supporter la douleur. J'avais accepté depuis longtemps le fait que j'étais punie, et que je devais simplement y survivre à présent.

Cela ne rendait pas les choses plus faciles.

Je fermai les yeux, faisant de mon mieux pour rester forte, mais quelques fessées particulièrement cruelles frappèrent l'endroit où mes fesses rencontraient mes cuisses et mon souffle se bloqua au fond de ma gorge.

J'avais le souffle coupé. Putain de merde.

Il s'arrêta et passa un bras autour de ma taille. Sans le moindre effort, il me souleva et me remit sur mes pieds. Je reniflai et, hésitante, j'allongeai la main pour toucher mon derrière. Il était chaud au toucher, et j'aspirai une bouffée d'air à la sensation de piqûre que le simple effleurement de mes doigts provoquait.

— Les mains sur la tête.

Je gémis doucement en me pliant à ses exigences. Il s'agenouilla et m'enleva mes chaussures et mes chaussettes. Il ne perdit pas de temps à démêler mon pantalon et ma culotte de mes jambes. Je le regardai les jeter sur la chaise sur laquelle je venais de recevoir une fessée. Il saisit le bas de ma chemise à manches longues et la fit passer par-dessus ma tête, ne me laissant avec rien d'autre qu'un soutien-gorge. Avec des doigts habiles, il passa derrière mon dos et détacha le soutien-gorge. Il me l'enleva et je pressai nerveusement mes doigts à l'arrière de ma tête une fois de plus.

Maintenant que j'étais entièrement nue, il me regardait avec intérêt. Il me saisit par les épaules, me fit tourner et m'attira contre lui. Je gémis lorsque mes fesses frôlèrent son pantalon, le tissu rugueux frottant ma chair échaudée. Sa main se plaqua contre mon ventre, me pressant encore plus contre lui, même si cela me faisait mal.

Sa bite était incroyablement dure.

— Je vais prendre plaisir à botter ce beau petit cul, mais j'ai surtout hâte de le baiser après ça, me dit-il.

Je me mis à le repousser. Il ne pouvait pas dire ça. Je n'avais jamais rien fait de tel. Je n'étais pas ce genre de fille. Je ne ferais pas quelque chose d'aussi honteux.

— S'il te plaît, tu ne peux pas dire ça, lui dis-je, et son souffle chaud me chatouilla l'oreille.

— Je le pense. Je pense chaque mot. Une fois que tes fesses auront été bien brossées, ma bite s'enfoncera profondément dans ce trou du cul serré et vierge. Tu seras très, très endolorie quand j'en aurai enfin fini avec toi, dit-il fermement.

— Je ne peux pas ! criai-je.

— Ce n'est pas à toi de décider, petite fille, dit-il. Je fermai les yeux, incapable de supporter la façon dont mon corps s'échauffait à ses menaces sordides.

Sa bite palpitait contre mon derrière échaudé. Cela l'excitait de me punir ainsi. Le fait de savoir cela rendait ce qui allait suivre plus facile à appréhender, mais j'étais encore incroyablement nerveuse à propos de tout cela.

— Je n'ai jamais été touchée à cet endroit auparavant, murmurai-je craintivement.

— Je sais, petite fille. Cela me fait très plaisir de savoir que je suis la première personne non seulement à la revendiquer, mais aussi à la punir, répondit-il. Sa main s'enroula autour de ma gorge et il pencha mon visage vers le sien. Il m'embrassa doucement et me coupa le souffle. Lorsqu'il se retira, ma chatte brûlait autant que mon derrière et lorsque mes cuisses glissèrent l'une contre l'autre, je pus voir qu'elles étaient lisses de ma propre excitation.

Il se dégagea et je fus presque attristée. À ce moment-là, je ne savais pas quoi faire de mes mains, alors je les remis sur ma tête pendant qu'il me tournait autour comme un prédateur sur le point de se jeter sur sa proie.

— Jambes écartées. Laisse-moi te regarder, demanda-t-il, et une vague de chaleur m'envahit. Mon clito palpitait de besoin et tandis que j'écartais les pieds, il devint clair comme de l'eau de roche que j'étais plus qu'un peu excitée et qu'il serait capable de tout voir. Il verrait que ma chatte était gonflée de désir.

Son regard parcourut mon corps nu de haut en bas. Le coin de sa bouche se souleva sous l'effet de son plaisir, ce qui provoqua un tremblement de besoin anxieux qui descendit le long de mes jambes. Avec désinvolture, il attrapa mes mamelons et les prit chacun dans ses doigts. Je déglutis difficilement, essayant de me préparer à l'inévitable.

Il n'y avait pas moyen. Non, vraiment...

Lorsqu'il me pinça les tétons, je poussai un cri et basculai en avant, la douleur envahissant mes seins au point que je faillis en voir des étoiles. Il les tordit un peu plus fort. J'enfonçai mes ongles à l'arrière de mon crâne pour essayer de faire face à la situation.

Tiens-toi debout. Ne tombe pas. Sois forte, me répétais-je sans cesse jusqu'à ce que ce soit trop dur à supporter.

— S'il te plaît ! suppliai-je. Il relâcha mes tétons et une deuxième vague de douleur suivit. Je jetai un coup d'œil vers le bas. Ils étaient incroyablement érigés et d'un rouge profond. En succession rapide, il donna une fessée à chacun d'eux avec le plat de ses doigts et je gémis tandis que mes épaules se recroquevillaient vers l'intérieur dans un effort timide d'auto-préservation.

Sa bite était restée dure pendant tout ce temps.

Avec désinvolture, il s'éloigna de moi et attrapa ma chemise, la posant sur la table en métal juste devant moi. Je la regardai fixement. Mes tétons palpitaient d'une douleur terrible, et je savais que je la ressentirais encore longtemps. Je savais ce qui allait se passer sur cette table, mais cela ne rendait pas les choses plus faciles.

Mon trou du cul se serra alors que j'imaginais son énorme bite s'y enfoncer profondément. Un faible gémissement s'échappa de moi. Est-ce que ça ferait mal ? Est-ce que ça me plairait ? Me ferait-il jouir pendant qu'il me baiserait ainsi ?

— Penche-toi au-dessus de la table, exigea-t-il doucement, mais fermement. Sa main se posa sur le bas de mon dos, me guidant vers l'avant. Je me penchai timidement sur la table et lorsque mes tétons douloureux effleurèrent la surface rugueuse, j'aspirai une bouffée d'air douloureux. Ses doigts s'agrippèrent à ma taille et il me tira en arrière suffisamment pour que mes hanches ne heurtent pas la table.

Sa prévenance faillit me déstabiliser.

— Les jambes sont bien écartées. Je veux voir cette chatte humide quand je marquerai ton petit cul provocateur avec ma ceinture, grogna-t-il, et je sursautai.

Il avait tout vu. Je fermai les yeux parce que cela me permettait de faire plus facilement ce qu'il me demandait. Je fis glisser un pied sur le sol, puis l'autre. Je pensais qu'ils étaient suffisamment écartés, mais il continua et les écarta encore plus. J'appuyai mon front contre la table, honteuse.

Sa main se glissa entre mes cuisses. Je poussai un cri de désespoir lorsque ses doigts se glissèrent dans mes plis trempés.

— Hmmm... Tu es tellement mouillée, petite fille. Tu as envie de cette ceinture depuis que je l'ai posée sur la table devant toi, n'est-ce pas ?

Mon visage rougit. Bizarrement, je savais qu'il avait raison. Je la regardai plusieurs fois, me demandant ce que je ressentirais lorsqu'elle me lécherait l'arrière-train.

Derrière moi, je perçus le tintement de la boucle. Je gémis, sachant que l'inévitable était sur le point de se produire. J'allais recevoir la première correction de ma vie et je l'avais bien méritée.

La ceinture de cuir fit un bruit sourd lorsqu'il la dégagea de son pantalon. Il se plaça derrière moi, sa bite s'enfonçant directement entre mes fesses. Il se pencha sur moi juste assez pour m'entourer de tout ce qu'il était.

Il posa la ceinture devant mon visage. Je ne pouvais pas la quitter des yeux.

L'odeur du cuir bien ciré rencontra mon nez, et cela suffit à me faire me tortiller contre lui. Je fixai les coutures épaisses, le cuir souple et usé, et je me mordis la lèvre en sachant qu'il allait me fouetter avec cette chose.

Je me demandais à quel point cela allait faire mal, et ma chatte se crispait de désir.

Qu'est-ce qui clochait chez moi ? Pourquoi réagissais-je ainsi ?

J'étais soulagée par la fraîcheur de la table métallique qui se trouvait sous moi. Je savais que ma chemise enlevait une grande partie de la chaleur, mais mon corps surchauffait à la perspective de ce qui allait suivre, et la fraîcheur était réconfortante d'une certaine manière.

Il recula et disparut. Son absence me faisait désirer qu'il revienne. Son contact me rassurait et j'avais encore plus peur.

— Les mains dans le dos, ordonna-t-il, et je gémis. Je fis glisser le dos de mes mains et il les saisit toutes les deux avec ses doigts. Une menotte métallique se referma sur mon poignet gauche et je poussai un cri de surprise, mais il était déjà trop tard. Avant que je puisse me dégager, il avait capturé l'autre poignet également. Les menottes étaient suffisamment serrées pour envoyer un message, mais pas au point de faire mal.

Il se plaça sur le côté et posa une main sur mes poignets, les maintenant en place. J'étais heureuse de pouvoir profiter de son contact et une partie de moi espérait qu'il ne me lâcherait pas, car cela rendrait tout cela plus facile à supporter.

Je me voyais penchée sur la table, nue, les mains menottées dans le dos, et je gémissais. Il passa la main devant moi et retira la ceinture de mon champ de vision.

Oh, mon Dieu. C'était le moment.

— Pourquoi es-tu sur le point de recevoir des coups de ceinture, petite fille ? demanda-t-il avec fermeté. Mon cœur cessa de battre et bondit. J'avais du mal à parler, mais il attendit patiemment.

— Parce que je ne te faisais pas confiance, monsieur, avouai-je anxieusement, et j'entendis les bruits sinistres de la ceinture qui fendait l'air pour la première fois. Je me crispai, luttant déjà contre la douleur résiduelle de sa main. Je me préparai. Je me disais que ça allait faire mal. Je savais que ça allait probablement piquer.

Mais c'était bien pire.

Rien n'aurait pu me préparer à ce premier coup de fouet. La chaleur d'un millier de flammes éclata sur mon derrière et je tressaillis en avant. Il me ramena un peu en arrière en me tenant par les poignets. J'étais trop choquée pour faire autre chose que de le suivre.

Quelques secondes plus tard, j'entendis le deuxième coup de fouet lécher mes joues ébouillantées, et je me dressai immédiatement sur mes orteils tandis qu'une vague d'agonie parcourait mon corps. C'est à ce moment-là que je réalisai que la première rayure devenait de plus en plus chaude, la douleur s'intensifiant en une marque flamboyante qui brûlait ma chair vulnérable.

Une troisième suivit, bien trop rapidement.

— Oh ! S'il te plaît ! Je suis désolée ! dis-je presque immédiatement. Un faible cri de panique sortit de ma bouche alors qu'un autre coup de ceinture suivait et que ses mains me pressaient plus fermement était la seule indication me confirmant qu'il m'avait entendue.

La ceinture était bien pire que sa main.

Il la balançait avec une précision terrifiante. Il frappa une fesse, puis l'autre. Les coups les plus appuyés étaient ceux portés sur le dessus de ma chatte. Lorsqu'il commença l'inévitable descente sur mes cuisses, j'eus du mal à rester immobile tant la piqûre brûlante atteignait des niveaux encore plus féroces.

S'il te plaît. S'il te plaît, arrête !

La ceinture était cruelle et implacable. Il l'avait choisie pour faire passer un message et ce message était très clair. À chaque coup de fouet, je regrettais ma décision de venir ici. Si j'avais simplement suivi ses instructions, je serais en sécurité dans la chambre d'amis de son ami, probablement en train de me faire baiser gentiment au lieu de ce qui se passait ici. Je n'aurais pas fait de mal à Cyrus et je ne nous aurais pas mis tous les deux en danger inutilement.

Je n'aurais pas mérité une telle punition.

Je criai, le souffle coupé.

Non. Ne pleure pas, par pitié. Je ne voulais pas qu'il voie à nouveau mes larmes.

Un cri étranglé s'échappa de mes lèvres. Je fermai les yeux. Je tentai de me maîtriser, mais c'était stupide de ma part.

Les larmes faisaient partie de la punition. Cyrus n'allait pas s'arrêter avant que je ne sois vraiment désolée, les joues mouillées par mes remords.

Lorsque je soulevai mes hanches et cambrai mon dos, il attrapa le dessous de mon cul avec une force incroyable. Mes doigts se refermèrent sur son poignet et s'accrochèrent à la ceinture qui me marquait vicieusement le dos.

Sa bite était-elle encore dure ? J'espérais qu'il l'était, car cela rendait la situation un peu plus supportable.

Je reniflais et essayais de retenir mes larmes, mais quelques secondes plus tard, je perdis les pédales. Le premier sanglot me prit par surprise, et je fis tout ce que je pouvais pour arrêter le second, mais il vint quand même. Mon corps tremblait, ma poitrine se convulsait sous l'effet de l'émotion tandis que je me mettais à pleurer pour de bon. Je pleurai de chagrin lorsque la première larme coula sur ma joue. Elle tomba sur la table, formant une petite goutte circulaire qui ne faisait que me rappeler que j'avais été une mauvaise fille et que je l'avais mérité.

La ceinture continua à me fouetter, couvrant toute la surface de mes fesses jusqu'au milieu de mes cuisses. Chaque zébrure me faisait l'effet d'une brûlure.

J'avais mal.

Oh, mon Dieu, ça faisait si mal.

— Je suis tellement désolée ! hurlai-je, essayant à plusieurs reprises de lui dire que j'avais appris ma leçon, que je comprenais. J'espérais que cela suffirait.

— Cambre ton dos. Montre-moi comment une méchante fille se prépare correctement à recevoir la ceinture, exigea-t-il.

Je gémis de peur, mais j'obéis sans broncher. La ceinture frotta trois fois de suite la partie la plus large de mon cul avant qu'il ne la replace devant moi sur la table.

Mon cul était en feu et il tendit la main pour le toucher. Je poussai un sifflement sous l'effet de la douleur, mais cela ne l'empêcha pas de dessiner les marques qu'il avait laissées derrière lui.

— Je veux que tu te souviennes de ce que tu ressens en ce moment la prochaine fois que tu penseras à me désobéir, surtout quand il s'agit de ta sécurité, petite fille, gronda-t-il.

— Oui, monsieur, gémis-je.

— La ceinture te fait mal, mais j'ai le sentiment que tu te souviendras encore plus de la suite, poursuivit-il, et je me crispai lorsqu'il se déplaça derrière moi. Ses doigts se glissèrent entre mes jambes écartées, longeant l'excitation galopante que je savais présente.

J'entendis sa fermeture Éclair glisser et j'écoutai attentivement lorsqu'il baissa son pantalon.

— S'il te plaît. J'ai appris ma leçon, suppliai-je.

Sa bite se glissa dans mon corps mouillé et je frissonnai lorsqu'elle effleura mon clitoris.

— S'il te plaît, baise ma chatte. S'il te plaît, ne fais pas... s'il te plaît, ne fais pas les choses que tu as dites, suppliai-je.

— Petite fille, ce n'est pas à toi de décider, me dit-il. Il y avait dans sa voix une nuance dangereuse que je ne pouvais ignorer.

— S'il te plaît, monsieur, essayai-je encore.

— Tu as besoin de plus de coups de ceinture ? Je peux fouetter ton petit cul meurtri jusqu'à ce que tu me supplies de le baiser avec ma grosse bite. De toute façon, je vais baiser ton petit trou du cul désobéissant. Le seul choix qui s'offre à toi est de savoir à quel point tu veux avoir mal quand je le ferai, grogna-t-il.

J'étais terrifiée, mais des tremblements constants de désir me rendaient insensée. Sa longueur dure continuait à taquiner mon clito, encore et encore. J'étais honteusement proche de l'orgasme. Je ne voulais pas penser qu'une chute sur ses genoux et une violente correction m'avaient rendue ainsi. Je refusais même de considérer que c'était la possibilité que sa bite s'enfonce dans l'endroit que personne n'avait jamais pris auparavant.

Cela ne pouvait certainement pas être parce que je pensais que cela pourrait faire mal quand il le ferait.

Il déplaça ses hanches d'avant en arrière, faisant glisser sa bite le long de ma chatte, me taquinant sans cesse avec elle jusqu'à ce que je tremble pratiquement contre la table à cause de mon besoin désespéré.

Ce ne fut que lorsqu'il saisit mes fesses douloureuses que je me calmai.

— Non ! Attends ! criai-je. Il fit la sourde oreille. Il continua à m'écarter et regarda l'endroit que personne n'avait jamais regardé auparavant.

Je n'avais pas lutté. C'était trop honteux.

Je ne pouvais pas me soulever de la table. Sa poigne était suffisante pour me clouer au sol. Je tentai de serrer les fesses, mais cela ne fit rien pour cacher mon trou vierge.

— Tu penses à ma bite qui s'enfonce en toi ici ? demanda-t-il. Il tapota d'un seul doigt le dessus de mon corps et je sursautai, mon visage s'échauffant de honte. Je me tortillai, essayant d'éviter ce doigt, mais cela ne l'arrêta pas.

Ses doigts glissèrent entre mes cuisses, recueillant mon humidité et les enduisant. Je pensais qu'il allait peut-être me taquiner et me faire jouir de cette façon, je l'espérais vraiment, mais lorsqu'il retira ses doigts et en pressa à nouveau un contre mon trou du cul, je sus que je m'étais trompée du tout au tout.

Je n'avais pas le temps de le supplier ou de me serrer contre lui comme ça.

Le bout de son doigt pénétra dans mon trou du cul et je me crispai sous l'effet du choc. Son doigt était épais, et il m'étirait d'une manière que je n'avais jamais connue auparavant. Cela brûlait intensément, mais ce n'était pas tout. C'était une invasion. C'était un message.

C'est ainsi qu'on baise les mauvaises filles.

— Monsieur, s'il te plaît, suppliai-je.

Il fit entrer et sortir ce seul doigt cruel de mon corps avec détermination. Je criai à chaque fois sous l'effet de la douleur intense.

Je sentais chaque articulation se glisser en moi.

Avec force. Volontairement. De manière punitive.

Mon clito pulsait comme si j'y prenais plaisir. La poussée vicieuse du désir me prit par surprise, chaude et lourde et trop implacable pour être ignorée. Mes parois intérieures palpitaient, comme si elles en demandaient plus.

Je me rendis compte que j'avais gémi, mais il était trop tard.

— Vilaine fille, tu aimes ça, n'est-ce pas ? dit-il hardiment, et je gémis de honte.

— Non, répondis-je rapidement.

— Ne t'avise pas de me mentir, menaça-t-il, et je ne pus m'empêcher d'arquer les hanches pour pouvoir enfoncer encore plus profondément ce doigt honteux.

— Je... répondis-je.

Sa bite caressa mon clitoris et je gémis à nouveau. Ce son humiliant était empreint d'excitation et révélait à quel point mon corps me trahissait.

Il retira son doigt et je me mordis la lèvre pour me taire. Je ne voulais pas lui dire que son doigt me manquait. Quelque chose de frais coula sur mon trou du cul et je sursautai.

— C'est du lubrifiant, vilaine fille, dit-il. Je me crispai lorsque son doigt glissa à nouveau en moi, faisant pénétrer le lubrifiant sans trop de ménagement.

J'avais l'impression que ma chatte était aussi chaude que mon derrière marqué. J'avais tellement envie qu'il me touche là.

— Redis-moi pourquoi tu es punie, ordonna-t-il.

— Parce que je ne t'ai pas fait confiance, monsieur, admis-je. Le bout de sa queue effleura mon trou du cul.

— C'était très vilain de ta part, n'est-ce pas ? demanda-t-il doucement.

— Oui, monsieur, criai-je.

Il appuya le bout de sa bite contre moi, assez fort pour que je comprenne à quel point c'était réel. Il allait me baiser le trou du cul. Cela allait faire mal et je n'avais pas d'autre choix que de l'accepter.

Je me mordis la lèvre, reniflant d'angoisse.

— Je suis si dur avec toi parce que je tiens à toi, petite fille. Tu le sais, n'est-ce pas ?

— Oui, monsieur, répondis-je anxieusement. Je fermai à nouveau les yeux, mais cela ne fit que m'obliger à me concentrer sur la chaleur ardente de sa bite dans un endroit qui n'était pas fait pour être baisé.

— C'est ce dont tu as besoin, petite fille. Tu as besoin de ça parce que ça te montre à quel point tu comptes pour moi, poursuivit-il. Son souffle chatouilla mon oreille et je frémis sous lui.

Ma chatte frémit de besoin.

— S'il te plaît, suppliai-je.

Une main caressa l'arrière de ma tête et je me tournai vers lui. Il embrassa ma joue, goûtant les traces salées des larmes qui la marquaient avant de se retirer.

— Ce moment va faire mal, mais je pense que celui où tu jouiras pour moi avec ma bite profondément enfoncée dans ton cul sera le plus punitif pour toi, dit-il d'un ton sombre.

Il avança ses hanches et malgré tout ce que mon corps essayait de combattre, le bout de sa bite pénétra dans mon trou serré.

Elle était tellement plus grosse que son doigt. Je gémis, la douleur étant encore plus profonde, encore plus honteuse et terrible. L'agonie ondulante se répandit en cascade autour de mon trou du cul, puis elle remonta et descendit le long de ma colonne vertébrale avec un abandon sauvage. Mes muscles se tendirent, ce qui ne fit qu'aggraver la situation.

— Oh ! haletai-je. Je poussai des cris de panique en essayant de faire face à la douleur déchirante, mais cela ne m'aida pas du tout. Sa bite s'enfonçait toujours en moi.

Elle était si grosse que je croyais être en train de me déchirer. Je me mordis la lèvre, essayant de me taire. Mes cuisses frémissaient de façon incontrôlée tandis que je me débattais et qu'il s'enfonçait un peu plus profondément. Sa bite ressemblait à un tisonnier chauffé au rouge, brûlante, terrible et incroyablement intimidante. Je gémis et il saisit mes hanches, les utilisant comme levier pour s'enfoncer encore plus profondément en moi.

La douleur ne diminua pas cette fois. Elle semblait interminable. Les secondes s'égrenèrent, chacune d'entre elles étant à la fois honteuse et étrangement excitante.

Je n'arrivais pas à contrôler mon corps. Il le combattait à chaque instant, même si j'essayais de le calmer. Mes muscles se contractaient encore et encore, provoquant des tremblements vicieux d'agonie à travers moi.

Lorsqu'il finit par s'enfoncer complètement, il resta là un moment, comme s'il voulait faire passer un message.

Il venait à peine de pénétrer dans mon cul. La baise n'avait pas encore commencé.

Lentement, il fit des mouvements de va-et-vient. Je pouvais sentir chaque nervure de sa queue qui s'enfonçait en moi.

— Tu es si étroite, petite fille. Je suis très heureux d'être le premier homme à te prendre ici, ronronna-t-il et le plaisir dans sa voix rendit la chose un peu plus facile à accepter. Il me tira en arrière, se jetant brutalement en moi tandis que sa main glissait le long de mon ventre pour se nicher entre mes jambes. Lorsque le bout de son doigt effleura mon clitoris, une violente poussée de plaisir me traversa.

J'étais reconnaissante à la table de me tenir debout, car je serais tombée sans elle.

— Ma bite est profondément enfoncée dans ton cul, petite fille. C'est comme ça que tu vas jouir. Pas une fois, ni même deux, mais trois fois pour que tu n'oublies jamais ce qui se passe quand tu me désobéis, me prévint-il et je gémis, à la fois de peur et de désir infini.

Je voulais le détester. Je voulais lui dire de baiser ma chatte à la place, mais plus que tout, je voulais jouir.

Il se mit à baiser mon cul sans précipitation, en entrant et en sortant douloureusement et lentement. J'avais si honte.

Mon clito palpitait sous ses doigts. J'étais déjà au bord de l'orgasme. Je pouvais lutter autant que je voulais, mais je savais qu'il était inévitable que je jouisse avec sa bite qui baisait mon trou le plus serré.

Je savais aussi qu'il en résulterait probablement le meilleur orgasme que j'aie jamais eu, et je détestais qu'il soit intimement lié à la punition la plus sévère de ma vie.

— S'il te plaît, ne t'arrête pas, gémis-je. Je voulais lui dire de me baiser assez fort pour que je le ressente le lendemain matin. Je voulais le supplier d'en faire encore plus. Je voulais lui dire de ne pas se retenir pour que je puisse voir à quoi ressemblait ce genre d'orgasme.

À ce moment-là, je voulais qu'il me punisse avec chaque centimètre de sa bite.

— Je ne le ferai pas, petite fille. Je ne m'arrêterai pas tant que tu n'auras pas crié pour moi, jura-t-il, et mon corps tout entier trembla d'impatience.

— Oh, s'il te plaît, gémis-je. Ma peau était envahie de sensations. Le bout de ses doigts dansa sur mon clito et ma toute première sodomie commença.

Sa bite était comme une pointe de fer et il s'enfonçait dans mon trou du cul. À chaque poussée, une vague de douleur m'envahissait, suivie rapidement d'une vague de plaisir étourdissante. Il m'enfonçait avec une intention impitoyable, et je ne pouvais pas m'empêcher de me crisper autour de lui, ce qui ne faisait qu'attiser la brûlure avant qu'elle ne s'estompe en une douleur sans cesse renouvelée.

Je me resserrai autour de lui et une nouvelle vague d'agonie me submergea. Ses doigts me poussèrent impitoyablement vers le précipice, et je devins rapidement incontrôlable.

La fessée avec sa main avait été difficile. Les coups de ceinture avaient été encore plus terribles, mais là, c'était bien pire.

Cette dernière partie me punissait bien plus sévèrement que toutes les autres. Sa bite s'enfonçait profondément en moi, me donnant une leçon à chaque poussée.

Je me sentais comme une vilaine fille.

Je gémis lorsque le premier orgasme me transperça. Il me déchira comme si je n'étais rien de plus qu'une feuille de papier. Il me tenait captive avec un délicieux tremblement après l'autre. Pendant quelques instants de bonheur, la douleur s'estompa et je ne ressentis plus qu'un plaisir infini.

Mes hanches se mirent à remuer, ce qui ne fit que l'inciter à me baiser plus fort. Je gémissais, j'en voulais plus, j'en avais besoin. Je prenais tout ce qu'il me donnait avec un abandon sauvage.

J'avais mal, mais je commençais à apprécier le fait que ce soit le cas.

Lorsque mon plaisir disparut enfin, j'étais à bout de souffle. Je me balançai contre la table, pressant ma joue contre le métal froid, tout en réfléchissant à ce qui venait de se passer.

Il n'avait jamais cessé de me baiser.

Après plusieurs secondes, la douleur réapparut. Puis elle empira. Et elle continua à augmenter.

Allait-il s'arrêter maintenant que j'avais joui ? Combien de temps cela allait-il durer ? Est-ce que je pourrais le supporter si ça continuait encore longtemps ?

Mon trou du cul était si douloureux. Je gémissais, essayant d'incliner mes hanches de manière à améliorer la situation, mais rien ne semblait fonctionner.

— S'il te plaît ! J'ai appris ma leçon, dis-je.

Son bassin heurta mon dos meurtri, avec force et rapidité, sans relâche.

— Tu as encore deux orgasmes à atteindre, petite fille, ordonna-t-il, d'un ton impitoyable.

Mon corps se révolta de panique, essayant de le repousser. Il entrait et sortait de moi avec facilité, mais je continuais à avoir mal.

— Je ne peux pas, gémis-je.

— Dois-je te fouetter à nouveau avec ma ceinture avant de finir de te baiser ? demanda-t-il cruellement, et mes jambes tremblèrent de peur et d'un désir irrésistible.

— Non, monsieur, répondis-je d'une voix rauque.

— Alors sois une bonne fille et jouis pour moi, grogna-t-il.

Je ne savais pas que c'était possible, mais il me baisa encore plus fort. Chaque poussée était une punition, mais ses doigts dansaient sur mon clito, et je continuais à mouiller. Je ne le voulais pas, mais mon cœur commença à se serrer de nouveau sous l'effet du désir.

Je ne pouvais rien faire pour le combattre.

Je le sentais venir, comme un raz-de-marée qui se formait au loin et que je ne pouvais fuir nulle part. Je craignais son arrivée bien plus que la première fois, car je savais qu'il y en aurait une autre après elle.

Mes doigts se dirigèrent vers lui, toujours attachés derrière moi. Une de ses mains se posa sur eux et je soupirai de soulagement.

— Je te tiens. La suite va être difficile pour toi, mais je te soutiendrai aussi longtemps que tu en auras besoin une fois que ce sera fait, petite fille, dit-il doucement, la dichotomie de sa tendresse s'opposant à la cruauté de ses poussées.

Les doigts de son autre main dansaient sur mon clitoris, poussant mon plaisir à son paroxysme. Je criai et quelque chose se produisit.

Je me laissai emporter.

Mon orgasme ne tarda pas à venir, et il fut aussi brutal que je le craignais. Il déchira mon cœur, se tordant comme un couteau alors que je me mettais à crier. L'agonie se répandit autour de mon trou du cul tandis que mes parois intérieures se resserraient sans relâche. Mes muscles se resserrèrent autour de lui et il gémit, mais il ne ralentit jamais, même lorsque je jouis.

Mes mamelons endoloris grattaient le tissu de ma chemise, érigés et désireux d'être touchés. L'électricité crépitait juste sous ma peau, une sensation sans cesse brillante et douloureuse qui maintenait mes nerfs à vif pendant ce qui semblait être une éternité.

Lorsqu'elle se termina enfin, j'étais d'autant plus endolorie. Tout s'intensifiait, du plaisir cruel à l'agonie mordante sans fin qui me rendait insensée.

— Encore une fois, petite fille. Ensuite, c'est fini, me dit-il doucement.

— Oui, monsieur, gémis-je. Je savais qu'il valait mieux ne pas supplier maintenant. Je ne parviendrais pas à le convaincre de m'accorder sa clémence.

Il se jeta sur moi avec une telle brutalité que j'eus peur de me déchirer. Ses doigts torturèrent mon clito et je criai sous l'effet de l'extrême sensibilité qui m'irradiait.

Il allait me faire jouir vite et fort.

— Ton trou du cul me serre si joliment à chaque fois que tu jouis, observa-t-il à haute voix, et je gémis de honte. Mes muscles se contractèrent et ma chatte se resserra avec avidité.

Il me pénétra plusieurs fois, gémissant de plaisir, ce qui rendit la baise douloureuse plus facile à supporter pour moi.

Tout cela était tellement malsain. Je ne comprenais pas pourquoi c'était si captivant.

Agonie.

Extase.

Impuissance totale.

Je succombais à chaque sensation. Je me laissais aller à tout.

Mon plaisir se répandit en moi comme un raz-de-marée. Je criai tandis qu'une larme roulait sur mon visage. Une seconde suivit, mon corps se resserrant sur sa bite, la trayant comme si ma vie en dépendait. Sa bite palpitait fort et lorsque la première salve ardente de sa semence marqua mon trou vierge, je poussai un sanglot déchirant l'un après l'autre.

La douleur et le bonheur atroce me déchirèrent. Je tombai dans un gouffre sans fin de désir noir, m'y noyant.

Le contact de Cyrus sur ma peau était la seule chose à laquelle je pouvais me raccrocher.

Lorsque ce troisième orgasme terrible prit fin, je n'étais plus qu'une épave émotionnelle. Mes joues étaient tachées de larmes et mon corps palpitait d'une réplique à l'autre. Les menottes s'ouvrirent en cliquetant, et il guida tendrement mes bras devant moi.

Aussi doucement qu'il le pouvait, il dégagea sa bite. Je gémis de honte tandis que son sperme dégoulinait le long de mes cuisses meurtries, à un endroit où il n'était pas censé se trouver. Je l'entendis se rhabiller et, soudain, je me retrouvai dans ses bras.

Il s'assit sur la chaise et me plaça sur ses genoux. Il me prit dans ses bras. Ses bras m'entouraient de leur force, me serrant doucement de temps en temps pendant que je pleurais.

Tout mon corps était douloureux. Mon dos me faisait mal à cause de sa ceinture, mais le palpitant honteux de mon trou du cul était le pire de tous.

Je passai mes bras autour de son cou, ayant besoin de lui plus que jamais.

Il me réconforta. Je me sentais à l'aise avec lui, il me donnait tout.

Il ne se plaignait pas que mes larmes salissent sa chemise ou que je sois trop lourde, ou quoi que ce soit de ce genre.

— Je suis tellement désolée, gémis-je, et il me serra encore plus fort.

— Je sais, petite fille. Je t'ai pardonnée dès que j'ai reçu l'appel, me rassura-t-il et, pour une raison que j'ignorais, cela me fit pleurer encore plus fort. Je me blottis en boule, écoutant le son apaisant de sa respiration et les battements constants de son cœur.

Mes propres larmes finirent par sécher et ma respiration reprit un rythme normal. La température de mon corps commença à baisser et je me mis à trembler.

— Viens, habille-toi et je t'emmènerai dans la voiture pour te serrer encore un peu dans mes bras, ma douce, dit-il. Il semblait hésiter à me laisser partir. Un doigt se glissa sous mon menton et il souleva mon visage pour l'embrasser tendrement.

— Je t'aime, murmurai-je lorsqu'il s'éloigna.

— Je t'aime aussi, mon Ava, répondit-il.

Mon cœur battait la chamade.

Avec précaution, il m'aida à me lever. Il fit glisser mon soutien-gorge sur mes épaules, le fixa dans mon dos, puis m'aida à enfiler ma chemise. Il s'agenouilla et guida ensuite mes pieds dans mes chaussettes.

Il déposa un doux baiser sur le haut de mon mamelon, et j'étais si sensible que je sursautai sous l'effet de cette tendresse inattendue.

— Tu n'as pas le droit de porter de culotte jusqu'au matin, dit-il, et je rougis fortement, mais je savais qu'il valait mieux ne pas argumenter. Je veux que cette petite chatte soit nue pour te rappeler que ce n'est pas là que je t'ai baisée ce soir.

Mon visage était brûlant de honte.

Il se leva et sa paume recouvrit ma chatte de façon possessive.

— Si tu agis comme une bonne fille, je baiserai cette petite chatte demain. Si tu ne le fais pas, je pense que tu sais où je te baiserai à la place.

— Oui, monsieur. Ma voix était si basse que je n'étais pas sûre d'avoir parlé à haute voix.

— Où te fais-tu baiser quand tu as été une mauvaise fille ? insista-t-il.

— Dans mon cul, monsieur, gémis-je.

— C'est vrai, Ava, dit-il en souriant, mais le désir se lisait sur son visage.

Il me donna un coup de main pour enfiler un pied, puis l'autre, dans mon jean. Je poussai un sifflement lorsqu'il le remonta sur mon derrière meurtri, mais je ne dis rien. Il le boutonna pour moi et me guida vers le siège pour qu'il puisse mettre mes chaussures aussi.

Le fait d'être habillée par lui était à la fois réconfortant et embarrassant. Le fait qu'il venait de me donner une fessée et de me baiser n'en était que plus honteux.

Il prit ma culotte et la mit dans sa poche. Je le regardai ensuite saisir sa ceinture, tremblant un peu en pensant qu'elle m'avait fouetté le derrière peu de temps auparavant.

— Je peux te porter jusqu'à la voiture ou tu peux marcher avec moi, mais tu me tiendras la main. Qu'est-ce que tu préfères ? demanda-t-il avec un doux sourire.

— J'aimerais marcher avec toi, répondis-je doucement. Lorsqu'il me tendit la main, je l'effleurai des doigts.

C'était la main avec laquelle il m'avait donné la fessée.

Il me guida hors de la pièce, mes doigts enlacés dans les siens. Je ne levai pas les yeux pendant que nous traversions le commissariat, ne voulant pas affronter ceux qui m'avaient entendue supplier et crier pendant toute la durée de ma punition. La marche me parut incroyablement longue, mais nous arrivâmes finalement à une porte qu'il m'ouvrit. Je me rendis compte que ce n'était pas la porte d'entrée lorsque l'air frais de l'extérieur me prit par surprise. Surprise, je levai le regard pour observer ce qui m'entourait.

Nous étions sortis par une sorte de porte arrière. Je n'eus pas le temps de comprendre où nous étions exactement, car Cyrus me conduisit rapidement à un SUV noir teinté qui se trouvait à une courte distance. Il me souleva sur la banquette arrière et se glissa à côté de moi, fermant la porte une fois qu'il fut complètement à l'intérieur. Il ne tarda pas à me prendre à nouveau sur ses genoux.

Je ne protestai pas, car je voulais désespérément qu'il me prenne dans ses bras.

CHAPITRE NEUF

Cyrus

Si quelqu'un lui avait fait du mal ou avait ne serait-ce que déplacé un seul cheveu de sa tête, je l'aurais détruit. Je ne pouvais pas imaginer qu'il lui arrive quelque chose et j'étais incroyablement reconnaissant d'avoir pu l'atteindre en premier.

Je posai doucement mes lèvres sur le sommet de son crâne et elle se blottit dans le creux de mon cou.

Voilà.

C'était le paradis à l'état pur.

Je voulais la tenir, la garder en sécurité dans mes bras pour toujours.

Je pouvais sentir la chaleur de son derrière puni qui irradiait à travers le jean de couleur sombre qui couvrait ses jambes magnifiques et son délicieux petit cul. Elle gémissait doucement et je fermai les yeux, imaginant qu'elle pensait à la façon dont elle se sentait méchamment mal d'avoir reçu une leçon très sévère du bout de ma queue.

Son anus étroit avait pâli lorsque je l'avais étiré. Je l'avais vu devenir rose quand j'avais commencé à le baiser et j'avais savouré la façon dont il avait frisé le rouge quand j'en avais eu fini avec lui.

Tout ce qu'elle avait fait à partir du moment où j'avais enlevé son pantalon et sa culotte pour lui donner la fessée avait été parfait - de ses joues rougissantes à ses délicieux balbutiements, en passant par la façon dont elle ne pouvait pas rester immobile lorsqu'elle avait enfin réalisé que son petit cul nu allait être puni bien plus durement qu'elle ne l'avait jamais imaginé.

J'avais pris plaisir à marquer son dos nu avec ma ceinture, mais le moment où l'anneau serré de son petit trou du cul s'était refermé sur ma bite avait été un pur bonheur sans mélange. J'aurais pu la baiser toute la nuit.

Je la serrai encore plus fort contre mon torse.

J'étais sincère quand je lui avais dit qu'elle était à moi. Elle pouvait courir, se cacher ou se battre, mais rien ne m'empêcherait de la garder.

— Cyrus ? murmura-t-elle. Le son musical de sa voix était doux et un peu rauque, révélant à quel point elle était fatiguée.

Lorsque nous atteindrions la planque que James avait préparée pour moi, j'allais m'occuper d'elle du mieux que je pouvais, puis je la mettrais au lit. Je resterais avec elle aussi longtemps qu'elle en aurait besoin.

— Qu'est-ce qu'il y a, Ava ? demandai-je. Ma main se posa sur son visage, mon pouce glissant d'avant en arrière pour caresser sa pommette.

— Merci de me garder en sécurité, dit-elle en souriant, ses yeux pétillant dans ma direction.

— Je ferais n'importe quoi pour toi, ma douce. Même si cela signifie qu'il faut frapper ton petit cul parfait avant de le baiser, répondis-je. Elle frissonna contre moi, mais je savais que ce n'était pas par peur. C'était sous l'effet de l'excitation.

— Je suis encore très endolorie, admit-elle timidement.

— C'est bien, répondis-je fermement. J'embrassai son front et son corps fusionna pratiquement avec le mien. Elle ferma les yeux et je la laissai se reposer sur moi pendant le reste du trajet, principalement parce que je le voulais.

Cette femme si douce avait bouleversé mon monde.

Quelques jours plus tôt à peine, je menais une vie simple. Mon restaurant italien était en plein essor. Il ne rapportait pas des sommes folles, mais je n'avais pas besoin d'amasser une fortune encore plus grande que celle que j'avais déjà. Après avoir perdu ma femme et mon fils, je m'étais éloigné du monde dangereux du crime, du trafic d'armes, etc.

Mais au fond de moi, je savais que je ne pourrais pas m'en éloigner éternellement. Tôt ou tard, quelque chose me rattraperait ou m'y ramènerait.

Pour elle, tout cela en valait la peine. Je tuerais pour elle sans hésiter.

Anthony n'aurait jamais survécu à mon époque. Mes hommes auraient passé les rues au peigne fin pour le retrouver. Lorsque je demandais la tête de quelqu'un, je n'avais pas besoin d'attendre plus de vingt-quatre heures. Ma parole suffisait.

Demain, je trouverais comment lui loger une balle dans le crâne. Ce soir, j'allais m'assurer que ma femme savait qu'elle était à moi, que je l'aimais et que je tenais à elle.

Frank s'engagea sur l'autoroute et fonça dans la nuit. Il y avait encore pas mal de circulation, et je gardais les yeux sur notre environnement, voulant m'assurer que nous n'étions pas suivis. Frank était mon chauffeur depuis des années et il connaissait la marche à suivre. Il prenait plusieurs virages d'affilée, surveillant les personnes qui empruntaient le même chemin. S'il voyait quelqu'un, il le semait aussi vite que possible.

Ce soir, personne ne suivait.

La respiration d'Ava ralentit. Ses petits doigts saisirent ma chemise, et je voulus mémoriser ce moment pour toujours.

La seule chose qui manquait était ma bague à son doigt et mon enfant dans son ventre.

* * *

Après quarante-cinq bonnes minutes, nous nous garâmes enfin dans une zone boisée. La route n'était pas aussi régulière ici et je tentai d'empêcher ma protégée de trop se bousculer en la tenant contre moi.

Ce n'était en fait qu'une autre excuse pour la garder près de moi.

Lorsque nous arrivâmes à la cabane, elle commençait à peine à s'agiter. Lorsque la voiture s'arrêta, Frank sortit le premier et nettoya les alentours. Il entra à l'intérieur et la forêt resta silencieuse pendant plusieurs minutes pendant qu'il fouillait la maison.

Je la portai hors de la voiture lorsqu'il me donna l'indication que tout était sécurisé. Plusieurs voitures se garèrent derrière nous, mais je m'y attendais. J'avais demandé quelques faveurs exceptionnelles pour m'assurer que les lieux soient bien gardés pendant les prochains jours, jusqu'à ce que la situation avec la famille Montagna soit réglée.

La cabane n'était pas très grande, mais la suite parentale était agréablement surdimensionnée. Je connaissais la disposition des lieux avant même d'y avoir mis les pieds et je me dirigeai directement vers la chambre à coucher avec la seule intention d'utiliser la magnifique salle de bains.

— Patron ? demanda Frank. Il cherchait à s'orienter.

— Fais-toi un café et reste discret. Garde les yeux ouverts pour moi, répondis-je.

— Ça marche. Tu sais, ça m'a manqué, sourit-il, l'air plus vivant que je ne l'avais vu depuis longtemps.

— Oui, moi aussi, dis-je en souriant.

— Prends soin de ta copine. Je suis là pour veiller au grain, dit-il, avant de se diriger vers la cafetière dans la cuisine.

— Laisse-en un peu pour moi, lui demandai-je.

— Aucune chance. Fais-le toi-même ou, mieux encore, demande à cette jolie petite chose de t'en faire ! s'exclama-t-il en plaisantant, ce qui me fit rire.

— Hmmm. C'est une bonne idée. Peut-être même que je lui demanderai de me le servir nue, marmonnai-je pensivement.

— Peut-être que je resterai dans le coin alors, sourit-il.

— Tu pourrais, mais alors je devrais te tuer, menaçai-je légèrement, et son rire retentit dans toute la pièce.

— Ne t'inquiète pas, patron. Elle est toute à toi, dit-il en clignant de l'œil, et il se remit à verser du marc de café dans le filtre.

— Je te verrai demain matin, gloussai-je.

Ava soupira dans mes bras et je refermai la porte de la chambre derrière nous. Je la transportai dans la salle de bains et la déposai sur le tapis moelleux au milieu de la pièce. Elle me regarda en clignant des yeux, endormie. Je ne pus m'empêcher de prendre son visage dans mes mains et de l'embrasser sur le front.

— J'adore quand tu fais ça, sourit-elle.

— Je sais que tu aimes ça, ma chérie, dis-je.

Je glissai mes mains le long de sa gorge, sur ses épaules et le long de ses bras jusqu'à sa taille. Elle sursauta et je l'attirai vers moi pour embrasser ses lèvres.

Elle avait un goût divin. C'était pour moi une addiction, et je ne m'en lasserais jamais.

Ses yeux étaient vitreux lorsque je m'éloignai, ses pupilles étaient dilatées par le désir. N'importe quel autre homme l'aurait ramenée au lit, mais elle avait besoin de se reposer ce soir. Elle devrait attendre le matin.

— Reste ici, lui dis-je doucement. Je me retournai et commençai à faire couler l'eau pour le bain. J'avais demandé que l'on me prépare un kit de bain complet et je fus heureux de le voir bien garni. Je versai une généreuse quantité de bain moussant, de sels de bain et d'huiles essentielles.

Le parfum frais et apaisant de la lavande et de la vanille m'enveloppa et elle sursauta.

— Oh, ça sent tellement bon, dit-elle avec étonnement.

Je ne répondis rien, saisis l'ourlet de sa chemise et la lui passai par-dessus la tête. De son plein gré, elle leva les bras au-dessus de sa tête et je lui enlevai la chemise. Je détachai son soutien-gorge et jetai les deux pièces dans le panier à linge. Elle me regarda en souriant de plus en plus.

— J'ai entendu dire que la plupart des hommes n'étaient pas doués pour utiliser un panier à linge, me taquina-t-elle légèrement.

— Je ne suis pas la plupart des hommes, n'est-ce pas, petite fille ? lui demandai-je, laissant ma voix prendre le ton qui la faisait se tortiller.

— Non, monsieur, admit-elle timidement. Elle ne put s'empêcher de sourire et je fus récompensé par la vue adorable de cette petite fossette sur sa joue.

Je tendis la main et déboutonnai son jean, l'enlevant délicatement. J'aurais pu être brutal avec elle, mais elle avait déjà été punie assez durement ce soir. Je ne voulais rien de plus que lui montrer que je pouvais aussi être doux.

Le bout de mes doigts caressait sa peau tandis que je faisais descendre son pantalon le long de ses jambes. Je m'agenouillai et lui enlevai ses chaussures et ses chaussettes avant de la déshabiller complètement.

Je lui tendis la main et la conduisis jusqu'à la baignoire. Elle leva une jambe et mit un orteil hésitant dans l'eau.

— C'est parfait, soupira-t-elle, et je souris. J'avais veillé à ce qu'elle soit à la bonne température, ni trop chaude, ni trop froide. Elle s'appuya sur moi en grimpant dans l'énorme baignoire, s'enfonçant lentement dans les bulles avec un gémissement de satisfaction.

— Détends-toi quelques instants. Je vais te chercher quelque chose à manger, dis-je en souriant, et elle acquiesça, s'allongeant contre l'oreiller moelleux au bout de la baignoire.

Je quittai la chambre et retournai à la cuisine. Dans le réfrigérateur se trouvait un plateau en bois couvert de tranches de viande et de fromage. Je le sortis et le posai sur le comptoir. Il y avait aussi plusieurs bouteilles de vin, et je pris un petit Shiraz que je pensais qu'elle apprécierait. Je fis sauter le bouchon, sortis un verre et ramenai le tout dans la salle de bains.

Ses yeux étaient grands ouverts lorsqu'elle découvrit l'ensemble. Je posai la planche de charcuterie sur une petite table d'appoint et lui versai un généreux verre de vin rouge.

— Oh, waouh. Je me sens tellement gâtée, murmura-t-elle. Je passai ma main sur le dos de la sienne, sans me soucier du fait qu'elle était mouillée.

— Je prends soin de ce qui m'appartient, ronronnai-je, et elle se mordit la lèvre. J'adorais la façon dont ses joues rosissaient sous mes yeux. Je pris un morceau de mozzarella, l'enveloppai dans une tranche de salami et le pressai sur ses lèvres.

— Tu peux siroter ton vin, mais tu n'as pas le droit de te nourrir toi-même, dis-je fermement, et elle rougit encore plus, mais ne protesta pas. Elle ouvrit les lèvres comme une bonne fille et prit une bouchée directement de mes doigts. Je la nourris lentement, lui faisant goûter toutes les sortes de fromages. Il y avait des tranches de Havarti, de Suisse, de cheddar fort, de pepper jack et un brie aux myrtilles. C'est ce dernier qu'elle préférait, surtout avec les crackers au sel de mer cuits au four que j'avais préparés pour l'occasion.

— Je suis rassasiée, finit-elle par dire.

— Je veux que tu prennes encore quelques bouchées pour moi, lui dis-je doucement, et elle acquiesça. Elle poussa un petit sifflement en se redressant.

— J'ai encore mal aux fesses, avoua-t-elle timidement.

— C'est normal, répondis-je, et je lui donnai encore à manger. Je préparai plusieurs grosses bouchées pour elle, et elle les mangea toutes sans se plaindre.

— C'est bien, ma belle, la félicitai-je, et son visage s'éclaira. Maintenant, donne-moi ton vin et je vais te laver les cheveux, lui dis-je. Elle prit une dernière gorgée avant de me le passer avec un petit sourire en coin.

— Je m'en souviendrai, lui dis-je d'un ton amusé.

Elle gémit d'excitation.

— Mouille encore une fois tes cheveux et assieds-toi derrière moi, lui dis-je.

Elle plongea la tête dans l'eau et se redressa. Des gouttes d'eau roulèrent dans son dos et je gémis, pensant à tout ce que je voulais lécher sur sa douce peau de porcelaine. Elle frissonna, comme si elle pouvait lire les pensées qui se bousculaient dans ma tête. Je déplaçai le tabouret derrière elle et versai une généreuse quantité de shampooing dans ma paume avant de l'appliquer dans ses cheveux, ignorant la tension sexuelle qui montait entre nous.

Je massai son cuir chevelu avec autant de tendresse que possible. Elle gémit de plaisir tandis que je prenais mon temps pour m'assurer que chaque mèche de sa tête était recouverte de savon. Lorsque j'eus terminé, je basculai délicatement sa tête en arrière et la rinçai.

Ensuite, j'appliquai une bonne quantité d'après-shampoing sur ses mèches épaisses.

— Lève-toi pour moi, lui demandai-je, et je lui tendis la main pour qu'elle ne glisse pas. Elle la saisit et se mit debout. Le rougissement de ses joues augmenta au fur et à mesure que les bulles glissaient le long de son corps et révélaient ses mamelons et sa petite chatte gonflée.

Je versai plusieurs giclées de gel douche dans un luffa et le savonnai avant de me lever devant elle. Elle frissonna visiblement lorsque je la dominai de toute ma hauteur.

— Mains sur la tête, ordonnai-je.

Très timidement, elle obéit. Je pouvais lire le questionnement dans son regard, et cela me plaisait énormément. Elle ne savait pas ce que j'allais faire d'elle, et cela me ravissait.

Je commençai par lui laver les épaules. Je fis descendre l'éponge le long de sa poitrine et je pris plusieurs longues minutes pour laver ses seins, en prenant soin de taquiner ses mamelons.

— Écarte les jambes, lui dis-je d'un ton sévère. Je posai une main ferme sur sa taille pendant qu'elle glissait un pied sur le fond de la baignoire, puis l'autre.

Je pris soin de ne pas laver sa chatte tout de suite. Je préférais attendre en savonnant son ventre plat et en guidant l'éponge le long de ses hanches. Après avoir nettoyé le haut de ses cuisses, je revins à la zone sensible qui se trouvait entre les deux.

Elle tremblait d'impatience.

Elle bascula en avant lorsque je passai l'éponge le long de ses lèvres gonflées, et je la rattrapai en passant un bras autour de sa taille. Hésitante, elle enroula ses bras autour de mon cou.

— Est-ce que je peux faire ça ? dit-elle en soufflant.

— Oui, tu as le droit de m'entourer de tes bras, la rassurai-je, et elle se détendit. Je lui lavai très soigneusement la chatte et elle frissonna vivement. Quand j'eus fini, elle gémit doucement de déception quand je retirai l'éponge.

— Retourne-toi, ma douce. Les mains sur la tête jusqu'à ce que je te dise d'agir autrement, lui ordonnai-je.

— Oui, monsieur, dit-elle timidement.

Lorsqu'elle se retourna, je refoulai un grognement de désir. Son cul parfait était encore bien rouge et les marques de ma ceinture étaient encore légèrement visibles, même quelques heures plus tard. Je ne pus m'empêcher de tendre la main pour les toucher, puis d'en pincer une légèrement.

— Cela me rend très dur de voir tes fesses si profondément marquées par ma ceinture, grognai-je.

— Monsieur, dit-elle en gémissant, sa voix tremblant autant que son petit corps crispé.

Je retirai ma main de ses fesses et l'étendis sur son ventre pour la stabiliser. Sans plus attendre, parce que je n'étais pas sûr de pouvoir m'empêcher de m'enfoncer à nouveau complètement en elle, je commençai à lui savonner le dos. Je descendis lentement, sautant ses fesses et continuant à descendre le long de ses jambes.

— Penche-toi. Tu peux mettre tes mains sur le bord pour t'équilibrer, lui dis-je.

Je ne pus m'empêcher de grogner ouvertement de désir cette fois-ci, ce qui la fit couiner nerveusement. Pendant plusieurs instants, je restai debout à admirer la vue de cette femme penchée, entièrement exposée pour moi, et ma bite se durcit en pensant au fait qu'il avait suffi de quelques mots.

Putain.

Lorsque je fus enfin certain de pouvoir me contrôler, je continuai. Ses muscles tremblaient en se contractant, mais je me contentai de me remettre à laver le reste de son corps. Je savonnai doucement son derrière strié. Elle aspira une bouffée d'air. Je savais qu'elle avait mal et j'augmentai légèrement la pression pour lui rappeler que c'était moi qui commandais.

Elle ne protesta pas et mes couilles se contractèrent.

Mon Dieu. Elle était la perfection absolue.

Je me servis de mes mains pour lui écarter les fesses et elle poussa un cri, se retournant rapidement pour m'arrêter.

— Où t'ai-je dit de mettre tes mains ? lui dis-je en guise d'avertissement.

— Sur le bord de la baignoire, gémit-elle.

— Laisse-les là ou tu vas découvrir ce que ça fait de recevoir une fessée sur ce cul mouillé, dis-je fermement, et un tremblement excité descendit en spirale le long de son dos. Ses doigts se ruèrent sur le bord de la baignoire. Son corps mit un peu plus de temps à obéir.

— Courbe ton dos. Je veux voir à quel point ce trou serré est encore rose après avoir été si sévèrement puni, exigeai-je. Je n'avais pas besoin de la fesser pour lui donner une leçon. Son exposition suffirait amplement.

Elle devait de toute façon s'habituer à ce que je la regarde ainsi, car j'avais l'intention de le faire souvent.

Je saisis à nouveau ses fesses douloureuses, mais cette fois-ci, je ne fus pas aussi doux. Je la forçai à s'ouvrir en grand, prenant le temps d'admirer la vue de son trou si séduisant et si serré.

Je savais ce que cela faisait de s'y enfoncer.

J'avais hâte de recommencer. Je ne doutais pas qu'il faudrait lui rappeler de m'obéir à nouveau, et j'avais hâte de lui donner cette leçon avec ma bite.

Ma main était couverte de savon et je me servis de mon pouce pour étaler la mousse sur son trou frémissant. J'appréciais de la voir se contracter de temps en temps avant de glisser un doigt à l'intérieur.

— S'il te plaît ! Ça fait mal, gémit-elle, mais elle ne retira pas ses doigts du bord.

— Il faut que tu sois bien propre, petite fille, grondai-je, et son petit trou réticent se resserra fortement autour de mon doigt.

— Ohhh ! gémit-elle.

Sa chatte gonflée dégoulinait pratiquement. Je savais qu'il ne faudrait que quelques instants avec la bonne pression pour la faire craquer.

Mais pas tout de suite. J'y réfléchirais une fois qu'elle serait dans mon lit.

Je ne touchai pas à sa petite chatte douloureuse pendant que je lavais à fond son trou endolori. Elle gémit et geignit quand je devins un peu plus rude avec elle. Quand je jugeai que cela suffisait, je fis glisser mon seul doigt hors d'elle.

— Pourquoi ne pas rester un peu plus longtemps dans l'eau ? Tu veux plus de vin ? lui demandai-je.

— Oui, monsieur, répondit-elle, mais il était évident qu'elle avait du mal à se concentrer sur autre chose que le feu d'artifice de sensations que j'avais éveillé entre ses jambes.

Je l'aidai à redescendre dans l'eau, sans me détourner d'elle tant que je n'étais pas certain qu'elle était bien installée.

— Rince l'après-shampoing dans tes cheveux, lui dis-je en lui versant un peu plus de vin. Elle s'exécuta docilement et était dégoulinante lorsque je me retournai avec son verre. Elle le prit avec des doigts hésitants et le porta à sa bouche pour une petite gorgée.

Je m'approchai du fauteuil, m'installai et la regardai se baigner. Elle me jeta un coup d'œil timide. Je m'attendais à ce qu'elle proteste, mais ce ne fut pas le cas. Elle finit par s'asseoir et par soupirer, un air de contentement se dessinant sur son visage.

Elle aimait que je sois là, avec elle. Ma présence la rassurait et mon cœur battait la chamade. Nous restâmes encore un moment à nous reposer tous les deux, puis elle se racla la gorge.

— L'eau commence à refroidir. Puis-je sortir maintenant ? demanda-t-elle doucement.

— Bien sûr, répondis-je. Sans hésiter, je me levai et lui tendis la main pour l'aider à sortir de la baignoire. Elle accepta avec plaisir et sortit un pied, qu'elle posa timidement sur le tapis. Je la soutins pendant qu'elle sortait le reste du chemin. Elle frissonna un peu lorsque j'attrapai une grande serviette blanche et douce sur le radiateur. Je la séchai un peu avant de l'envelopper.

— Il y a un pyjama ? demanda-t-elle.

Je secouai la tête.

— Il y en a un, mais tu n'en porteras pas ce soir, expliquai-je, et ses épaules se courbèrent vers l'avant tandis qu'elle se mordillait la lèvre, très embarrassée par cette idée.

Je lui pris la main et la guidai jusqu'au comptoir. Je la fis asseoir sur le tabouret que j'avais utilisé pour la baigner et lui passai une brosse dans les cheveux. Ses cheveux se démêlaient facilement, mais je pris un peu plus de temps pour éliminer les moindres nœuds.

Lorsque j'eus terminé, je l'entraînai sur le sol chauffé jusqu'à la chambre à coucher recouverte de moquette. Lorsqu'elle entra dans la pièce, je m'arrêtai et lui enlevai doucement la serviette.

— Va te mettre au lit. Allonge-toi face contre terre, lui dis-je. Elle se crispa et j'adoucis mon expression. Plus de punitions. Je m'occupe de toi ce soir.

Elle était hésitante, mais elle s'allongea sur le lit comme je le lui avais dit et me regarda avec une innocence nerveuse. Elle sourit de désir lorsqu'elle me vit me déshabiller et me mettre en caleçon. Je décidai de le garder pour l'instant, car je n'étais pas sûr de pouvoir me retenir de la baiser s'il n'y avait pas une sorte de barrière entre nous.

Elle rougit, essayant de cacher l'excitation dans ses yeux.

Cette petite chipie insatiable voulait à nouveau ma bite. Je marchai vers elle avec détermination et elle fredonna nerveusement lorsque j'atteignis le lit.

L'éclairage faisait briller sa peau et elle aspira une bouffée d'air lorsque je grimpai sur elle. Je pris quelques secondes pour savourer le moment tandis qu'elle tremblait sous moi, se demandant probablement ce que j'allais lui faire. Allais-je lui donner une fessée ? Est-ce que j'allais la baiser ?

Ses muscles se tendirent sous moi lorsque j'attrapai le pot de lotion sur la table de nuit. Elle se détendit lorsqu'elle me vit le prendre dans mes mains.

J'en pris une bonne dose et l'étalai sur ses épaules. Je fis pénétrer mes doigts dans la masse de muscles tendus du haut de son dos et elle gémit à voix haute.

— Où as-tu appris à faire ça ? demanda-t-elle. Ma bite s'agita lorsqu'elle émit un autre son de plaisir, et je me félicitai d'avoir décidé de laisser mes sous-vêtements en place.

— J'ai pris quelques cours quand j'étais plus jeune, répondis-je, et elle couina de douleur quand je commençai à travailler sur un nœud particulièrement récalcitrant. Quand je sentis le nœud céder sous mes doigts, son corps tout entier s'affaissa dans le lit.

Je descendis lentement le long de son dos, en prenant mon temps et en m'assurant que je retirais d'elle la moindre tension possible. Lorsque j'atteignis ses fesses, je les massai également. Lorsqu'elle se déhanchait, je lui donnais un petit coup sur les fesses pour lui rappeler de ne pas bouger.

Quand j'eus fini, elle soupira de plaisir, complètement détendue.

— Est-ce que tes fesses douloureuses se sentent mieux ? lui demandai-je et elle se cacha le visage dans les oreillers. Comme elle ne répondait pas tout de suite, je lui donnai une fessée assez forte pour que ça pique un peu. Elle cria, réalisant qu'une fessée sur des fesses fraîchement lotionnées lui faisait bien plus mal qu'elle ne l'avait imaginé.

— Oui, monsieur, admit-elle précipitamment.

— Allez, viens. C'est l'heure d'aller au lit, dis-je fermement. Je soulevai les couvertures et l'aidai à se glisser dessous, tout en ignorant la façon dont sa lèvre inférieure faisait une petite moue des plus mignonnes.

— Je resterai avec toi toute la nuit, lui assurai-je. Sa moue disparut, rapidement remplacée par un sourire qui témoignait de son contentement. Elle me regarda en retour, les yeux pétillants.

— Tu es sincère ? demanda-t-elle.

— Oui, ma chérie, répondis-je.

Je me glissai sous les couvertures à côté d'elle et passai de force mon bras autour de sa taille. Elle sursauta lorsque la pointe dure de ma bite se nicha entre ses fesses nues. Elle remua les hanches contre moi, essayant de me taquiner.

— Je ne suis pas encore fatiguée, gémit-elle.

— Tu peux fermer les yeux et essayer de dormir, petite fille, ou tu peux passer sur mes genoux pour une autre séance avec ma ceinture. Ce sont tes seuls choix, lui dis-je fermement.

— Mais... gémit-elle.

Ma main saisit sa fesse et la serra très fort. Elle se mit à supplier presque immédiatement.

— S'il te plaît ! Je vais dormir, dit-elle.

— Bonne fille. Je m'occuperai de cette petite chatte en manque demain matin, après que tu te sois reposée, lui dis-je. Je lui lâchai les fesses et elle soupira de soulagement.

— Promis ? demanda-t-elle.

— Oui. Maintenant, va dormir avant que je ne décide de baiser à nouveau ton petit cul coquin, menaçai-je, et elle se recroquevilla contre moi en poussant un glapissement de surprise.

— Oui, monsieur, répondit-elle rapidement.

Je remontai les couvertures jusqu'à son cou pendant qu'elle s'installait. En quelques minutes, sa respiration s'était stabilisée et son corps s'était détendu contre le mien.

Malgré sa réticence initiale, elle dormait déjà.

* * *

Ava ne bougea pas jusqu'à la fin de la matinée, et je la laissai dormir à sa guise. Je restais immobile, appréciant simplement la sensation de son corps contre le mien et essayant de mémoriser chaque petit détail délicieux.

Le doux parfum de lavande encore frais sur sa peau.

Le rose de ses joues.

L'éclat sain d'une femme satisfaite, en sécurité dans mes bras.

Lorsqu'elle se réveilla, elle cligna plusieurs fois des yeux, et elle gémit, roulant son corps vers moi et se blottissant contre mon torse.

— Ne regarde pas. Je suis affreuse, marmonna-t-elle en se cachant le visage.

— Tu es parfaite, ma douce, lui répondis-je. Je saisis son menton et le soulevai. Je l'embrassai, sans me soucier le moins du monde de l'haleine du matin.

Je me mis au-dessus d'elle, la prenant par surprise. Je pouvais la sentir sourire pendant que je l'embrassais. Quand je m'éloignai, elle gémit et je fis glisser mon pouce le long de sa lèvre inférieure gonflée, ce qui la fit haleter doucement.

Je repoussai les couvertures et me glissai entre ses jambes. Elle souleva ses hanches, s'attendant à ce que je lui fasse l'amour, mais je n'étais pas encore prêt pour cela.

Je voulais d'abord qu'elle succombe au contact de ma langue.

Je pris mon temps et je titillai chaque mamelon assez fort pour qu'elle aspire un souffle à la légère sensation de picotement. Elle frémit de désir après que je les eus relâchés.

Je baissai la tête et elle me regarda. Elle cligna des yeux une fois et je me réjouis de les voir se rétrécir sous l'effet de la confusion.

— Qu'est-ce que tu fais ? demanda-t-elle à bout de souffle.

— Tu vas jouir au contact de ma langue avant que je ne te baise, dis-je en penchant la tête et en regardant avec insistance sa petite chatte dénudée, encore gonflée et très humide. Ses cuisses tressaillirent tandis qu'elle luttait contre mon regard. Elle essaya de fermer ses jambes, mais je me trouvais entre elles, ce qui l'empêchait de se cacher de moi.

— Je n'ai jamais fait ça, avoua-t-elle, d'une voix particulièrement timide.

Je baissai la tête et embrassai le haut de son mamelon. Ses jambes se contractèrent à nouveau.

— Ta jolie petite chatte est absolument parfaite. Te regarder comme ça, si ouverte et exposée pour moi, me fait bander, ma douce, dis-je fermement, et elle rougit de plus belle. Maintenant, sois une bonne fille et laisse-moi m'occuper de toi. La façon dont tu agis déterminera quel trou serré je vais baiser après avoir fini, ajoutai-je avec un grognement, et elle se tortilla un peu nerveusement.

Elle rougit encore plus, et j'eus la nette impression qu'elle ne voulait pas seulement que sa petite chatte soit baisée.

— Peut-être que je jouerai avec les deux, osai-je dire, et ses tétons durcirent sous mes yeux. Je jetai un coup d'œil sur ses cuisses et remarquai qu'elle était devenue beaucoup plus humide. Elle se mordit la lèvre.

Elle ne l'admettrait jamais, mais elle avait beaucoup aimé se faire baiser le cul hier soir.

— J'ai encore mal, se plaignit-elle.

— Dommage, dis-je en souriant, et les bords de ses lèvres se soulevèrent d'un air amusé. J'aime que tu sois endolorie et je veux que tu le restes.

Sans crier gare, j'effleurai délicatement son clito avec ma langue.

Putain.

Elle avait un goût de bonbon. Sucré, doux, comme des pêches avec de la crème chantilly.

Je la goûtai à nouveau et elle poussa un cri de surprise. J'écartai ses cuisses avec mes mains tandis que ses petits doigts s'enfonçaient dans mon cuir chevelu. Elle essaya de repousser ma tête.

— Ne me repousse plus. Si tu me forces à te lier les mains, petite fille, je te baise le cul, grondai-je. Pendant quelques secondes, elle s'arrêta pour réfléchir à ce qu'elle voulait faire. Elle finit par relâcher ses bras.

— Je serai ta gentille fille, murmura-t-elle avec un peu d'impatience.

Elle ne le savait pas encore, mais elle allait encore avoir mon doigt dans son derrière quand je la baiserais. Je savais ce qu'elle voulait, même si elle ne se l'avouait pas à elle-même.

J'appuyai ma bouche sur son clito et l'aspirai doucement, l'entourant de la chaleur et de l'humidité de ma langue. Elle haleta, la respiration hagarde.

— C'est... c'est incroyable, s'exclama-t-elle.

— Tu vas garder tes cuisses ouvertes. Si tu ne le fais pas, je donnerai une fessée rouge vif à cette petite chatte avant de te faire jouir une deuxième fois sur ma langue, menaçai-je.

Son corps tout entier vibrait d'excitation sous moi. Je ramenai ma bouche sur sa chatte et capturai son petit clito gonflé avec mes lèvres. Elle gémit et, pendant un instant, ses cuisses se pressèrent à nouveau autour de ma tête. Je me retirai et fessai rapidement ses lèvres humides avec le plat de mes doigts, assez fermement pour que cela pique.

Elle poussa un glapissement, mais ouvrit immédiatement les cuisses.

Je glissai un seul doigt à l'intérieur d'elle et elle cria avec un besoin passionné. Ses parois intérieures se serrèrent autour de mon doigt avec un désir insatiable. Son dos se cambra contre le lit et elle écarta encore plus les jambes.

Je voulais la sentir céder sous l'effet de ma langue. J'en avais besoin. Avec rage, ma langue jouait avec son petit clitoris en manque.

Lorsque ses cuisses commencèrent à trembler, j'enfonçai brutalement un deuxième doigt en elle. En même temps, je suçai son clito encore plus fermement. Immédiatement, ses gémissements silencieux devinrent plus désespérés, plus besogneux, et je ne pus réprimer mon grognement de plaisir en la voyant et en la sentant commencer à s'effilocher pour moi.

Lorsque son orgasme éclata enfin, sa douce petite chatte se resserra autour de mes doigts et son clitoris gonflé palpita sous ma langue. Ses jambes commencèrent à se convulser alors qu'elle perdait le contrôle, se tortillant et balançant son corps tandis qu'elle chevauchait ma bouche.

Elle est... si parfaite.

Sa peau brillait de minuscules perles de sueur. L'une d'entre elles descendait entre ses seins. J'avais envie de la lécher.

Je ne ralentis pas et ne fis pas de pause, même lorsque sa petite chatte se resserra autour de mes doigts au point de me faire mal. Cela me poussa à continuer jusqu'à ce que les tremblements commencent à ralentir. Je fis durer son orgasme, aimant la façon dont elle tremblait sous moi.

Finalement, son corps se calma et je me retirai pour admirer le bonheur qui se lisait sur son visage. Je grimpai sur elle et collai mes lèvres aux siennes, lui faisant goûter son excitation sur ma langue.

Elle me rendit mon baiser avec autant d'ardeur. Je libérai ma bite de mon caleçon et en orientai le bout vers son entrée. Elle haletait d'impatience, mais je ne lui laissai pas le temps de se préparer et je l'enfonçai d'un seul coup dans son corps.

— Oh ! S'il te plaît, supplia-t-elle. Sa voix révélait à quel point me prendre faisait mal, mais elle montrait aussi à quel point elle en avait envie.

— Regarde comme ta chatte vient d'avaler ma bite, observai-je sans pitié, et ses joues rosirent sous l'effet d'une excitation honteuse.

Je la baisai d'abord lentement, faisant durer chaque poussée, me délectant de la façon dont son corps s'agrippait à moi comme un étau de fer. Je sentais ses muscles se contracter, essayant de me repousser et de m'enfoncer en même temps. Je saisis sa hanche d'une main, la serrant assez fort pour laisser une marque.

Les sons qu'elle émettait étaient tout à fait délectables.

Je ne pouvais pas m'en passer.

En avançant mon bassin, je lui fis pousser un cri de surprise face à ma brutalité soudaine. Quand je recommençai, elle gémit, la voix tremblante de besoin.

— J'ai passé toute la nuit dernière à penser à baiser cette petite chatte en manque, grognai-je, et ses parois intérieures se resserrèrent pratiquement sur ma bite. Je la baisai plus fort, me délectant de la façon dont son corps se resserrait autour de moi.

Putain. C'était parfait.

Je collai sa bouche à la mienne, l'embrassant assez fort pour que ses lèvres soient gonflées longtemps après que j'en eus fini avec elle. Elle gémit, ce qui me poussa à l'embrasser encore plus fort. Je la baisais avec la férocité d'une bête.

— Touche-toi, demandai-je, et elle poussa un cri d'embarras. Comme elle n'obéissait pas tout de suite, je fis claquer mes hanches plusieurs fois en guise de punition.

Finalement, elle glissa ses petits doigts délicats entre nous et effleura son clito. Aussitôt, elle frémit et je lui mordis le côté du cou. Je savourai la marque rouge que mes dents laissèrent derrière elles et elle trembla fortement.

— Je veux te sentir jouir sur ma queue, ma douce, ronronnai-je, et ses lèvres se posèrent sur mon torse. Elle déposa de légers baisers sur ma peau et je la récompensai par plusieurs poussées impitoyables.

Je palpai ses seins. Ses mamelons étaient douloureusement érigés et je ne résistai pas à la tentation de les prendre dans mes doigts et de les pincer.

— S'il te plaît ! Ça fait mal, gémit-elle, mais je la connaissais suffisamment pour savoir qu'elle appréciait la douleur. Sa chatte me serra brutalement, et je pinçai à nouveau ses petits tétons douloureux.

— Tu aimes la douleur qui accompagne ton plaisir, vilaine fille. Tu peux me supplier autant que tu veux, mais je ne m'arrêterai pas tant que tu n'auras pas joui pour moi, exigeai-je.

Ses doigts se baladaient entre nous, dansant sur son clito. Je pouvais voir le plaisir se dessiner sur son visage. Ses yeux étaient dilatés, ses joues roses. Ses épaules s'arrondissaient vers l'avant alors qu'elle essayait de se contrôler.

Je la baisai plus fort et pinçai ses mamelons, les tordant cruellement parce que je savais que cela la rapprocherait de l'orgasme dont elle avait si désespérément besoin.

Son autre main s'enroulait autour de mon cou et s'y accrochait. Je ne me souciais même pas du fait que ses ongles s'enfonçaient dans mon dos. Je porterais ses marques avec fierté parce qu'elles me rappelleraient ce moment, encore et encore.

Mes couilles se serrèrent et je compris que ma propre libération était proche. Mais je me retins. Je voulais m'assurer qu'elle jouisse avant moi. Elle passerait toujours en premier.

Son corps commença à s'agripper désespérément au mien. Ses ongles s'enfoncèrent plus profondément, et je laissai sortir le monstre sauvage et pris ce que je voulais sans remords.

— C'est ça. Prends chaque centimètre de moi comme une bonne petite fille, ai-je grogné.

— Je suis si proche, gémit-elle.

Je la pénétrai violemment et ses jambes se mirent à trembler. Après plusieurs poussées plus brutales, elle gémit de besoin et ma main lui prit l'arrière de la tête. Cruellement, je lui tirai les cheveux et la baisai à un rythme effréné.

— Jouis pour moi.

Ses yeux roulèrent à l'arrière de sa tête juste au moment où mes couilles se pressèrent et où ma propre libération déferla le long de ma colonne vertébrale. Je rugis, rejetant la tête en arrière, prenant vicieusement ce qui m'appartenait tandis qu'elle s'effondrait sous moi.

Son corps tremblait autour de ma bite, s'agrippant et se resserrant à chaque seconde de son orgasme. Ses ongles s'enfoncèrent dans mon dos et je lui tournai brutalement la tête par les cheveux pour la capturer avec un autre baiser vorace.

— C'est ça. C'est ma bonne fille, me félicitai-je.

Cette femme serait mienne pour toujours. Je n'en regarderais jamais une autre. Je n'aurais jamais besoin d'une autre. Je n'en voudrais jamais d'autre.

Elle était tout pour moi.

Ma semence jaillit au plus profond de son petit trou serré. Je me déversai en elle et elle prit tout en tremblant sous l'effet de la félicité sans fin que je lui avais imposée. Lorsqu'elle cessa de trembler, nous étions tous deux à bout de souffle.

Sa peau était couverte d'un éclat de sueur, comme la mienne. Je n'étais pas pressé de me dégager d'elle, appréciant beaucoup la sensation de son corps frémissant de répliques sur ma queue qui se ramollissait.

— Bonjour, lui dis-je en souriant, et elle se mit à rire légèrement, le bonheur se dégageant d'elle à profusion.

— Bonjour, dit-elle en riant.

— Je dois aller régler la situation avec les Montagna, mais j'ai envie de rester ici et de baiser cette chatte parfaite toute la journée, gémis-je. Son visage rougit et la minette insolente se resserra autour de ma bite.

— Je l'ai senti, vilaine fille, lui dis-je en la grondant légèrement. Elle rougit encore plus et me sourit avec un pur bonheur. Lorsque je me dégageai, elle gémit et je la récompensai en lui pinçant le téton assez fort pour réveiller la douleur de tout à l'heure. Elle cria et ma bite se mit à palpiter.

Si elle ne faisait pas attention, elle allait encore se faire baiser.

— Sois une bonne fille maintenant. Tu as eu ta dose de sexe, murmurai-je, et elle frissonna de toutes ses forces. Elle s'agrippa à moi comme si elle voulait me pousser à recommencer, mais il était de plus en plus tard. Je devais faire le point avec Jon et le problème que représentait Anthony. Je voulais que tout soit réglé pour que je n'aie pas à m'inquiéter de la sécurité de ma fille.

— Si tu as besoin d'une autre tournée, je ne vais pas te prendre la chatte, prévins-je, et ses joues se teintèrent d'une couleur encore plus écarlate.

— Tu veux dire... balbutia-t-elle.

— Je vais te plier en deux et baiser ton petit cul serré, vilaine fille, menaçai-je. Je ne serai pas tendre. Ça va faire mal, ajoutai-je.

— Oui, monsieur.

Elle baissa les yeux, subjuguée.

J'embrassai doucement son front.

— Tu vas rester ici et m'attendre. Mes hommes te surveilleront, dis-je, et elle acquiesça. Il y a un téléphone portable pour toi sur la table de nuit. Mon numéro y est programmé. Appelle-moi si tu as besoin de quoi que ce soit. C'est compris ? continuai-je.

— Je comprends. J'appellerai si j'ai besoin de quoi que ce soit, répondit-elle, son ton devenant sérieux.

— Bonne fille.

Je l'embrassai à nouveau. Je ne me lasserais jamais de son goût sur mes lèvres.

Je ne pouvais pas me résoudre à m'éloigner d'elle et je traînais les pieds, ne voulant pas relâcher mon emprise sur elle. Quand j'eus attendu assez longtemps, je me dégageai à contrecœur et sortis du lit. Je sentais qu'elle me regardait tandis que je me dirigeais vers l'armoire. Ses yeux pétillaient pendant que je m'habillais. Sa lèvre inférieure était légèrement saillante et je gémis, l'imaginant à genoux pendant que je donnais une leçon à cette jolie petite bouche avec ma bite.

En temps voulu.

Je mis ma veste de costume et enroulai une cravate bleu acier autour de mon cou. Elle sortit du lit, complètement nue, et s'approcha de moi en attrapant la cravate. Je regardai ses doigts agiles se déplacer sur le tissu comme une danse entraînée tandis qu'elle la nouait pour moi.

— Où as-tu appris à faire ça ? lui demandai-je. Je pris ses doigts dans les miens et effleurai ses phalanges d'un doux baiser.

— Dans un pensionnat. L'un des enfants de ma classe se faisait toujours taquiner parce qu'il n'arrivait pas à l'attacher, alors j'ai regardé des vidéos en ligne et j'ai appris à le faire moi-même pour pouvoir l'aider. Pendant une semaine ou deux, je lui faisais ses nœuds tout en le guidant. Il a fini par y arriver et on ne s'est plus moqué de lui, expliqua-t-elle.

Mon Ava avait un cœur d'or.

— C'est très gentil de ta part, répondis-je, et son visage s'éclaira. Il y a aussi des vêtements pour toi dans l'armoire. Tu devras couvrir ton beau corps si tu quittes cette pièce. Je ne veux pas que quelqu'un d'autre ait un aperçu de ce qui m'appartient. C'est compris ?

— Oui, monsieur, dit-elle.

— Quand je serai de retour, je te baiserai. Cette fois, je te laisserai choisir si je vais te baiser comme ma gentille fille ou comme ma méchante fille, prévins-je, et elle frissonna d'impatience.

Elle me tendit la main et je la pris dans la mienne. Je la serrai doucement, l'embrassai une dernière fois et me retournai pour quitter la pièce.

— J'ai hâte, dit-elle.

Je souris. J'avais hâte moi aussi.

* * *

Même si je voulais passer l'éternité avec Ava, je devais découvrir ce qui était arrivé à Jon. Je me glissai dans ma voiture et composai son numéro, qui sonna plusieurs fois avant de tomber sur la messagerie. J'avais encore un atout dans ma manche.

J'appelai Alex, mon homme de confiance.

Alex travaillait pour moi plusieurs années auparavant. Il était incroyablement loyal. Il avait toujours été quelqu'un sur qui je pouvais compter, et je savais que même après toutes ces années, il serait toujours là et me répondrait. Je savais qu'il était impliqué dans la famille Montagna après la dissolution de la mienne, et qu'il pourrait me renseigner sur ce qui était arrivé au « consigliere » d'Anthony.

Je l'appelai et il décrocha dès la deuxième sonnerie.

— Cyrus, répondit-il.

— Alex. Comment ça va ? demandai-je.

— Très mouvementé, comme toujours. Assez de bavardages cependant. J'en déduis que tu appelles à propos de l'affaire avec Jon et la fille, proposa-t-il.

— C'est vrai. Jon me rendait service et il semble qu'il ne soit plus disponible pour me tenir au courant, expliquai-je.

— Il est en quelque sorte indisposé en ce moment, soupira Alex. Il prit une grande inspiration sur l'autre ligne. Je le connaissais suffisamment pour savoir qu'il secouait la tête avec désapprobation. Anthony a appris qu'il t'avait rencontré et il a perdu la tête. Maintenant, il est sur une sorte de coup de vengeance pour donner à la fois à la fille et à son « consigliere » une leçon sur la façon dont il est puissant.

— Sais-tu où il se trouve ?

— Il a une suite au Four Seasons où il retient Jon. Ils l'ont un peu malmené, mais il est encore en vie, expliqua-t-il.

— Tu connais le numéro de la chambre ? demandai-je.

— 1501. Je te laisserai une clé supplémentaire au-dessus de la machine à glace, me répondit-il.

— Je savais que je pouvais compter sur toi, souris-je.

— Toujours, patron, répondit-il, et je raccrochai le téléphone.

— Emmène-moi au Four Seasons, demandai-je et Frank grogna, ne perdant pas de temps pour s'en aller.

Je m'adossai au siège et soupirai. Je me laissai replonger dans le rôle auquel j'avais renoncé depuis longtemps. J'ouvris le clavier de la porte et composai mon code. La porte du compartiment secret situé dans le plancher s'ouvrit, révélant ma cache d'armes personnelle.

Le compartiment lui-même était peu profond et pouvait contenir plusieurs types d'armes de poing, quelques couteaux à cran d'arrêt, un fusil de sniper et trois armes d'assaut différentes, toutes équipées de silencieux. Je pris mon Smith and Wesson 9 mm préféré et le palpa. À son poids, je devinai qu'il était entièrement chargé. Je tirai la glissière pour voir qu'une balle était déjà en place, appréciant la façon dont le métal glissait sur le métal bien huilé.

— J'ai révisé ce pistolet la semaine dernière, patron, dit Frank.

— C'est bien. Je vais peut-être devoir l'utiliser aujourd'hui, dis-je en souriant.

— Fais en sorte que chaque tir soit efficace, patron, lança-t-il.

— Bien sûr que je le ferai, lui assurai-je, impatient d'en finir avec cette histoire.

Je rangeai plusieurs chargeurs bien remplis dans les poches de mon costume. J'accrochai le pistolet à ma ceinture. Je tapai à nouveau le code et la porte se referma.

Je regardai par la fenêtre pour voir que nous approchions de la ville. L'après-midi était déjà bien avancée et le soleil était haut au-dessus de nos têtes. Je passai encore quelques coups de fil et m'arrangeai pour que certains de mes hommes me rejoignent à quelques pâtés de maisons de l'hôtel.

Le reste du trajet se déroula rapidement. Nous vérifiâmes l'endroit plusieurs fois avant que Frank ne soit convaincu qu'ils n'étaient pas au courant de notre arrivée. Il se gara dans un parking et salua le portier, un vieux de la vieille qui travaillait là depuis de nombreuses années. Il reconnut Frank et lui indiqua d'un coup de menton une section réservée aux clients les plus importants.

Il y avait une sortie exclusive au cas où nous devrions partir rapidement.

Mes hommes m'attendaient déjà. Je n'avais fait appel qu'à une demi-douzaine de gardes du corps, car il était plus facile d'accomplir une telle mission avec moins que plus. Ils portaient tous des costumes noirs et inclinèrent la tête en signe de respect lorsque je descendis de la voiture.

Je pris un moment pour les étudier, satisfait de leur apparence et de la déférence qu'ils me témoignaient. Aucun n'avait l'air effrayé, comme s'ils avaient déjà fait cela un millier de fois.

Frank les informa rapidement des détails de dernière minute avant que nous nous dirigions vers l'hôtel. Nous passâmes tous les huit par une entrée secondaire sans plus attendre. Le préposé à la porte nous salua d'un signe de tête tandis que nous nous glissions dans l'ascenseur. J'appuyai sur le bouton du quinzième étage. La montée se fit en douceur. Les portes s'ouvrirent sur une petite salle destinée aux rafraîchissements. La salle de distribution automatique était juste au coin, et je trouvai une carte magnétique sur la machine à glaçons, comme Alex me l'avait dit.

Merci Alex.

La chambre 1501 se trouvait au bout du couloir. D'après ma connaissance de l'hôtel, la suite s'étendait sur toute la longueur du couloir, avec une sortie de chaque côté. Je divisai mes hommes en deux groupes, en envoyant une moitié s'assurer que personne ne sortait par l'autre porte et j'emmenai le reste avec moi.

En empoignant mon arme, je m'approchai silencieusement de la porte. Je m'appuyai contre elle, écoutant les signes de vie qui se trouvaient derrière. Je pouvais entendre des voix, mais elles n'étaient pas plus fortes qu'une conversation normale.

J'agitai la clé devant la serrure et la porte s'ouvrit. Je la poussai avec précaution. Je m'attendais à tomber dans une embuscade dès mon entrée dans la suite, mais il n'y avait personne.

Je ne savais pas comment Anthony avait pu arriver jusqu'ici sans que quelqu'un ne l'ait tué.

Nous nous faufilâmes dans l'entrée, tous armés et prêts à affronter ce qui nous attendait. Les voix continuaient à se faire entendre à voix basse quelques pièces plus loin et nous nous rapprochâmes sans hésiter.

Nous débouchâmes sur la salle de séjour principale de la suite. Il s'agissait d'un espace ouvert, avec une énorme cuisine entièrement équipée, un bar surdimensionné de style contemporain et plusieurs places assises. Elle était destinée à recevoir. Plusieurs de ses hommes étaient répartis autour des meubles. Certains téléphonaient, d'autres parlaient entre eux et un groupe jouait au poker sur la table de la salle à manger.

La somme en jeu semblait assez importante.

La première personne à m'apercevoir était un type gigantesque, assez grand pour avoir été défenseur dans une équipe de football à un moment ou à un autre de sa vie. Ses yeux devinrent immenses lorsqu'il m'aperçut de l'autre côté de la pièce. Il me pointa du doigt depuis sa place sur le canapé et se retourna pour parler de moi à l'autre gars qui se trouvait avec lui dans la pièce, mais j'avais déjà appuyé sur la gâchette, envoyant une balle directement dans son crâne avant qu'il n'ait pu dire un seul mot.

Ce coup de feu fut le premier d'une longue série.

Les soldats d'Anthony n'étaient pas entraînés, mais ils étaient nombreux. Je me jetai contre un mur, tirant dans le coin à chaque fois que j'en avais l'occasion. Des cris éclatèrent tandis que d'autres hommes affluaient dans la pièce. Leur temps de réaction était lent. Ils mettaient trop de temps à viser et encore plus de temps à appuyer sur la gâchette, ce dont mes hommes profitaient.

Jon se trouvait au centre de la pièce. Il était attaché à une chaise, les mains menottées dans le dos. Quelqu'un avait utilisé une bonne quantité de ruban adhésif pour couvrir sa bouche et il avait les yeux bandés en même temps.

Son visage était couvert de sang. Il semblait avoir reçu un coup de poing dans le nez. Il ne bougeait pas, mais je pouvais voir que sa poitrine se soulevait et s'abaissait. Il était peut-être en train de se reposer et d'économiser ses forces, ou quelqu'un l'avait peut-être frappé assez fort pour qu'il s'évanouisse.

Un coup de feu fut tiré et une bouteille se brisa derrière moi.

Je plongeai derrière le bar, m'esquivant lorsqu'une autre bouteille se brisa en un million d'éclats de verre à ma gauche. Mes chaussures crissèrent sur les morceaux, mais mes semelles étaient épaisses alors que je me mettais à l'abri.

L'un des hommes tira plusieurs balles à la suite, vidant rapidement le chargeur. Je l'écoutai attentivement, roulant presque des yeux en l'entendant essayer de le charger avec d'autres balles. Plusieurs d'entre elles s'entrechoquèrent contre le sol lorsqu'il les laissa tomber.

Je me relevai d'un bond, tirai un coup de feu et l'atteignis au bras. Il cria de stupeur et laissa tomber son arme sur le sol. Il ne tint pas longtemps, car je pressai à nouveau la détente.

Une balle en plein entre les yeux le tua immédiatement.

Je n'avais jamais vraiment été un homme porté sur la violence et la torture. Je n'utilisais ces outils qu'en cas de besoin, mais jamais plus que nécessaire. Une balle me toucha à l'épaule et je serrai les dents à cause de la brûlure de l'agonie.

Je me levai juste assez pour jeter un coup d'œil par-dessus le bar. La salle se remplissait de plus en plus d'hommes d'Anthony. Je voyais Frank mener le reste de mes hommes à travers la porte de l'autre côté de la pièce. Notre ennemi ne les avait pas encore remarqués. J'allais utiliser cela à mon avantage.

L'odeur du sang était présente dans l'air. Mes hommes avaient déjà abattu au moins six d'entre eux et il en restait encore dix. Il semblait que les plus inexpérimentés étaient tombés les premiers. Nous pourrions éliminer le reste assez facilement, mais je voulais d'abord leur donner une chance de sortir d'ici en vie.

— Je m'appelle Cyrus Holt. Certains d'entre vous me connaissent peut-être. D'autres non, commençai-je.

Plusieurs d'entre eux sursautèrent.

— Cyrus, rugit l'un d'eux.

— Holt ! s'exclama un autre avec terreur.

— Le grand patron ! hurla un autre.

Je dégainai mon arme et me levai. Mes hommes se mirent en joue à mes côtés tandis que Frank et les autres se mettaient en position derrière eux. Nous les avions encerclés. Je pointai mon arme sur l'homme au centre, celui qui semblait surveiller ceux qui restaient. Il leva le menton, essayant de faire appel à une sorte de bravade alors qu'il fixait le canon de mon arme.

— Quel est ton nom ? lui demandai-je directement.

— Brandon, répondit-il. Je ne lui demandai pas son nom de famille. Peut-être qu'il ne voulait pas me le dire, ou qu'il protégeait sa famille contre des gens comme moi. Malin.

— Brandon, tu sais qui je suis, n'est-ce pas ? demandai-je avec insistance. Il jeta un coup d'œil anxieux à mon doigt de gâchette, puis revint à moi. Nous savions tous les deux que je pouvais décider de le tuer et qu'il n'aurait pas le temps de s'écarter de la trajectoire.

— Je sais qui vous êtes, répond-il. Sa voix tremblait juste un peu, ce qui me disait tout ce que j'avais besoin de savoir.

— Alors tu sais de quoi je suis capable, que je vous massacrerais tous sans hésiter si vous essayez de vous mettre en travers de mon chemin, menaçai-je, et il hocha la tête.

Frank se rapprocha par derrière, et tous les quatre s'éloignèrent en spirale pour couvrir plus de terrain.

Brandon leva la main, jetant un coup d'œil à ses compagnons d'armes.

— Je veux Jon, dis-je simplement.

— Si nous vous laissons le prendre, on est tous morts, me répondit-il.

— Sans doute, c'est vrai, et c'est pourquoi j'aimerais vous faire une offre, proposai-je avec un sourire de plus en plus narquois. Frank s'empressa d'appuyer le bout de son arme sur l'arrière de la tête de Brandon.

— La première est que nous pourrions nous battre et que vous mourriez tous. Je n'en suis pas à ma première rixe armée, et ce ne sera certainement pas la dernière. L'autre option, c'est de collaborer avec moi, poursuivis-je.

Brandon serra les dents, ne bougeant pas d'un poil tandis que Frank lui enfonçait l'arme dans la tête. Son regard se promenait d'un côté à l'autre tandis qu'il essayait d'évaluer les possibilités qui s'offraient à lui. Un type longiligne, à droite, tenta d'attraper un pistolet à sa ceinture, la panique se lisant clairement sur son visage.

Sans même sourciller, je visai et pressai la détente. L'homme n'avait pas été assez rapide pour tirer ne serait-ce qu'un seul coup. Il s'effondra sur le sol avec un sifflement sanglant, et je lui envoyai une deuxième balle en pleine tête.

Il ne fit plus aucun bruit.

L'odeur métallique et amère du sang devenait de plus en plus forte.

— Pourquoi devrions-nous travailler pour vous ? demanda Brandon. Avec un soupir, je me retournai vers lui.

— Tu peux travailler pour moi ou je te tue. C'est ma seule offre, dis-je effrontément. Son visage confiant perdit de son éclat. Je sais que la plupart d'entre vous ne travaillent pour Anthony que depuis peu de temps. Aucun d'entre vous ne lui est loyal, hormis le fait qu'il vous paie pour vos services.

Brandon détourna son regard avec culpabilité, ce qui ne fit que tout confirmer.

— Je vous paierai davantage. Et je ne vous tuerai pas. On est d'accord ? demandai-je.

Il fit semblant de réfléchir, mais je savais que ce n'était qu'une ruse. Parfois, il suffit d'une petite dose de violence stratégique et de la menace de plus pour obtenir ce que l'on veut, une chose que j'avais apprise longtemps auparavant et que j'avais souvent utilisée au cours de ma vie.

— Marché conclu, répondit Brandon.

— Vous tous. Lâchez vos armes, exigeai-je. Les autres hommes de main d'Anthony se regardèrent les uns les autres en guise de confirmation. Brandon fut le premier à jeter son arme. Tous les autres suivirent. Mes hommes s'assurèrent que les autres n'étaient pas armés et je m'approchai de Jon pour prendre de ses nouvelles.

Sa tête penchait sur le côté et je saisis l'extrémité du ruban adhésif.

— Je suis désolé. Ça ne va probablement pas être très agréable, dis-je avant de l'arracher de son visage. Il recula d'un coup et gémit.

— Oui, en effet, répondit-il. J'arrachai le bandeau, voulant revoir ces yeux bruns familiers.

— Tu t'es mis dans un sacré pétrin, n'est-ce pas ? dis-je en souriant, et il soupira. Où est Anthony ?

Son visage se décomposa sous l'effet de l'inquiétude.

— Tu as emmené Ava dans cette cabane au bord du lac, n'est-ce pas ? Celle du parc d'État de Harriman ? demanda-t-il rapidement. Derrière lui, Frank sortit un canif et utilisa la pointe pour ouvrir les menottes en métal.

Je m'immobilisai, plissant les yeux.

— Comment sais-tu pour Harriman ? crachai-je. Un froid soudain me parcourut l'échine.

— Anthony était au courant. Je ne sais pas comment, mais je suis certain qu'il est en train de s'y rendre. Peut-être qu'il a payé quelqu'un ou que vous avez une taupe parmi vos hommes, mais il s'en est vanté devant moi avant de partir. Il avait prévu de la capturer, de la ramener ici, et ensuite... commença-t-il.

— Ensuite quoi ? demandai-je furieusement.

— Ensuite, il m'obligerait à le regarder la baiser avant de me trancher la gorge pour ma déloyauté, finit Jon.

— Il faut qu'on y aille. Maintenant, dis-je à Frank.

CHAPITRE DIX

Ava

Après le départ de Cyrus, je passai quelques heures à faire la sieste dans mon lit. Le calme régnait dans les bois, ce qui facilitait le sommeil. Tout ce que j'entendais, c'était le chant des oiseaux, le chant des grillons et le bruissement de la cime des arbres sous l'effet de la brise. C'était assez paisible par rapport à l'agitation de la ville.

Lorsque je me levai enfin, je pris une longue douche, me délectant de l'eau chaude qui ruisselait sur ma peau. Mes muscles étaient encore un peu endoloris. En sortant, je remarquai que mon derrière portait encore plusieurs marques roses de la ceinture de la veille et je rougis, me souvenant de tout ce qui s'était passé dans cette salle d'interrogatoire, sans parler de la nuit dernière et de ce matin. Je pris le temps d'appliquer la lotion qui se trouvait sur la table de nuit sur tout mon corps et de la laisser sécher avant de m'habiller.

Il n'y avait pas beaucoup de vêtements parmi lesquels choisir, mais c'était plus que suffisant pour quelques jours. Je commençai par choisir une culotte simple et un soutien-gorge assorti. Ensuite, j'enfilai un t-shirt sur ma tête, en souriant au joli motif fleuri sur le devant. Enfin, je mis un jean foncé, des chaussettes et de solides chaussures de randonnée.

La lumière pénétra par la fenêtre lorsque je quittai la chambre. Il n'y avait personne d'autre dans la cuisine, mais quelqu'un avait préparé un pot de café. Je fouillai dans les placards, trouvai un mug et me versai une tasse fumante. En ouvrant le réfrigérateur, je souris en y trouvant une bouteille toute neuve de ma crème préférée. Je préparai mon café à ma convenance et pris une première gorgée.

Cette première gorgée ne ressemblait à rien d'autre. Je soupirai de bonheur et me dirigeai vers le salon.

Quelqu'un avait pensé à tout en installant cette planque. Je pris place sur le canapé et attrapai un livre sur la table basse. C'était un roman d'amour dont la couverture était ornée d'une couronne séduisante. Elle était couverte de bijoux opulents, et je passai mon doigt sur la couverture, admirant le dessin. Je l'ouvris et commençai à lire, me délectant du monde lointain des rois, des reines et d'un monde fantastique où les dragons planaient dans le ciel et les monstres marins nageaient dans l'océan. Cyrus reviendrait tôt ou tard, mais je serais plus qu'heureuse de tuer le temps avec une tasse de café et un bon livre.

Pendant un moment, tout fut comme prévu : calme, paisible et tranquille. Je me détendis sur le canapé et me plongeai dans les pages de ce livre.

Un bruit inconnu me sortit de ma lecture et je dus retenir un glapissement lorsque je me renversai accidentellement du café sur la tête.

Au début, je pensais qu'il s'agissait d'un bruit de pas dans les feuilles et que ce n'était peut-être que le fruit de mon imagination, mais quelqu'un grogna à l'extérieur. Je levai la tête et retins ma respiration, écoutant plus attentivement. Je n'entendis rien pendant un moment puis une latte de parquet grinça sinistrement sous le porche d'entrée.

Je posai mon café sur la table et me levai en prenant soin de rester silencieuse.

Lentement, je m'approchai du mur et me penchai sur le côté, juste assez pour jeter un coup d'œil par la fenêtre. Je savais que Cyrus avait laissé plusieurs gardes pour me protéger. Je reconnaissais les voitures d'hier soir qui étaient arrivées avec nous, mais il y en avait d'autres que je ne connaissais pas.

Je me mordis l'intérieur de la joue. Et si la planque avait été compromise ? Et si Anthony nous avait trouvés et qu'il était ici pour me kidnapper afin d'assouvir n'importe quelle idée vulgaire qui lui était passée par la tête depuis que je lui avais échappé la dernière fois ?

Je déglutis difficilement, tentant de rester calme du mieux que je pouvais. La panique ne me servirait à rien et j'avais besoin de réfléchir.

S'il était là, je n'avais vraiment pas le temps de m'échapper. Je pouvais m'enfuir dans les bois, mais il faisait encore jour et je suis sûre qu'il avait déjà des gens qui passaient les lieux au peigne fin. Ils me captureraient avant que je n'aille trop loin. J'en étais sûre.

Mes chances étaient meilleures si je restais sur place.

Rapidement, je me faufilai dans la cuisine et ouvris le tiroir, voulant y trouver de quoi me protéger du danger. Il y avait plusieurs couteaux à l'intérieur et j'en attrapai un de bonne taille dont la lame était recouverte d'une gaine en plastique. Je le glissai à l'arrière de mon jean, pris mon café et me retirai dans la chambre, fermant doucement la porte derrière moi.

Cyrus m'avait dit de ne pas bouger, et j'en avais l'intention, mais cela ne signifiait pas que je ne pouvais pas me protéger.

Je me disais que je réagissais peut-être de manière excessive, que les voitures supplémentaires n'étaient peut-être que des gens que Cyrus avait envoyés pour me protéger, mais si je me trompais et que j'étais en danger, je voulais être prête.

J'éloignai le fauteuil en cuir de la fenêtre et le poussai dans un coin de la pièce. Un homme cria de quelque part à l'extérieur et fut soudain interrompu. Je gardai le silence, écoutant attentivement. Les feuilles crissaient à l'extérieur et je reconnus le grincement de la porte d'entrée qui s'ouvrait et se refermait. Personne n'avait huilé les gonds depuis longtemps.

Des bottes claquèrent sur le parquet et ma poitrine se serra de peur. Quelqu'un d'autre était entré dans la cabane. Un fracas retentit et je sus qu'ils étaient en train de me chercher dans les autres pièces.

Je devais bouger. Vite.

Je posai ma tasse sur la table de nuit, trop effrayée pour la boire maintenant. Je pris une profonde inspiration et fis appel à tout le courage qui sommeillait en moi. Les mains tremblantes, j'attendis la suite.

Je n'allais pas me recroqueviller et attendre qu'on me prenne. Je me battrais contre quiconque franchirait cette porte, mais je devais trouver un plan. Je jetai un coup d'œil au placard et une idée commença à germer dans ma tête.

Les hommes de Cyrus savaient qu'ils ne devaient pas entrer dans la chambre. Ils avaient reçu l'ordre explicite de ne pas le faire, donc si quelqu'un franchissait cette porte, il deviendrait mon ennemi. Anthony pouvait envoyer ses propres hommes de main pour me protéger, mais à ce stade, il était sans doute assez furieux pour vouloir faire le travail lui-même.

Anthony venait d'accéder au pouvoir et il devait encore faire ses preuves. Il pouvait emmener quelques-uns de ses hommes, mais il serait plus convaincant qu'il parvienne à me maîtriser lui-même. Il aurait l'air d'autant plus puissant.

Je sortis le couteau et le fixai pendant plusieurs secondes. Pourrais-je le tuer s'il le fallait ? Serais-je capable de le faire si j'en avais besoin ?

Je savais que je devais essayer.

Si Anthony avait l'intention de me violer, de me kidnapper et potentiellement de me tuer, j'entrerais dans son jeu, du moins en apparence. Je le tenterais suffisamment et je ferais ce qui doit être fait.

Quoi qu'il en soit.

Je me glissai dans l'armoire et me déshabillai tout en gardant mon arme à portée de main. Lorsque je m'étais habillée pour la première fois, j'avais remarqué quelques boites remplies de lingerie. J'ouvris celle qui se trouvait sur le dessus et y trouvai un soutien-gorge rouge et une culotte assortie, ainsi qu'une longue robe en dentelle transparente qui révélerait très joliment ce qu'il y avait en dessous.

Je détestais l'idée de mettre cet ensemble dans le seul but de séduire mon ennemi.

Je fis glisser le couvercle de la lame et passai mes vêtements par-dessus. Je saisis le manche assez fermement pour que mes jointures deviennent blanches. Je pris une grande inspiration et me lançai dans l'action.

Je me précipitai dans la chambre et cachai mon couteau entre le coussin et l'accoudoir du fauteuil en cuir. Je m'assis, fixant la porte et attendant que quelqu'un la franchisse.

Je priai pour que ce soit Cyrus.

Mais c'était sans doute un faux espoir.

La poignée se mit à tourner très lentement et j'arrêtai de respirer lorsque la porte s'ouvrit. La charnière grinça comme l'avait fait la porte d'entrée. Une aura inquiétante se répandit dans la pièce. Mon cœur battait si vite et si fort que je craignais que l'intrus ne l'entende. Mes doigts tremblaient et je m'agrippais au bras du fauteuil pour cacher mon angoisse face à l'inconnu.

La porte s'ouvrit plus largement et un homme seul la franchit avec une arrogance désinvolte qui me retourna l'estomac.

Je n'avais pas besoin de voir son visage pour savoir qu'il s'agissait d'Anthony. Je reconnus sa silhouette grande et élancée. Il portait un beau costume, mais cela ne suffisait pas à cacher le monstre que je savais être. Immédiatement, ses yeux bruns et froids fouillèrent la pièce et se posèrent sur moi.

Il souriait comme s'il venait de dénicher le bien le plus précieux au monde.

J'avais envie de vomir.

Au lieu de cela, je relevai courageusement le menton et l'évaluai aussi audacieusement que possible. Il ne dit rien pendant plusieurs instants, prenant le temps de bien évaluer mon corps dans la tenue que j'avais choisie. Son sourire grandissait au fur et à mesure qu'il découvrait la lingerie, s'attardant sur mes seins et mes jambes alors que j'étais assise sur la chaise devant lui. Il avait un pistolet à la main, mais il le glissa dans son pantalon lorsqu'il vit que j'étais là toute seule.

Apparemment, il ne me considérait pas comme une menace.

— Eh bien, c'est une bonne surprise, dit-il finalement. Il s'appuya contre le cadre de la porte et croisa les bras sur sa poitrine. Pendant qu'il se tenait là, je fis de même, remarquant que les épaules de son costume étaient mal ajustées, les jambes de son pantalon juste un peu trop courtes, ses manchettes défaites. Certaines parties de ses vêtements étaient froissées, ce qui le rendait encore plus négligé.

Il me faisait encore penser à un adolescent qui s'habillait sans l'aide de sa mère.

Ses cheveux étaient à mi-chemin entre la coupe et la longueur. Ses sourcils étaient broussailleux et son visage était rasé de près, probablement parce qu'il ne pouvait pas se laisser pousser la barbe ou même la moustache.

Il ne ressemblait en rien à Cyrus et je savais qu'il ne le serait jamais.

Il ne s'éloigna pas tout de suite de l'encadrement de la porte, prenant le temps d'observer mon corps de haut en bas avec son regard lubrique. Je remarquai qu'il ne regardait jamais vraiment mon visage non plus. Il était bien trop distrait par tout le reste, en particulier par la montée et la descente de mes seins.

— J'ai beaucoup pensé à toi, dis-je doucement, et il pencha la tête avec un intérêt grandissant. Je baissai pudiquement les yeux, puis les relevai. Il sourit, se prenant probablement pour un symbole de la beauté masculine, alors que c'était tout le contraire.

— C'est vrai, Ava ? demanda-t-il.

Je traçai la ligne de mon soutien-gorge à travers la dentelle rouge et fine. Il n'arrivait pas à détacher ses yeux de moi, alors je ne m'arrêtai pas. Je me mordis la lèvre inférieure, feignant l'embarras lorsque je relevai la tête pour croiser son regard.

— Depuis que je t'ai fui, je ne pense qu'à toi. Quand je ferme les yeux, quand je me réveille le matin, tu es la première chose à laquelle je pense, mentis-je.

Sa pomme d'Adam se mit à osciller de haut en bas lorsque je décroisai les jambes et me rassis sur la chaise. Je savais qu'il ne pouvait pas voir à travers la culotte, mais j'avais tout de même honte. Je détestais ça, mais je faisais de mon mieux pour cacher tout ce que je ressentais.

— Mais ensuite... Je fis une pause pour accentuer l'effet dramatique, et il sembla suspendu à chacun de mes mots. Cyrus a réussi à mettre la main sur moi. Il ne voulait pas me laisser partir. J'ai essayé d'aller à la police pour lui échapper, mais il m'a attrapée et il m'a ensuite amenée ici pour m'éloigner de toi, continuai-je.

— Où est-il maintenant ? demanda Anthony.

— Je n'en sais rien. Ce qui compte, c'est que tu m'aies trouvée, répondis-je.

— Tu es enfin disponible pour moi, n'est-ce pas ? me dit-il en souriant. Sa voix avait durci et je n'arrivais pas à savoir si elle était empreinte de violence ou de folie.

— Cyrus a essayé de me baiser, commençai-je. Je laissai une pointe d'horreur faire trembler mes mots et cela l'affecta exactement comme je l'espérais.

— Sale bâtard, cracha-t-il.

— Mais... Je bégayai, hésitant volontairement sur mes mots. Anthony semblait plus intéressé lorsque je continuais. Ma lèvre inférieure frémit et je la mordis doucement.

— Mais quoi ? insista-t-il avec impatience.

Je regardai le sol. Je secouai les mains nerveusement.

— Il n'a pas pu, tu sais. Il n'a pas pu... bander, alors il a abandonné et je... je suis toujours vierge pour toi, marmonnai-je.

— Ce n'est pas ce qu'on disait de toi à l'école. Il plissa les yeux avec méfiance.

— Aucune de ces choses n'était vraie. Ce n'étaient que des rumeurs et des ragots, dis-je en reniflant. Ma voix tremblait d'émotion et son regard s'adoucit d'un poil.

— Sérieusement ? Il haussa un sourcil.

Je hochai la tête, cachant mon visage comme si j'avais honte de ce que je disais.

— Au lycée, je suis sortie avec un certain Richie, commençai-je.

— Je me souviens de lui, dit-il sèchement.

— En première année, il m'a emmenée au bal de fin d'année. Il était gentil et romantique, il a même payé la limousine et le maquillage, mais à la fin de la soirée, il attendait bien plus. Je l'ai embrassé et il a touché ma poitrine. J'ai essayé de lui dire non, mais il ne m'a pas écoutée, alors je me suis enfuie et je me suis cachée dans la cuisine d'un restaurant pour qu'il ne me trouve pas. Le lendemain, j'ai découvert qu'il avait raconté à tout le monde que nous avions fait l'amour, avouai-je. Je racontai l'histoire lentement, en y ajoutant des éléments de vérité tout en élaborant des mensonges.

J'étais allée à la fête de fin d'année avec Richie. Il avait été gentil avec moi, et je l'avais vraiment apprécié, mais tout cela n'avait été qu'un stratagème pour me baiser. J'avais couché avec lui cette nuit-là. Le lendemain, il s'en était vanté dans toute l'école, disant qu'il avait baisé la fille dont personne ne voulait.

Je ne l'avais jamais digéré.

Anthony n'avait pas besoin de savoir que cette partie était vraie.

— Il aimait bien inventer des histoires sur toutes les filles qu'il baisait, dit Anthony.

— Je… dis-je mais Anthony me coupa dans mon élan.

— Cela ne change rien au fait que tu m'as dit non deux fois et que tu m'as fui. Je ne peux pas le tolérer, s'emporta-t-il.

— Je sais, répondis-je. Je baissai la tête.

— Tu dois savoir ce qui se passe quand tu me refuses, répondit-il rapidement.

— Cette première fois, tu pourras peut-être être gentil ? Je suis très nerveuse et j'espérais que tu pourrais avoir un peu de pitié pour moi, juste cette fois, s'il te plaît ? suppliai-je.

Pendant une seconde, je me disais que mon stratagème avait fonctionné, qu'il n'essaierait peut-être pas de me faire vraiment mal s'il pensait que je le voulais aussi. J'espérais qu'il y réfléchirait, qu'il y avait peut-être une bonne personne cachée quelque part en lui. Sa mâchoire se crispa et ses yeux se rétrécirent. Mon estomac se serra.

Immédiatement, je compris que j'avais tort.

— Non, je ne serai pas tendre avec toi. Tu vas payer pour ce que tu as fait, me dit-il. Il ne pouvait pas quitter mon corps des yeux et je ne pouvais pas m'empêcher de remarquer que sa bite était dure à travers la ligne de son pantalon.

Je me levai et dénouai le ruban au niveau de mes seins, laissant la longue robe en dentelle tomber sur le sol. Il aspira une bouffée d'air, incapable de détacher ses yeux de moi alors que je me tenais là, vêtue uniquement d'un soutien-gorge et d'une culotte.

Il ne m'avait jamais vue ainsi. Il se retourna et referma la porte derrière lui, et j'en profitai pour glisser mon couteau hors du fauteuil et sous l'oreiller du lit. Lorsqu'il me fit de nouveau face, je me déplaçai nerveusement d'un côté à l'autre, exactement à l'endroit où il m'avait laissée. Il ne se doutait de rien.

Je tendis une main vers lui et il jeta un coup d'œil à mes doigts.

— C'est un spectacle que je n'aurais jamais imaginé, même dans mes rêves les plus fous, admit-il. Il fit quelques pas vers moi et je lui fis signe d'approcher.

— S'il te plaît ? Laisse-moi me faire pardonner. Laisse-moi te montrer ce que mérite un chef digne de ce nom ? dis-je et il gémit, jouissant manifestement des pensées sordides qui lui traversaient l'esprit. Je ne demandai pas à savoir, parce que je ne le voulais vraiment pas.

Il se rapprocha suffisamment et je tendis la main pour le toucher, laissant mes doigts trembler alors que je les effleurais sur son épaule. Je pris une inspiration, faisant semblant d'être impressionnée par ses muscles. Il gonfla sa poitrine comme un coq qui se pavane, ce qui me prit au dépourvu. Je sursautai et me mordis la lèvre, essayant de dissimuler le gloussement qui menaçait de m'échapper devant un tel étalage de stupidité.

Je devins un peu moins hésitante, comme si je ne pouvais pas m'empêcher de me jeter sur lui. Je passai ma main sur le haut de son dos, remarquant que celui de Cyrus était bien plus fort et bien plus ciselé. Il était tellement plus viril que cet homme pathétique.

Sa main glissa le long de mon bras et je dus me rappeler à plusieurs reprises de ne pas reculer, jusqu'à ce que sa paume s'aplatisse sur mon dos. Il me rapprocha de lui, écrasant mes seins contre sa poitrine dans une manœuvre qu'il pensait probablement sexy et romantique.

Je voulais juste que cela se termine.

Sachant que je n'avais pas vraiment le choix, je pressai mes seins plus fermement contre lui et fis glisser mes doigts le long de ses bras, sentant son biceps puis je jetai un coup d'œil vers le bas, imaginant qu'il s'agissait de Cyrus parce que cela rendait les choses un peu plus faciles.

Il palpa mon sein, semblant vouloir prendre les devants et tâtonnant comme un petit garçon désemparé plutôt que comme un homme. Était-il vierge ? Savait-il seulement ce qu'il fallait faire ? Je n'en étais pas certaine, alors je pris les choses en main en écartant sa main comme s'il s'agissait d'un accident et en pressant mes doigts entre nous. Son ventre était plat et lorsque le bout de mes doigts effleura le bord de sa ceinture, j'aspirai une bouffée d'air.

— S'il te plaît, emmène-moi ici. Je ne supporterai pas que tu me fasses attendre, suppliai-je. Je l'implorais à nouveau, aussi innocemment que possible. En tremblant, je fis glisser le bout de mes doigts contre la ligne dure de sa bite. Je haletai comme si je n'arrivais pas à croire ce que je venais de faire, ce qui, d'une certaine manière, était honnête. Timidement, je levai le menton pour l'embrasser, mais il détourna le visage au dernier moment.

— Tu ne peux pas t'en empêcher, n'est-ce pas ? Tu as envie de moi ? Je pouvais entendre l'hésitation dans sa voix. Peut-être n'avait-il jamais été avec une femme ou peut-être n'en avait-il jamais eu une qui essayait de le séduire auparavant.

— Oui, soupirai-je.

Je feignis de me laisser tomber sur le côté, en direction du lit. Il tendit une main pour m'équilibrer et je l'attrapai, l'utilisant pour nous rapprocher encore plus l'un de l'autre. Sans hésiter, il me tourna de façon à ce que mon dos soit face au lit et fit un pas en avant, m'entraînant en arrière jusqu'à ce que mes mollets frôlent les couvertures.

Ses doigts tâtonnants essayèrent de dégrafer mon soutien-gorge, mais après bien trop de temps, je décidai de mettre fin à son calvaire.

— Pas encore. Faisons en sorte que ce soit spécial, lui murmurai-je à l'oreille, le souffle court.

Je commençai à faire glisser sa veste de costume sur ses épaules et le long de ses bras. Je la posai sur le lit à côté de moi. Ensuite, je dénouai lentement sa cravate et la jetai également de côté. Il sourit timidement lorsque je commençai à déboutonner sa chemise. Son impatience prit le dessus et il déboutonna plusieurs boutons lui-même. Il enleva sa chemise et chercha à déboutonner son pantalon.

— Sois patient, laisse-moi te faire plaisir, gémis-je en mêlant à ma voix autant de désir que je pouvais en éprouver.

— Je ne devrais pas le permettre, grogna-t-il.

— Juste cette fois. S'il te plaît, dis-je. J'embrassai le côté de son cou et il frissonna.

— Juste cette fois alors, déclara-t-il.

Je saisis son bras et l'entraînai avec moi en m'allongeant sur le lit. Il se coucha d'abord trop lourdement sur moi, avant que je ne le repousse. Un de ses genoux était enfoncé entre mes cuisses, à quelques centimètres de ma chatte.

Avec précaution, je glissai un bras sous l'oreiller. Le bout de mes doigts effleura le manche du couteau et je me mordis la lèvre. De l'autre main, je palpai le bas de son dos et frottait mon bassin contre lui pour le distraire.

Sa bite était incroyablement dure.

— Tu vas me tuer ? demandai-je en tremblant.

— Je n'ai pas encore décidé. Peut-être que si ta chatte vierge est assez serrée, tu me convaincras du contraire, répondit-il.

Je dissimulai mon tremblement de révulsion par un doux gémissement.

— Ta bite est tellement grosse, mentis-je. Celle de Cyrus était bien plus grosse.

— C'est vrai, salope. Même si je suis gentil, ça va faire mal, grogna-t-il.

Je n'aimais pas qu'on m'appelle ainsi. Ce n'était ni sexy ni excitant d'être dégradée tel un animal, surtout quand je savais qu'il ne me considérait que comme un bout de viande.

Je refermai mes doigts sur le manche du couteau. Je poussai mes seins vers son visage, et il jeta un coup d'œil vers eux. Je pliai le bonnet suffisamment pour qu'il puisse voir le mamelon de mon sein gauche lorsque je fis glisser le couteau de sous l'oreiller. Il était tellement fasciné par la vue de moi qu'il ne remarqua pas que je glissais la lame dans son dos.

Je jetai un coup d'œil par-dessus son épaule, m'assurant que mon angle était correct. J'avais toujours eu de bons résultats à l'école, mais l'un de mes cours préférés était la physiologie et l'anatomie humaines. Dans ce cours, j'avais obtenu la meilleure note. Je savais où se trouvaient tous les organes, y compris le rein.

Je levai le couteau, dont l'éclat argenté captait la lumière qui traversait la fenêtre. Pendant quelques secondes périlleuses, je laissai ma colère remonter à la surface.

Cet homme avait pris ma vie et l'avait gâchée.

Il avait juré de me violer. De me tuer et de faire de moi un exemple devant son peuple.

Je devais en finir. Ici et maintenant. Pour mon bien.

J'inspirai profondément lorsque ses doigts entourèrent mon mamelon et je mis toute ma force à frapper le couteau dans son dos aussi fort que je le pus.

Le couteau était si aiguisé qu'il s'enfonça dans sa chair avec une facilité surprenante. Son visage se tordit de stupeur.

Anthony ouvrit la bouche pour crier, et j'attrapai le couteau à deux mains pour le retirer. Il était figé par la douleur et j'en profitai pour lui trancher la gorge.

Je voulais qu'il agonise. Les blessures aux reins étaient incroyablement douloureuses, mais il se viderait de son sang plus rapidement. Je me disais que ce n'était pas une vengeance, mais une toute petite partie de moi se réjouissait de le tuer.

La chaleur de son sang se répandit sur ma peau et je relevai la tête pour qu'il ne me tombe pas sur le visage. Je criai lorsque son corps devint rapidement un poids mort sur moi. Je paniquai pendant plusieurs secondes, essayant de pousser sur ses épaules pour le dégager. Mes doigts glissèrent et je gémis lorsque je réalisai qu'ils étaient également couverts de sang.

C'était tellement chaud et humide, et je détestais cette sensation.

Je fermai les yeux, faisant comme si ce n'était pas ce que c'était. Avec une grande inspiration et toute la force que je pouvais rassembler, je me retirai de sous lui. Lorsque je roulai enfin sur le sol, je poussai un cri, non pas de douleur, mais de triomphe.

Je restai allongée pendant de longues minutes avant de trouver la volonté de me lever. Ce ne fut qu'à ce moment-là que je remarquai que le couteau était toujours dans mes mains. Je le lâchai.

Il rebondit et le temps sembla ralentir tandis qu'il s'écrasait sur le sol. Je le fixai, le métal ne brillait plus car il était couvert de sang.

Le sang d'Anthony.

Le sang de l'homme que j'avais tué.

Il y eut une sorte d'agitation à l'extérieur et je sursautai, reculant d'un pas et manquant de glisser avant de me rattraper. Mon cœur battait la chamade et j'aspirais une bouffée d'air comme si je venais de percer la surface de l'océan. Une partie de moi avait l'impression de se noyer.

Je poussai un gémissement.

La porte de la chambre s'ouvrit et trois hommes entrèrent à l'intérieur. Je me tenais debout, en soutien-gorge et en culotte, et je les regardais fixement.

Ils semblaient presque aussi choqués de me voir que je l'étais de les voir. Leurs bouches s'ouvraient et se fermaient comme s'ils essayaient de trouver quelque chose à dire. Il était impossible de cacher ce qui s'était passé. Je ne regardai pas, mais je savais que la vue du cadavre d'Anthony était probablement aussi choquante que l'image de moi couverte de son sang.

Celui qui était au centre saisit un pistolet à sa ceinture, l'arma et le pointa dans ma direction.

J'aurais dû penser à courir, à crier ou à faire quelque chose, mais il semblait que tout ce dont j'étais capable, c'était de rester immobile.

— Anthony ! cria l'un d'entre eux. Il ne répondit pas.

— Il est mort, dis-je simplement, comme si c'était la chose la plus évidente au monde. Pour une raison quelconque, je ne pouvais pas vraiment parler, et ils semblaient ne pas m'entendre. Ils se mirent à parler entre eux comme si je n'étais pas là.

Ils avaient l'air confus, comme s'ils ne savaient pas quoi faire. Ils se regardèrent les uns les autres, puis me regardèrent à nouveau.

— Est-ce qu'on la tue ? On la prend en otage ? demanda l'un d'eux.

— Qui est le responsable à présent ? demanda un autre.

Je me balançai d'un côté à l'autre sur mes pieds. Je jetai un coup d'œil sur le couteau.

Tenir debout semblait terriblement difficile. Une vague de vertiges faillit me faire tomber, alors je m'agenouillai. Je ne réfléchis pas vraiment lorsque j'attrapai le couteau. Je ne réagissais plus qu'à l'instinct.

Je n'avais plus la tête à la réflexion.

Un téléphone se mit à sonner dans la poche du plus grand et je sursautai. Il fit signe aux autres de garder leurs armes sur moi jusqu'à ce qu'ils sachent ce qu'ils devaient faire de moi. Il décrocha et fit un pas dans la cuisine. Je l'entendis murmurer quelque chose, mais je ne pouvais pas vraiment comprendre.

Je levai les yeux vers les deux autres. Aucun d'eux ne semblait vouloir appuyer sur la gâchette ou faire quoi que ce soit pour l'instant. Ils semblaient tous deux complètement déconcertés par ce qu'ils avaient trouvé dans cette pièce.

Lorsque le troisième homme revint dans la pièce, je remarquai que son visage était blanc comme un linge.

— C'était Jon, dit-il rapidement et les deux autres penchèrent la tête vers lui.

— Qu'est-ce qu'il a dit ? demanda l'un d'eux, en jetant un coup d'œil nerveux sur moi, puis sur lui.

— Apparemment, il veut que nous sachions que la fille appartient au grand patron, Cyrus Holt. Il a aussi prévenu que s'il lui arrivait quelque chose, il serait très en colère, expliqua anxieusement le plus grand.

— Putain. Je n'ai pas signé pour ce genre de conneries, dit l'un d'eux.

— Ouais, moi non plus. Je me retire, répondit le troisième.

— Nous sommes désolés de vous avoir dérangée, dit le grand, effrayé.

— Ouais, on va y aller maintenant. Nous partons. Ne vous inquiétez pas pour nous, dit le deuxième en se hâtant, et ils sortirent tous les trois de la pièce si rapidement qu'il était difficile d'imaginer qu'ils avaient été là au départ. Je soupirai et me levai à nouveau. Je me recroquevillai dans le fauteuil en cuir et ramenai mes pieds sur ma poitrine.

Cyrus était déjà venu s'asseoir ici et cela me réconfortait.

Je regardai ma tasse de café oubliée et me mordis la lèvre, soudain accablée de tristesse par le fait qu'elle avait refroidi. Quelque part, on entendit le rugissement d'un moteur et le grondement des pneus qui s'arrêtaient sur le gravier et la terre.

Pour être honnête, je n'y prêtai pas vraiment attention. Je ne levai pas les yeux jusqu'à ce qu'une paire de chaussures frappe le sol et qu'une autre forme franchisse la porte.

Je levai la tête et sentis enfin que je pouvais respirer.

— Cyrus ! criai-je.

— Ava, dit-il. Il se précipita vers moi et ses mains se posèrent soudain sur mon corps. Es-tu blessée ? Est-ce que ce sang t'appartient ? demanda-t-il, sa voix s'élevant dans la panique et la fureur. Il jeta un coup d'œil sur le lit et sur le couteau que je tenais encore dans la main.

Avec précaution, sa main entoura la mienne.

— Tu vas bien, ma douce. Tu es en sécurité maintenant, dit-il. La colère et la peur disparurent de sa voix et je me concentrai sur lui.

Mon Cyrus.

Ses doigts étaient doux. Les miens étaient toujours bloqués autour du manche du couteau, mais il les ouvrit lentement, un par un. Je criai lorsqu'il me le prit, mais il m'entoura de son corps. Sans réfléchir, je m'enroulai autour de lui.

Il me souleva de la chaise et m'emmena dans la salle de bains.

— Je te tiens, ma petite Ava. Laisse-moi prendre soin de toi, me dit-il, sa voix s'adoucissant encore davantage. Il se tourna vers quelqu'un d'autre dans l'embrasure de la porte.

— Fais disparaître tout cela avant que je ne sorte, exigea-t-il férocement.

— Cyrus, dis-je. Il me tint d'un bras pendant qu'il allumait la douche. Il attendit que l'eau devienne chaude pour m'entraîner sous le jet. Il ne se souciait pas du fait qu'il portait encore des vêtements ou que j'étais couverte de sang. Il ne pensait qu'à prendre soin de moi.

Je ne m'étais pas rendu compte que je tremblais jusqu'à ce moment-là. Je passai mes bras autour de son cou et il augmenta encore la température de la douche.

— Tu es en sécurité, murmura-t-il. Il répéta cela encore et encore jusqu'à ce que je commence à y croire. Mes frissons finirent par ralentir jusqu'à ce qu'ils cessent complètement. Avec le plus grand soin, il garda un bras autour de moi tandis qu'il me mettait debout. Il détacha le soutien-gorge et fit glisser la culotte le long de mes jambes, me dénudant rapidement et sans préambule.

Je ne voulais plus jamais revoir cet ensemble de lingerie. Il le jeta à la poubelle comme s'il avait lu dans mes pensées.

Il me lava avec douceur, mais avec beaucoup de minutie. Il me lava les cheveux plusieurs fois de suite, et je fermai les yeux, me concentrant sur la façon dont ses doigts parcouraient mon cuir chevelu, avec force et tendresse à chaque effleurement. Je restai appuyée contre lui parce que je savais qu'il était là pour moi.

Au bout d'un moment, je me retrouvai à fixer ses yeux bleus.

— Tu as été si forte et si courageuse, ma douce Ava, dit-il, la voix chargée de fierté.

— Vraiment ? demandai-je doucement. J'avais surtout envie d'entendre davantage sa voix.

— Oui, mon amour. Je suis si fier de toi, ajouta-t-il, et nous restâmes encore un moment sous l'eau, enveloppés l'un dans l'autre. Il prit mon visage dans ses mains et remonta doucement mon menton en m'embrassant tendrement.

Puis l'eau commença à refroidir et il l'éteignit. Il me releva et me porta jusqu'à l'armoire. Il me sécha avec une serviette moelleuse qu'il avait attrapée en chemin. Puis il me rhabilla d'un pantalon de survêtement épais et d'une chemise douce, avant de me glisser une paire de chaussettes moelleuses aux pieds. Ensuite seulement, il retira ses vêtements trempés et se changea. Il me demanda de garder mes mains sur ses épaules pour garder l'équilibre pendant qu'il s'habillait, prenant ma main dans la sienne lorsqu'il passa un bras puis l'autre de sa veste de costume. Il me souleva à nouveau lorsqu'il fut habillé et me ramena dans la salle de bains où il me brossa les cheveux après m'avoir assise sur le comptoir.

Il ne me laissait pas marcher à ses côtés. Pour être honnête, je ne cherchais pas vraiment à m'opposer à lui lorsqu'il me paradait dans ses bras. J'en profitais pour savourer la sécurité qu'il m'offrait.

Lorsqu'il me ramena dans la chambre, le corps d'Anthony avait disparu. Toutes les preuves d'un acte criminel avaient disparu, et j'en étais reconnaissante.

Il me fit sortir de la cabine et nous nous retrouvâmes tous les deux à l'arrière d'un SUV sans que je m'en rende compte. Nous nous éloignâmes de cet endroit et j'espérais ne plus jamais le revoir.

Il me souleva du siège et m'attira sur ses genoux. Il embrassa le sommet de mon crâne et je me blottis dans son étreinte.

— J'ai eu si peur quand j'ai appris qu'il avait trouvé notre refuge. Je suis désolé de ne pas avoir été là pour te protéger, mais je passerai chaque jour du reste de ma vie à me rattraper auprès de toi. Tu me comprends, mon amour ? demanda-t-il d'une voix rauque.

Son émotion me libéra du choc dans lequel je m'étais perdue. Je relevai le menton, ayant besoin de le regarder dans les yeux pour voir si c'était vrai.

J'y vis tout ce qu'il y avait à voir.

— Je comprends, murmurai-je, submergée par son émotion.

— Je t'aime et si quelqu'un te menace à nouveau de la sorte, je le tuerai, promit-il.

Je souris contre son torse, écoutant les battements réguliers de son cœur et sachant que je croyais en chacun de ses mots.

Cette nuit-là, nous retournâmes tous les deux en ville. Je m'étais reposée pendant une bonne partie du trajet et lorsque nous arrivâmes à destination, il insista pour me porter à l'intérieur. La nuit était tombée depuis un certain temps. Je n'avais pas vraiment remarqué à quel moment le soleil s'était couché. Il entra avec moi dans un ascenseur qui montait tellement d'étages que j'en avais la tête qui tournait. Une vague d'épuisement me traversa et je fermai les yeux, soupirant contre son torse.

À un moment donné, il m'allongea sur un lit qui ressemblait à un nuage. Sa forte silhouette ne me quitta que quelques minutes, mais ce fut assez long pour qu'il me manque.

Comme s'il le savait, il remonta les couvertures sur moi et m'attira contre lui.

Aussitôt, j'eus l'impression de pouvoir respirer. Cette nuit-là, je dormis en paix.

CHAPITRE ONZE

Ava

Je me réveillai le lendemain matin, toujours contre son torse. Son bras me serra un peu et il gémit dans son sommeil. Je me blottis aussi près que possible. J'étais encore habillée et lui aussi, mais cela n'avait pas beaucoup d'importance.

Je pouvais encore sentir son épaisse queue contre mon dos, et mes fesses se crispèrent un peu. J'avais envie de lui. Je voulais le sentir partout.

Je voulais effacer la sensation du regard d'Anthony sur ma peau.

— J'aime me réveiller ainsi avec toi dans mes bras, murmura-t-il, et je frissonnai lorsque son souffle vint chatouiller les petits poils au bout de mes oreilles.

— Hmmm, gémis-je. Je repoussai mes fesses contre lui et il gémit de plaisir.

— Pourquoi ai-je l'impression que tu préférerais te réveiller avec quelque chose d'autre ?

— J'ai envie de toi, gémis-je.

— Petite gourmande, me dit-il en guise de taquinerie. Son ton était léger et joyeux, et j'en appréciai le son. Il effleura mon cou de ses lèvres, déposant de doux baisers sur ma peau sensible. J'inclinai la tête pour lui donner un meilleur accès. Son bras s'appuya sur le lit et, soudain, il se retrouva sur moi.

— Cyrus, soupirai-je.

Sa paume entoura mon sein et il le serra assez fort pour me faire mal.

— Pas encore, ma douce. Je veux que tu manges quelque chose d'abord, marmonna-t-il en se détachant de moi. Je fis une moue aussi jolie que possible, mais il était clair à son expression ferme qu'il avait déjà pris sa décision.

— Mais... commençai-je, et il secoua la tête.

— Si tu continues à faire la moue, tu auras droit à une fessée avant de te faire baiser, me dit-il.

Je boudai plus vivement. Une lueur séduisante brilla dans son regard. Il s'assit et étudia mon visage attentivement pendant plusieurs instants. Je ne disais rien, mais j'étais sûre que mon visage en disait long.

Je voulais sa main sur ma peau. J'avais besoin de ses marques plus que tout. J'avais besoin qu'il me montre que je lui appartenais pour que je puisse chasser le contact d'Anthony.

Il attrapa ma main et m'attira contre son torse. Je sursautai devant sa soudaine possessivité et ses lèvres s'écrasèrent sur les miennes. Il subtilisa mon souffle et le prit comme sien, me revendiquant à cet instant plus complètement que n'importe qui d'autre n'aurait jamais pu le faire. Sa main s'enroula autour de ma gorge et je pouvais sentir sa retenue dans ses doigts qui me serraient puis se relâchaient immédiatement.

Il voulait faire valoir ses droits au même titre que je le voulais.

— Il y a une boîte pour toi sur le comptoir de la salle de bains. Tu vas t'habiller avec ça et rien d'autre et tu me rejoindras sur le balcon. Sois une bonne fille pour moi et je ferai en sorte que tu aies tout ce dont tu as besoin, chuchota-t-il. Ses doigts descendirent le long de ma colonne vertébrale et il m'attrapa les fesses.

— Cyrus, soupirai-je en me pressant contre lui.

— Pour le reste de la journée, tu m'appelleras monsieur. Maintenant, va te rafraîchir et fais ce que je te dis, murmura-t-il.

— Oui, monsieur.

Ma voix faiblit tandis que mes joues devinrent brûlantes. Sa bite était incroyablement dure contre ma hanche et mon cœur se serra lorsque je l'imaginai s'enfoncer en moi.

Je frissonnais à l'idée qu'il me prenne le cul une fois de plus.

— Ava, prévint-il.

— Je m'en vais, monsieur, dis-je en poussant un couinement. Alors que je me retournais, il me donna une claque assez forte pour que cela pique à travers mon pantalon de survêtement. Je jetai un coup d'œil vers lui, admirant pour la première fois la vue pittoresque qui s'offrait à moi derrière lui. Il m'avait emmenée dans une sorte d'immeuble de grande hauteur et tout le mur extérieur de la chambre était constitué de fenêtres allant du sol au plafond. Le lit était le plus grand que j'aie jamais vu, et les draps étaient plus que divins. Ils devaient probablement comporter un million de fils. La tête de lit était matelassée dans un tissu gris foncé et s'étendait sur la majeure partie du mur. Des poutres en bois foncé traversaient le plafond, donnant à l'endroit une impression de luxe et de cherté.

Curieuse, je me dirigeai vers la salle de bains principale. Elle était encore plus grande que ce à quoi je m'attendais. La douche était assez grande pour une équipe de base-ball, avec des pommeaux de douche à effet de pluie et des bouches de vapeur le long du sol. La baignoire Jacuzzi était assez grande pour accueillir deux personnes très confortablement et était équipée de nombreux jets. En marchant sur le sol, je remarquai que le carrelage de marbre exquis sous mes pieds était chauffé. C'était une sensation paradisiaque sous mes orteils.

Le comptoir était couvert de tout ce dont une fille peut avoir besoin. Il y avait du maquillage, du parfum, des brosses à dents, des brosses à cheveux, des lotions, et tout le reste. C'était impressionnant au début, mais je décidai de commencer par me brosser les dents.

Je me brossai ensuite les cheveux et me passai un peu d'eau sur le visage avant de jeter un coup d'œil à la grande boîte de vêtements qui m'attendait. Je saisis le couvercle et l'ouvris.

À l'intérieur se trouvait une robe bleu foncé. Quand je la sortis de la boîte, je remarquai qu'il y avait une fermeture éclair, mais elle se trouvait sur le devant plutôt que dans le dos. Il n'y avait rien d'autre dans la boîte qu'une paire de ballerines assorties.

Il n'y avait ni soutien-gorge ni culotte à l'intérieur.

Il avait donné des instructions explicites de ne rien porter d'autre. Je me retournai vers la porte, à la fois humble et nerveuse à l'idée de lui obéir de la sorte. Je me mordillai la lèvre.

Il saurait que j'étais nue en dessous. Il voulait me déstabiliser.

Peut-être que je pourrais le prendre à son propre jeu. Le taquiner et l'amener à me donner ce que je voulais beaucoup plus tôt.

Je souris. Avec plus de hâte maintenant, je posai la robe sur le comptoir et me déshabillai. J'ouvris la fermeture éclair de la robe et la revêtis, me délectant de la façon dont elle enveloppait et soulevait mes seins à la perfection. Je laissai la fermeture Éclair un peu plus bas pour montrer l'ample décolleté qu'elle me donnait, souriant dans le miroir quand je vis à quoi je ressemblais. J'ébouriffai mes cheveux et fouillai dans le maquillage qui se trouvait sur le comptoir.

Je n'en avais jamais porté beaucoup par le passé, mais j'en savais assez pour mettre en valeur mes yeux et me faire une bouche rouge exceptionnellement pulpeuse. Si je voulais avoir l'air d'une tentatrice, je devais mettre le paquet.

Je me maquillai, tout en pensant à ses bras qui allaient m'entourer pendant que sa bite s'enfonçait en moi. Pendant tout ce temps, je ne pouvais pas oublier que j'étais nue en dessous.

Quand j'eus fini, mes cuisses étaient déjà lisses d'excitation. Avec une respiration profonde et frémissante au cours de laquelle j'essayais de faire appel à toute la bravoure que j'avais en moi, je glissai mes pieds dans les chaussures plates et quittai la salle de bains. Rapidement, je traversai la chambre et me rendis dans le salon où une double porte massive était grande ouverte, donnant sur un balcon extravagant. De ce point de vue, il était clair que nous étions dans la suite penthouse et que nous nous trouvions au centre de New York, tout près de Central Park. Nous étions entourés de gratte-ciel, mais le nôtre était l'un des plus hauts, ce qui nous permettait d'avoir un semblant d'intimité.

Je sortis et vis qu'il m'attendait, vêtu d'un simple pantalon de survêtement gris et de pantoufles noires. Je m'arrêtai net, saisie par la vue de son torse nu. J'avais envie de tendre la main et de tracer les lignes de ses tatouages, d'explorer ses muscles du bout des doigts. Mon regard descendit le long des lignes dures de son ventre. Je déglutis anxieusement en constatant qu'il était toujours aussi excité que lorsque je l'avais quitté.

— Viens ici, demanda-t-il doucement. Je gémis, mais je m'approchai de lui malgré ma nervosité croissante. Il s'approcha de moi et posa ses mains sur mes hanches.

— As-tu suivi mes instructions ? demanda-t-il. Son regard ne quittait pas le mien, mais je savais ce qu'il sous-entendait. Malgré toute la préparation que j'avais faite pour le narguer et le taquiner, je ne pouvais que rougir et bégayer comme une petite fille embarrassée.

— Oui, monsieur, répondis-je rapidement. Le bout de ses doigts descendit le long de mes jambes, enflammant chaque nerf qu'ils touchaient. Je soupirai doucement, me délectant des tremblements qui me parcouraient.

— C'est bien. Maintenant, assieds-toi à la table avec moi et mange pour moi, me dit-il.

— Mais je veux... dis-je rapidement, et sa bouche se crispa en une ligne ferme.

— Tu vas manger, mon amour. Soit tu t'assieds et tu manges comme une bonne fille, soit je te mets sur les genoux et je te donne une fessée jusqu'à ce que tu me supplies de te laisser t'asseoir pour le petit déjeuner. Dans tous les cas, tu mangeras pour moi. Est-ce que tu as besoin d'un derrière rouge vif pour faire ça ? gronda-t-il, et je me mordis la lèvre.

— Non, monsieur.

Même si je voulais être marquée, je ne voulais pas qu'il me punisse.

— C'est bien ma belle, répondit-il. Il prit ma main dans la sienne et la souleva pour embrasser mes jointures. Je pris une grande inspiration lorsque ses lèvres frôlèrent ma peau.

Une goutte de mouille roula le long de ma cuisse gauche. Les battements de mon cœur s'emballèrent.

— Veux-tu t'asseoir pour moi ?

— Oui, je vais m'asseoir pour toi, monsieur, chuchotai-je, et il me relâcha. Il me fallut toute la volonté de mon corps pour me retourner et faire le tour de la table pour m'asseoir en face de lui. Du coin de l'œil, je le vis remplir une tasse de café à partir d'une grande bouilloire en argent. Il y versa une grosse cuillerée de crème et la fit tourner avec une cuillère pendant que je m'asseyais.

Il tendit la main au-dessus de la table et souleva le dessus d'un plateau d'argent. Je me léchai les lèvres en découvrant une assiette remplie de crêpes aux fruits des bois. Des fraises, des framboises, des mûres et des myrtilles étaient empilées sur le dessus. En regardant de plus près, je remarquai un filet de miel sur ce qui semblait être de la crème fouettée à la main.

Elle était encore très chaude.

— Vas-y, mange. Je veux te voir manger une bonne partie de ce qu'il y a dans cette assiette avant de faire quoi que ce soit d'autre, exigea-t-il. Une partie de moi voulait discuter avec lui, lui dire que je n'allais pas être obéissante, mais mon estomac grogna assez fort pour que nous l'entendions tous les deux. Au lieu de dire quoi que ce soit, je pris ma fourchette et piquai dans le plat.

C'était aussi délicieux que je l'avais espéré.

Les fruits avaient été cuits de manière à ce qu'ils soient fermes, mais suffisamment tendres pour fondre dans ma bouche. La crème fouettée était si bonne que je ne pouvais pas m'empêcher de gémir en léchant un peu mon doigt.

Il grogna ouvertement lorsque je fis cela, ce qui me fit lever mon regard pour rencontrer le sien. Il surveillait de près ma langue. Je trempai à nouveau mon doigt dans la crème, prenant mon temps pour l'essuyer avec ma bouche.

— Les hommes d'Anthony t'ont qualifié de grand patron, dis-je, voulant à la fois diminuer la tension qui montait et ignorer le besoin qui s'installait entre mes cuisses. Je pris une nouvelle bouchée des délicieuses crêpes qui se trouvaient devant moi.

— Vraiment ? répondit-il d'un air arrogant. Il n'avait pas quitté mes lèvres du regard pendant que je mâchais.

— Qu'est-ce que ça veut dire exactement ? demandai-je. Je décroisai les jambes et ses yeux se baissèrent l'espace d'une seconde. J'espérais qu'il pensait à ma chatte nue sous ma robe, simplement parce qu'il l'avait voulu ainsi.

Un frisson me parcourut l'échine.

— Je t'ai parlé de ma femme, de mon fils et de ma position dans la ville il y a de nombreuses années, dit-il en s'asseyant. Il sirota lentement son café et ignora l'omelette posée devant lui pour se concentrer entièrement sur moi.

— Oui, soufflai-je.

— Il est clair que j'ai été en retrait pendant bien trop longtemps. Il y a plusieurs choses qui devront être réglées dans les jours à venir, mais je dois placer plusieurs hommes à la tête de la ville pour m'assurer qu'elle soit dirigée par des hommes et non par des petits garçons comme le regretté Anthony Montagna, poursuivit-il.

Son nom me fit tressaillir et les images de sa mort atroce défilèrent devant mes yeux. J'avais tenu le couteau. Je l'avais tué.

— Il est parti, mon amour. Je suis tellement fier que tu aies tenu bon, que tu aies fait ce qu'il fallait faire quand je n'étais pas là pour te protéger, déclara-t-il d'une voix forte. Il tendit la main vers moi. Je levai la main et pris la sienne, mais il la serra incroyablement fort.

— Ensemble, toi et moi, nous allons faire en sorte que la ville soit dirigée par ceux qui le méritent, plutôt que par quelqu'un qui n'est pas prêt à assumer ce genre de responsabilité. Tu seras ma reine à mes côtés, expliqua-t-il, et ma bouche s'ouvrit et se referma plusieurs fois avant que je ne comprenne ce que je voulais dire.

— Avec toi, répétai-je.

— Avec moi, répéta-t-il.

— Qu'est-ce que cela signifie exactement ? demandai-je.

— Eh bien, il manque un chef à la famille Montagna. Il n'y a pas de fils parmi lesquels choisir, ni aucun autre membre de la famille en ligne pour prendre le rôle de chef, ce qui laisse la décision entre mes mains. Toi et moi devons trouver quelqu'un pour remplacer le connard qui a finalement eu ce qu'il méritait, expliqua-t-il.

— Que se passera-t-il si nous n'y parvenons pas ? demandai-je.

— Les Montagna règnent sur une partie de la ville. S'ils sombrent, c'est la guerre entre les autres familles qui s'affrontent pour s'emparer de leur territoire. En plaçant quelqu'un à leur tête, nous éviterons bien des disputes à l'avenir. Il peut encore y avoir des échauffourées dans les semaines qui suivent, mais cela devrait s'apaiser avec la personne adéquate aux commandes. Après avoir terminé, il se pencha en avant et prit une petite bouchée de sa nourriture. Je fis de même.

— Tu as quelqu'un en particulier à l'esprit ? demandai-je.

— J'ai deux hommes qui me semblent particulièrement utiles dans cette situation. Jon est l'un d'eux. Il a été le conseiller de la famille Montagna pendant de nombreuses années. Il connaît les rouages de leur fonctionnement et c'est un homme juste qui ne tolère aucun abus envers une femme, expliqua-t-il.

— C'est lui qui s'est assuré que je m'éloigne d'Anthony quand tout cela a commencé, dis-je, et il hocha la tête.

— En effet, il l'a fait, répondit-il gentiment. L'autre option que j'ai en tête, c'est James. Il détient encore un pouvoir important dans la ville, et cela pourrait faire du bien à la famille Montagna de répondre à un nouveau visage.

Il me regarda comme s'il voulait mon avis.

Les deux hommes semblaient être de très bons choix.

Jon savait comment fonctionnait la famille Montagna. Il avait été aux côtés du père d'Anthony, et je savais par expérience qu'il avait des yeux bienveillants. Malgré sa loyauté envers la famille, il était celui qui m'avait détaché les menottes et qui avait organisé l'accident de voiture pour que je puisse m'échapper.

D'un autre côté, James dominait toute une pièce lorsqu'il y entrait. Pour l'avoir vu interagir avec Cyrus, je savais qu'il pouvait prendre des décisions logiques et sans impulsion, pour le bien de tous. Il avait été extrêmement gentil avec moi lorsque j'avais séjourné chez lui.

Je cherchai son regard, essayant de comprendre si Cyrus avait une préférence. Son expression était indéchiffrable, alors je décidai de lui dire ce que je pensais.

— Je pense que les deux hommes seraient de bonnes options, mais vu les circonstances, il y en a un qui semble plus apte à diriger la famille Montagna en particulier. Jon sait qui sont leurs alliés, qui sont leurs ennemis, où se situent les limites de leur territoire, et les affaires dans lesquelles ils sont impliqués. Il serait le meilleur choix pour diriger les Montagna, répondis-je avec assurance.

— Il y a un sous-chef qui pourrait ne pas être d'accord avec notre décision, répondit-il. C'est à ce moment-là que je compris qu'il évaluait le type de chef que je serais. C'était en quelque sorte un test.

— Ce sous-chef serait-il assez courageux pour s'opposer à toi, surtout si l'on considère que c'est toi qui mettrais Jon aux commandes ? demandai-je avec insistance et il sourit.

— Bonne remarque, gloussa-t-il. Il se racla la gorge et sirota son café.

— Le sous-chef fait partie de la famille depuis un certain temps, tout comme Jon. Il s'appelle Dominic Montagna. À vrai dire, il n'a jamais manifesté beaucoup d'intérêt pour le pouvoir. Il n'a jamais voulu non plus se caser et avoir des enfants. Il est bien trop intéressé par son propre statut de célibataire, poursuivit-il.

— Jon n'est pas marié, fis-je remarquer.

— C'est vrai, mais cela peut toujours s'arranger, n'est-ce pas ?

— C'est vrai, répondis-je en souriant. James ne l'est pas non plus, n'est-ce pas ? ajoutai-je.

— Effectivement, il n'est pas marié, répondit-il. En tout cas, je me disais la même chose et je suis très heureux d'entendre que tu es d'accord avec moi. Je commencerai à organiser la prise de fonction de Jon dès demain. Mais maintenant que c'est réglé, je veux me consacrer entièrement à toi.

Je déglutis nerveusement. Ses yeux pétillaient et j'essayais de deviner ses intentions, mais il ne laissait rien transparaître.

— Il y a un dernier sujet à aborder avant que je ne m'occupe de ta fessée et de te baiser, dit-il, et ma langue se dessécha à son insinuation flagrante. J'attrapai mon café et en bus une rapide gorgée, toussant un peu en me brûlant le palais.

— Qu'est-ce que c'est ? demandai-je, la voix tremblante, en le regardant fixement.

Il se leva et fit le tour de la table. Je tremblai légèrement lorsqu'il prit ma main gauche dans la sienne. De sa main libre, il fouilla dans sa poche et en sortit une petite boîte de la taille d'une bague.

Il ne demanda rien en l'ouvrant.

Il ne demanda rien lorsqu'il glissa une énorme bague en diamant à mon doigt.

Il n'avait pas besoin de le faire car nous savions tous les deux quelle serait ma réponse.

— Dès que tu es entrée dans mon restaurant, tu étais à moi. Dans six mois, tu me feras l'honneur de devenir ma femme. Tu pourras organiser le mariage que tu souhaites. Tu pourras choisir ta robe, les fleurs, le lieu, tout. Je te donnerai tout ce que ton cœur désire, promit-il.

— Monsieur ! m'exclamai-je. La bague consistait en un seul diamant de taille princesse, mais il était sans défaut et ne faisait pas moins de trois carats. Elle avait dû lui coûter une fortune.

Il me prit la main et me tira vers le haut.

— Fais de moi l'homme le plus heureux du monde, mon amour, insista-t-il.

Je me réjouissais du fait qu'il ne m'ait pas demandé mon avis. J'aimais qu'il décide de me prendre.

Je me penchai pour l'embrasser sur la joue, respirant difficilement avant de répondre.

— Fais-moi une promesse.

Ma voix tremblait.

— Je ferais n'importe quoi pour toi, déclara-t-il.

— Quand je descendrai l'allée, je veux porter les marques de ta ceinture sous ma robe, soufflai-je. Avec un grognement sauvage, il m'attira de force contre son torse et écrasa ses lèvres contre les miennes. Il saisit la fermeture Éclair sur le devant de ma robe et la déchira. Je sursautai et tentai de repousser ses mains, mais il écarta facilement les miennes.

— Je n'avais pas encore décidé d'utiliser ma ceinture sur toi aujourd'hui, mais je pense que je devrais te donner un avant-goût de ce que cela pourrait être lors de notre nuit de noces, prévint-il.

Il enleva d'un coup sec ma robe de mes épaules et la fit descendre le long de mes bras. Je regardai autour de nous, paniquée.

— Et si quelqu'un s'en aperçoit ? dis-je.

— Alors je vais devoir les tuer, dit-il en ronronnant.

— Cyrus ! S'il te plaît ! protestai-je. Sa main saisit l'arrière de ma tête, me maintenant en place, tandis que l'autre plongeait entre mes jambes.

— Tu es trempée, observa-t-il, et mon visage s'enflamma de honte. Sans crier gare, il gifla plusieurs fois ma chatte et je poussai un cri lorsque la piqûre enflamma mon endroit le plus sensible. Il me donna trois fessées successives avant que je ne le supplie d'avoir pitié de moi.

— S'il te plaît ! Je suis désolée, plaidai-je désespérément, ne voulant rien d'autre que l'arrêt des gifles entre mes cuisses pour qu'il puisse me baiser. Il fit une pause et ma chatte palpita insatiablement, mais c'est mon clitoris qui pulsa le plus fort. Je fermai les yeux, sachant que je ne faisais que mouiller davantage après qu'il m'ait punie si honteusement.

— Tu vas m'appeler comme il se doit. Est-ce que c'est compris ? demanda-t-il fermement.

— Oui ! Oui, monsieur, gémis-je. Mes cuisses se pressaient l'une contre l'autre tandis que je faisais face à la douleur féroce de sa main punitive.

En silence, il retira ma robe de mon corps. Je ne me débattis pas alors qu'il me mettait à nu dans un endroit qui me paraissait à la fois public et privé. Mon menton tremblait un peu alors que le poids de ma nudité se répandait sur moi.

Il recula pour admirer mon corps.

— Les mains sur la tête et cambre le dos, me dit-il, d'une voix terriblement sévère et sans état d'âme. Timidement, je tendis le bras et fis ce qu'il me demandait, me sentant incroyablement exposée. Son regard se posa sur mes seins pendant une longue minute avant de parcourir l'étendue de mon corps. Il s'arrêta à la jonction de mes cuisses.

— Ta chatte est absolument parfaite. Tes seins. Ta bouche. Ton magnifique petit cul et le joli petit trou qui est caché entre les deux. Chaque centimètre de ton corps est parfait. Tu le sais ?

— Monsieur, dis-je en rougissant.

— Cela me fait très plaisir de savoir que la seule chose que tu portes en ce moment, c'est ma bague, ajouta-t-il.

Il fit deux grands pas vers moi et me fixa dans les yeux.

— Mets-toi à genoux. Je veux voir ce que tu peux faire avec cette petite bouche parfaite avant de décider de la force de la fessée dont tu as besoin, ordonna-t-il sévèrement.

Un frisson d'excitation me parcourut l'échine. Je ne l'avais pas encore prise dans ma bouche.

Lentement, je me laissai tomber sur le sol, une jambe après l'autre. Il me tendit la main et me rattrapa lorsque je vacillai, m'aidant à retrouver mon équilibre. Lorsque j'atteignis le sol, il me regarda avec un désir non dissimulé.

— Tu es si parfaite. Rien que de te voir comme ça, ma bite devient incroyablement dure, grogna-t-il. J'appuyai ma main contre sa cuisse, jetant un coup d'œil vers le bas pour voir le contour de sa longueur. J'eus un haut-le-cœur en pensant à tout ce qu'il pouvait faire glisser sur ma langue.

Lentement, ses mains effleurèrent l'ourlet de son pantalon et ses pouces se glissèrent en dessous. Je ne pus pas détourner le regard lorsqu'il libéra sa bite.

Elle était encore plus grosse que dans mon souvenir. Son épaisse longueur s'élançait droit vers le ciel. Elle était déjà rouge foncé et gorgée de suffisamment de sang pour que les veines de chaque côté palpitent sous mes yeux.

Je me penchai en avant et ouvris la bouche comme une bonne fille.

Ses yeux se rétrécirent sous l'effet du désir. Je commençai par enrouler mes lèvres autour du bout de sa bite, goûtant le goût salé et amer de sa propre excitation, qui se heurtait à ma langue. Au début, je me contentai d'incliner la tête et de ne prendre que le bout dans ma bouche, mais avec le temps, je devins plus audacieuse.

Je l'engloutis de plus en plus, jusqu'à ce que le bout de sa bite vienne effleurer le fond de ma gorge. Pendant un instant, je faillis perdre le contrôle et m'étouffer. Pour me ressaisir, je reculai un peu jusqu'à ce que je puisse me concentrer à nouveau sur la profondeur.

Je fis tournoyer ma langue autour de sa queue, le suçant avec autant d'enthousiasme que je le pouvais. Je me souvenais de ses propres lèvres entre mes cuisses et de la façon dont il m'avait fait jouir incroyablement fort. Je voulais faire la même chose pour lui.

Il gémit tandis que je m'efforçais lentement d'ouvrir ma gorge. Il me laissa prendre le temps de l'explorer, mais très vite, c'est lui qui prit le contrôle. Sa main se glissa paresseusement derrière ma tête. Il mit la main dessus pendant un moment, tandis que je le suçais comme bon me semblait. Ses doigts se pressèrent lentement en un poing serré, et je criai autour de sa queue quand une explosion de douleur se manifesta à l'arrière de mon cuir chevelu.

Il se mit à baiser ma bouche, d'abord tranquillement, puis plus vigoureusement. Je m'étouffai plusieurs fois lorsqu'il s'enfonça plus profondément que je ne l'espérais, mais cela ne le ralentit pas. Au contraire, il se mit à aller plus vite.

En un rien de temps, il me prit la bouche brutalement et sans remords. Finalement, je réussis à synchroniser ma succion avec ses poussées et je fus récompensée par un délicieux gémissement de son désir.

— Ta bouche, c'est le paradis, gémit-il, et je redoublai d'efforts, désireuse plus que tout de lui faire plaisir. Il tressaillit dans ma bouche. Son poing se resserra sur mes cheveux et je fis tout ce qui était en mon pouvoir pour avaler sa bite. Il dépassa la barrière au fond de ma gorge et je gémis autour de sa longueur. Il ne fut pas tendre et il ne fallut pas longtemps pour que sa queue bestiale me fasse mal à la gorge.

— Continue, vilaine fille. Tu dois avaler chaque goutte que je te donne, à moins que tu ne veuilles que ta jolie petite chatte reçoive une fessée aussi forte que ton magnifique petit cul, déclara-t-il.

Ma chatte palpitait, piquant encore fortement sous les coups de ses doigts. Je savais qu'elle serait encore plus douloureuse si je ne lui obéissais pas.

Je suçai plus fort, un peu honteuse et terriblement excitée par les bruits humides de ma bouche sur sa bite. Il poussa plus brutalement pendant quelques instants, et sa main se serra si fort que je craignis qu'il ne m'arrache les cheveux de la tête.

J'avais les yeux humides. Je craignis de pleurer lorsqu'il rugit. Sa bite palpita contre ma langue et sa semence éclata au fond de ma gorge. Je m'étouffai sous l'effet de la soudaineté de la chose, mais je me mis rapidement à avaler son sperme.

Son sperme était épais et laiteux, salé et sucré, tout à fait lui. Je le suçai avec vigueur, m'assurant que je prenais tout ce qu'il me donnait parce que je le voulais. Quand j'eus fini, il s'enfonça paresseusement dans ma bouche plusieurs fois avant de se retirer. Je me léchai les lèvres avec un sentiment de déception que c'était fini, alors qu'il la rangeait.

— C'était incroyable, mon amour, murmura-t-il. Il se servit de sa prise sur mes cheveux pour me soulever du balcon. Je criai, et son autre bras m'aida à me relever pour que je puisse me mettre debout.

— Monsieur, dis-je en rougissant.

— Tu étais si jolie pour moi à genoux, me félicita-t-il, et mes joues s'enflammèrent en même temps que ma chatte se crispait. Il m'emmena vers un banc extérieur et me mit sur ses genoux sans hésiter. Je sursautai devant la tournure soudaine des événements, mais sa main fut sur mon cul en une seconde tandis que l'autre saisissait ma hanche et me plaquait sur ses genoux.

Nous n'avions pas quitté le balcon.

Je croyais qu'il me baiserait à l'intérieur, dans la chambre ou même sur le canapé du salon. Un mouvement de panique fit palpiter mon cœur et j'essayai de me dégager de lui, mais il était trop fort pour cela. Je ne pouvais aller nulle part.

J'allais recevoir une fessée ici même. À l'extérieur.

— Tu m'appartiens, Ava, grogna-t-il.

— Oui ! Oui, je t'appartiens, gémis-je.

— Personne d'autre ne regardera plus jamais ce beau corps, sauf moi. Tu comprends ? insista-t-il.

— Oui, monsieur. Je suis à toi ! criai-je anxieusement.

— Cette fessée va faire mal. Ta chatte sera douloureuse quand j'en aurai fini, mais ce n'est pas tout ce que j'ai prévu pour toi, commença-t-il.

Je tremblai et mes fesses se tendirent par réflexe. Je fermai les yeux. Allait-il encore me faire subir cela ? Est-ce que je le voulais ? Je me mordis la lèvre.

Je le voulais.

— Je vais m'assurer que ton petit trou de cul soit le plus douloureux possible quand je le baiserai. Je veux que tu saches que chacun de tes magnifiques petits trous est le mien à partir de ce jour, surtout maintenant que ma bague est à ton doigt, dit-il, et mon corps tout entier vibra d'excitation.

Putain. Cet homme allait me faire perdre la tête.

Sa paume glissa de manière suggestive sur mon dos nu et je levai la tête, admirant la ville autour de nous. Je me mordis la lèvre lorsqu'il me toucha, tressaillant un peu lorsque sa chaleur quitta ma peau, car je savais ce qui allait suivre. Mon cœur palpitait d'excitation nerveuse.

La première fessée retentit comme un pétard. Et si quelqu'un écoutait ? Il était impossible qu'ils ne l'entendent pas. Je fermai les yeux, haletant en espérant ardemment que personne ne regardait par la fenêtre ou ne marchait dans la rue en contrebas.

Le deuxième coup frappa durement l'autre fesse et je gémis, complètement déstabilisée et déséquilibrée, alors qu'une série de coups brutaux suivait. Si je m'étais attendue à ce qu'il commence lentement ou qu'il monte en intensité, j'aurais été très déçue. Sa main heurta brutalement mon cul et je me mordis la lèvre, faisant de mon mieux pour rester silencieuse au cas où quelqu'un écouterait, afin qu'il ne se rende pas compte de ce qui se passait exactement.

Si je faisais de mon mieux pour ne pas faire de bruit, peut-être penseraient-ils que quelqu'un applaudissait et non que j'étais nue sur les genoux d'un homme en train de recevoir une fessée comme une vilaine petite fille.

Le simple fait de penser à cela me fit sursauter. Sa main frappa la courbe inférieure de mon dos, frôlant le haut de mes cuisses et je couinai.

Je ne savais pas pourquoi cela me surprenait toujours de voir à quel point ses fessées étaient douloureuses. J'avais l'impression que cela n'allait jamais disparaître non plus.

Mon dos se cambra instinctivement, soulevant mes fesses pour lui, alors même qu'il me donnait la fessée. Mes doigts s'enroulèrent contre le coussin du siège. Mes ongles s'enfoncèrent dans le tissu mais ne trouvèrent aucun point d'appui et un petit gémissement m'échappa.

Ma chatte palpitait. J'avais l'impression que j'allais mourir s'il ne me touchait pas bientôt. Mon clito palpitait d'un désir cruel et sans fin. Il se tordait de plus en plus profondément jusqu'à ce que je ne puisse rien faire d'autre que respirer, survivre et espérer qu'il aurait bientôt pitié de ma pauvre chair.

— J'aime voir ce magnifique petit cul quand il devient rose, mais je préfère le moment où il devient rouge vif, grogna-t-il en serrant fermement ma joue droite. Je criai au changement soudain de sensation, la piqûre se transformant en une douleur plus profonde qui se propagea jusqu'à mon for intérieur.

— Monsieur ! Ça fait mal ! gémis-je et il commença à me taper sur les cuisses. Je poussai un glapissement bruyant cette fois-ci, incapable de me taire lorsqu'il me donna une fessée à cet endroit. C'était tellement plus douloureux que le reste.

— Oui, c'est vrai. Ça fait mal parce que j'ai envie que ça fasse mal, déclara-t-il, et ma chatte se serra de désir.

Sa main frappa brutalement mon derrière pendant de longues minutes. Je haletai. Je respirai bruyamment. Je criai, mais je résistai.

Il n'y avait rien d'autre que mon cul et les coups de sa paume. Il y avait quelque chose d'incroyablement beau dans la simplicité de cette situation.

Les sons que j'émettais étaient de plus en plus forts et de plus en plus désespérés. Au moment où je pensais perdre le contrôle et pleurer, il se retira et fit glisser le bout de ses doigts sur ma chair brûlante.

— C'est le plus beau spectacle du monde, dit-il, et je rougis en sachant qu'il regardait mon derrière rouge vif.

— Cela te fait-il bander, monsieur ? demandai-je timidement. Je me tortillai sur ses genoux, incapable de rester immobile tant j'étais excitée.

— Beaucoup. Mais sais-tu ce qui rend cette vue si particulière ? murmura-t-il en appréciant.

— Non, monsieur.

Je m'agitai un peu tandis que mon esprit s'emballait pour les possibilités qui s'offraient à moi.

— Ton cul est rouge vif, mais je peux aussi voir à quel point tu es excitée d'être maîtrisée de cette façon. Cela scintille sur tes jolies cuisses, observa-t-il, et je sursautai, incapable de m'empêcher de frissonner d'un désir honteux.

Ses doigts glissèrent le long de mes fesses et descendirent juste assez bas pour glisser dans ma mouille. Je rougis encore plus. Je savais déjà qu'elle était là, mais maintenant je savais qu'il en était conscient aussi.

— De quoi as-tu besoin, mon amour ? insista-t-il. Mes cuisses fléchirent.

— J'ai envie de toi, monsieur, dis-je dans mon souffle.

— Lève-toi, me dit-il en relâchant sa prise sur ma hanche. Très embarrassée, je me relevai de ses genoux et me tins devant lui. Son regard se posa sur ma chatte gonflée pendant quelques instants avant de se relever sur mon visage. Avec une confiance décontractée, il fit descendre son pantalon de survêtement jusqu'au sol. Il recula et saisit sa bite.

Il était à nouveau incroyablement dur alors qu'il venait de jouir dans ma bouche peu de temps auparavant. Je déglutis par réflexe, sentant encore sa saveur sur ma langue.

— Tu en as envie ? demanda-t-il d'un ton suggestif. Ses doigts caressaient sa bite de haut en bas, paresseusement, et je ne pouvais m'empêcher de fléchir les cuisses de désir.

— Oui, dis-je en m'agitant.

— Alors viens ici et monte sur moi. Je veux voir ton visage quand tu prendras chaque centimètre de moi dans cette petite chatte serrée, demanda-t-il.

J'ouvris et refermai la bouche, mortifiée. Il était impossible qu'il soit sérieux, n'est-ce pas ? Pas ici, sur le balcon...

— Dois-je aller chercher ma ceinture ? demanda-t-il. Son sourcil droit se leva, et je frissonnai fortement.

— Non, monsieur, répondis-je nerveusement. Il ne dit rien de plus tout de suite. Il pencha la tête et m'attendit tandis que je jetais un coup d'œil autour de nous.

Mon clito palpitait.

Bien sûr, ce n'était pas très correct. Quelqu'un pouvait m'entendre, mais quelle importance ? J'étais avec l'homme le plus puissant de la ville qui ferait tout pour me protéger.

Qui tuerait pour moi...

Qui serait bientôt mon mari...

Je me penchai en avant et posai mes mains sur ses épaules. Avec précaution, je grimpai sur ses genoux et me plaçai juste au-dessus de son sexe. Je me mordillai la lèvre inférieure, jetant nerveusement un coup d'œil vers lui pour voir que son regard ferme n'avait pas quitté mon visage.

— Garde tes yeux sur les miens pendant que tu te remplis de ma bite, ordonna-t-il, et un frisson soudain me parcourut.

Je ne pourrais rien cacher.

La tête de sa bite frôla mon entrée et je gémis d'impatience. Ses mains se posèrent légèrement sur ma taille. Il n'allait pas m'aider. J'allais devoir le prendre toute seule.

Hésitante, je m'abaissai d'un centimètre. Putain. Elle était tellement grande. Le gland de sa bite m'écartait tellement que je croyais que j'allais me fendre en deux.

Et il ne m'avait même pas encore pris le cul.

Je tremblais fortement. Je détournai le regard l'espace d'une seconde et ses doigts saisirent mon mamelon, le pinçant si fort que je poussai un glapissement immédiat tandis qu'une violente volée d'agonie se déversait sur ma poitrine.

— Garde ton regard sur moi, ordonna-t-il, et j'eus du mal à empêcher mes hanches de s'agiter sous l'effet de l'excitation.

Lentement, je m'abaissai sur lui, prenant chaque centimètre délicieux et angoissant, même si mon corps luttait contre lui. Chaque crête me faisait haleter. Chaque palpitation m'arrachait un gémissement de besoin. Lorsque mon derrière frôla enfin ses cuisses, je laissai la gravité me guider jusqu'au bout.

— Oh, putain, soupirai-je.

— Quelle petite fille avide, qui prend chaque centimètre de ma bite, murmura-t-il.

Mon visage était brûlant. Je ne pouvais pas rester immobile sous son regard, surtout pas avec lui en moi comme ça. Mes hanches se balancèrent un tout petit peu et il sourit avec complicité, ce qui eut pour effet d'agripper mes parois intérieures à son épaisse longueur.

— Oui, monsieur, gémis-je, sentant mes joues s'enflammer tandis qu'il observait la façon dont ma bouche s'ouvrait et se refermait avec un plaisir absolu.

— Chevauche-moi fort, ma vilaine fille. Je veux te sentir trembler sur ma queue, exigea-t-il.

Timidement, je basculai mes hanches vers l'avant. Pendant quelques instants, je le chevauchai ainsi, avivant peu à peu mon désir. C'était tellement gênant de le baiser comme ça, en plein air. Si quelqu'un regardait, il verrait que mon cul était rouge alors que je m'écrasais sur un homme. Ils sauraient ce que je faisais, et je n'arrivais pas à m'ôter cette idée de la tête.

— Tu me chevauches comme si tu avais besoin que ton cul te fasse vraiment mal, me dit-il en guise d'avertissement.

Je commençai à accélérer le rythme, le chevauchant de plus en plus fort et de plus en plus vite.

— Encore, mon amour. Chevauche-moi comme si tu ne voulais pas que je punisse ton parfait petit trou du cul avec ma bite, demanda-t-il avec insistance.

Ses exigences firent s'évanouir tout le reste. Je parvenais enfin à ignorer la possibilité que quelqu'un me regarde, que quelqu'un puisse entendre la façon dont je criais lorsque je jouissais pour lui. Je me laissais emporter par tout ce que nous étions en train de faire tous les deux.

Notre connexion était plus intense que physique. C'était viscéral, brut et sale, mais absolument parfait.

— S'il te plaît, suppliai-je. J'enroulai mes bras autour de son cou et me servis de son corps comme d'un levier pour monter et descendre son épaisse longueur. L'une de ses mains se posa sur le bas de mon dos tandis que l'autre se frayait un chemin entre nous de sorte que son pouce frôlait mon clitoris. Lorsque je me déhanchai, ma chatte s'écrasa contre son pouce.

Un délicieux tremblement me parcourut.

Mes parois intérieures s'agrippaient à sa bite. Je ne me souciais pas de l'échauffement de mon corps ni des gouttes de sueur qui roulaient dans mon dos, car je savais qu'il ne s'en souciait pas non plus. Il gémit de plaisir tandis que je me tordais sur lui comme une petite pute, parce que j'étais à lui et qu'il était le seul à me voir comme ça.

Je me perdrais pour lui parce que ça en valait la peine.

Mon corps se contracta sous l'effet d'un désir fervent. Il se mit à chauffer de plus en plus jusqu'à ce que j'atteigne enfin le bord de l'orgasme.

— Je veux sentir la façon dont ta chatte réagit. La façon dont ta chatte serre ma bite, vilaine fille, murmura-t-il, et son souffle balaya ma chair frémissante. Son pouce appuya plus fermement sur mon clitoris, et je frissonnai durement tandis qu'une violente poussée de désir jaillissait directement de mon cœur.

Cet orgasme me frappa avec une force si impitoyable qu'il me fit vaciller. Un plaisir brûlant et ardent s'empara de chaque centimètre carré de mon corps. Mes nerfs étaient électrifiés, étincelant d'un courant vicieux si intense que mes doigts et mes orteils se recroquevillaient.

Mes ongles s'enfoncèrent dans son dos parce que j'avais besoin de m'accrocher pour survivre. Il grogna, m'encourageant et je me mis à ruer sur lui avec un abandon insouciant.

À chaque mouvement de mes hanches, sa bite s'enfonçait plus profondément en moi, grinçant contre un point caché en moi qui promettait un orgasme encore plus grand si je continuais.

— C'est ça. Chevauche-moi comme la mauvaise fille que je sais que tu es, ronronna-t-il, et je ne pouvais pas m'empêcher de faire exactement ce qu'il voulait parce que je le voulais aussi.

Mes mouvements étaient sauvages, incontrôlés et complètement déséquilibrés. Je ne me souciais pas de crier et de gémir assez fort pour que quelqu'un l'entende. Je me souciais encore moins que quelqu'un me voie. Je faisais abstraction de la douleur sensible qui suivait le premier orgasme, je la supportais parce que j'en voulais désespérément un autre et que je ferais tout ce qu'il fallait pour l'obtenir.

Maintenant, la seule chose qui comptait, c'était moi et Cyrus.

Sa bite et mon plaisir.

J'étais insatiable. Mes cris révélaient à quel point je prenais du plaisir. J'étais une fille désespérée et en manque qui chevauchait la bite de son homme sur le balcon de son appartement. Il voulait me voir exploser sur lui et c'est ce que j'allais faire, car lui faire plaisir rendrait la chose encore plus douce.

Mon cœur se resserra, comme la corde d'un arc sur le point de claquer. Mes yeux se révulsèrent.

Je chevauchai sa bite jusqu'à un second orgasme, plus puissant, qui fit trembler mes jambes et battre mon cœur si fort que je crus qu'il allait s'échapper de ma poitrine. Je me cambrai et rejetai la tête en arrière, faisant rouler mon corps et prenant sa bite si profondément que je savais que je la sentirais pour le reste de la journée, si ce n'était jusqu'au lendemain.

Lorsque le deuxième orgasme atteignit son paroxysme, je n'étais plus qu'une femme satisfaite à bout de souffle et je frémissais en sachant que ce n'était pas fini.

Ses mains s'agrippèrent sous mes bras et il me souleva directement de sa queue. Il ne me laissa pas le temps de reprendre mon souffle et me porta jusqu'à la balustrade. Il posa délicatement mes pieds sur le sol du balcon avant de m'attraper par les bras et de me tourner face à la ville.

— Penche-toi et tiens-toi à la balustrade, me dit-il.

Je poussai un cri nerveux tandis que mes doigts tournaient autour des poteaux métalliques. Il écarta mes cuisses.

— Hmmm. Je vais beaucoup apprécier cette partie, pensa-t-il, et je gémis tandis qu'il enfonçait sa bite en moi avec une force cruelle. Il me baisa assez fort pour m'amener à une autre libération, mais il s'arrêta et se retira juste avant que je ne puisse atteindre la fin.

Je gémis de déception, mais je me tus dès que le bout de sa bite se pressa contre mon trou du cul.

— Tu es tellement mouillée que je peux prendre ce trou serré sans aucun lubrifiant, murmura-t-il. Je vais être honnête. Cela va probablement te faire plus mal.

Je couinai d'excitation anxieuse.

— Mais je te connais maintenant, mon Ava. Tu aimes quand ça fait mal, poursuivit-il, et il s'élança avec force. La tête de sa bite pénétra dans mon cul comme une pointe de fer brûlant. Je hurlai tandis qu'une violente vague d'agonie se propageait en spirale autour de mon trou du cul. Mes jambes tremblaient tandis que la douleur montait et descendait le long de ma colonne vertébrale. J'avais mal, mais ma chatte palpitait de plaisir.

Il avait raison. Je n'aimais pas seulement ça. J'en avais besoin.

Brutalement, il s'introduisit dans mon cul. Il était bien plus impitoyable qu'il ne l'avait été lorsqu'il m'avait dépucelée la première fois, mais il y avait là une certaine brutalité que j'aimais et détestais à la fois.

Chaque centimètre me faisait mal. Chaque poussée me brûlait, mais tout se conjuguait pour me procurer un sentiment de plénitude.

Mes doigts s'agrippèrent à la balustrade du balcon et je me laissai emporter. Au moment où son bassin se pressa contre mon arrière-train, j'étais déjà au bord de l'orgasme, rien qu'en prenant mon trou du cul.

Ses doigts s'enroulèrent autour de ma hanche tandis que l'autre main s'enroulait autour de mon ventre. Il saisit mon clito.

Je m'étais déjà brisée en le chevauchant.

Il allait me détruire avec ça.

La sensation perverse de sa bite dans mon cul n'était pas normale, elle était taboue et mauvaise dans tous les sens du terme. Chaque arête de son énorme queue renouvelait la douleur brûlante dont il était responsable. Mon désir devenait incontrôlable.

Il me baisait si fort que je commençais à voir des étoiles.

Je regardai la ville, les bâtiments et les petites formes des gens qui marchaient dans les rues en contrebas.

Je gémis. Je hurlai.

Je jouis si fort que mes jambes se dérobèrent sous moi, mais Cyrus était là pour me soutenir. Son bras autour de ma taille me souleva juste assez pour me suspendre dans les airs. Mes doigts se resserrèrent autour de la balustrade, le seul lien que j'avais avec le sol.

Il me baisait furieusement et mon trou du cul brûlait de plus en plus fort. Je criai, mais la douleur ne fit qu'accentuer mon orgasme de façon irrationnelle. Tout mon corps palpitait. Mes jambes tremblaient.

Je me noyais dans une agonie agréable. Je ne pouvais m'empêcher de penser que je tombais dans un abîme sans fin, un trou noir de passion délicieuse et de douleur déchirante.

C'était merveilleux.

C'était grisant.

C'était incroyable.

Son sperme gicla profondément dans mon cul, une marque brûlante qui me marquait comme sienne plus que toute autre chose. Sa bite palpitait et mon cul se resserrait autour de lui, renouvelant chaque terrible accès de douleur et de plaisir avec une force éclatante.

Mon orgasme continua, me déchirant en un milliard de petits morceaux qui ne se recolleraient jamais. Je me brisai si complètement que je me mis à sangloter, non pas de tristesse, mais de pure félicité.

Tout devint flou.

Je ne me souvenais pas vraiment qu'il ait retiré sa bite de moi ou qu'il m'ait ramenée sur la causeuse sur laquelle il m'avait fessée, mais j'étais de nouveau en sécurité sur ses genoux avant même de m'en rendre compte.

Ses bras puissants m'entouraient tandis que je pleurais et essayais de reprendre mon souffle.

— Chut... Tout va bien, mon amour. Je te tiens. Tu seras toujours en sécurité avec moi, murmura-t-il.

Je m'agrippai plus étroitement à lui, enfonçant mes ongles dans son dos pour tenter de réduire la distance qui nous séparait. Mon corps tremblait sous l'effet de répliques si puissantes qu'elles ressemblaient à de petits orgasmes qui me déchiraient longtemps après la fin de nos ébats. Des larmes coulèrent sur mes joues et il les essuya avec un soin affectueux.

Il embrassa mes joues, mon front, et avant que je m'en rende compte, il avait soulevé mon menton pour pouvoir capturer mes lèvres avec les siennes.

— Tu m'appartiens pour toujours et à jamais, déclara-t-il.

— Je sais, dis-je doucement.

— Je te le rappellerai chaque jour. Sais-tu pourquoi, mon amour ? demanda-t-il.

— Pourquoi ?

— Parce que je t'aime plus que la vie elle-même, répondit-il.

— Je t'aime aussi, dis-je en souriant.

Ses lèvres s'écrasèrent sur les miennes.

Elles étaient possessives.

Dominatrices.

Mais avant tout... elles étaient à moi.

ÉPILOGUE

Ava

La porte se referma derrière moi et je tremblai, un frisson de peur et d'excitation galopante me parcourant à l'écho assourdissant. Ses pas étaient bruyants et furieux tandis qu'il me suivait dans l'entrée.

Les frissons de la poursuite me saisirent.

Je ne m'étais toujours pas habituée à vivre dans le luxe. L'appartement-terrasse de Cyrus était immense, tentaculaire et ruisselant de goûts coûteux. Mon oncle David m'avait donné son approbation après avoir découvert la romance éclair entre Cyrus et moi. Apparemment, ces deux-là avaient conclu plusieurs affaires entre eux par le passé et avaient une grande estime l'un pour l'autre.

Tout était rentré dans l'ordre après cela.

— Qu'as-tu à dire pour ta défense, ma belle épouse ? demanda-t-il, et mes cuisses tremblèrent à la promesse très sombre de sa voix. J'inspirai en tremblant lorsqu'il me saisit les bras, assez rudement pour me rappeler sa force, mais pas assez pour me blesser.

— Je crois que le maire a semblé acquis à notre cause lorsque nous avons pris congé, dis-je d'un ton suggestif.

Nous revenions d'une importante manifestation caritative au cours de laquelle nous avions tous les deux organisé une rencontre avec le nouveau maire. L'invitation avait été difficile à obtenir et avait demandé beaucoup de travail, mais un accord avait finalement été trouvé entre nous. Le maire fermerait les yeux en échange de certains dons à des causes qu'il soutenait. Il avait également précisé qu'il ne refuserait pas les sommes supplémentaires qui aboutiraient sur ses comptes offshores.

— Je t'ai observée en sa compagnie, ma femme. Tu flirtais avec lui sous mes yeux, accusa-t-il.

Je déglutis difficilement. Je savais qu'il l'avait remarqué. J'avais été particulièrement effrontée en jouant avec mes cheveux ou en faisant glisser le bout de mes doigts le long du décolleté de ma robe. Lorsque j'avais fait tomber quelque chose devant le maire, je m'étais penchée de manière à lui offrir une vue imprenable sur mon décolleté. J'avais exagéré ce mouvement lorsque j'avais remarqué que Cyrus m'observait.

Cyrus me rapprocha de lui. Il saisit ma main gauche et la pressa contre ma poitrine.

— Cette bague signifie que tu m'appartiens, mon amour, prévint-il.

Je me tortillai contre lui. Je sentais sa bite durcir contre mon cul, et je le narguais avec mon corps sans remords.

— Je sais, répondis-je avec fougue.

— Mais tu ne flirtais pas avec lui parce que tu en avais envie. Je pense que c'était tout à fait autre chose, ajouta-t-il, et je me raidis contre lui.

— Je ne sais pas ce que tu veux dire, répondis-je rapidement.

— Oh, mais si, ma vilaine fille. Tu voulais te venger de moi pour avoir annulé notre rendez-vous afin que nous puissions aller tous les deux au bal de charité du maire, n'est-ce pas ? Il avait raison, mais je ne voulais pas l'admettre.

Je tentai de m'éloigner de lui, mais il ne me lâcha pas. Pour être honnête, je n'avais pas vraiment envie qu'il le fasse, et ma chatte palpitait de façon inconvenante.

Il saisit les bords de ma robe et la déchira comme si elle n'était faite que de papier. Je poussai un cri de surprise, mais il s'attaqua rapidement à la coûteuse robe de bal comme si elle ne signifiait rien.

Je savais qu'il se moquait du prix de la robe. Il m'en achèterait une autre bien plus grande.

Il la jeta sur le côté, un bras me retenant toujours prisonnière. Il déchira mon soutien-gorge en deux, libérant mes seins. Mes mamelons durcirent sous l'effet de l'exposition soudaine.

Je tremblais, debout là, dans une culotte minuscule et une paire de chaussures Jimmy Choos d'une hauteur précaire.

— Je suis le seul avec qui tu dois flirter, femme, grogna-t-il.

Sa main plongea et saisit ma culotte, la remontant de telle sorte que le tissu s'enfonça dans ma chatte et se cala contre mon clitoris, assez fort pour piquer.

— Je suis le seul à pouvoir te voir comme ça, déclara-t-il.

Sa prise sur ma culotte en dentelle devint dangereuse et il l'arracha avant que je ne puisse faire quoi que ce soit pour l'en empêcher.

— Je suis le seul à pouvoir te faire du mal comme ça, lança-t-il alors que je basculais en avant, ébranlée par la douleur cuisante qui se manifestait à l'endroit le plus sensible de mon corps.

Je me tenais devant lui, nue, tremblante et effrayée.

Exactement comme je voulais être.

Il me fit tourner sur moi-même et saisit mes mamelons, me tirant vers lui assez brutalement pour me faire hurler de douleur.

— Je suis le seul à pouvoir t'embrasser comme ça, grogna-t-il, et ses lèvres se posèrent sur les miennes avec une telle brutalité que je craignis qu'il ne me fasse un bleu. Ses mains glissèrent dans mon dos et me serrèrent les fesses avec force.

— Je suis désolée d'avoir été une mauvaise fille, monsieur, répondis-je avec ce que je croyais être une adorable moue.

— Non, tu ne l'es pas encore. Qu'est-ce qui se passe quand tu es une vilaine fille, Ava ? demanda-t-il.

— Je reçois un coup de ceinture, monsieur, répondis-je anxieusement. Je déglutis difficilement, imaginant nerveusement la morsure cruelle de la ceinture, sachant très bien qu'il pouvait voir à quel point cela me faisait mouiller.

— Ce n'est pas tout, n'est-ce pas ? gronda-t-il.

— Non, ce n'est pas tout. Je frissonnai. Je savais ce qu'il voulait, mais c'était bien plus difficile à dire, surtout à voix haute.

— Qu'est-ce qu'il y a d'autre ? Je me tortillai et il me tordit les tétons si cruellement que mon corps bascula à nouveau vers l'avant.

Il n'était pas question qu'il me prenne avec douceur ce soir. Il allait être brutal et furieux et ça allait faire mal à chaque instant.

— Je me fais baiser le trou du cul assez fort pour me faire crier, répondis-je, cédant finalement, sachant que sa patience s'épuisait.

— C'est ça, ma vilaine fille. Je vais te faire jouir tellement de fois que des larmes couleront sur tes joues. Tu vas me supplier d'avoir pitié de toi, mais je ne m'arrêterai que lorsque j'aurai eu ma dose. Peu importe si tu as mal, menaça-t-il.

Mon cœur battait dans ma poitrine et ma bouche devenait sèche. Il m'avait déjà baisée durement plusieurs fois, mais je sentais que cette fois-ci serait plus dure que toutes les autres.

Avec un grognement possessif, il me souleva et je frissonnai lorsque ma chatte nue se pressa contre sa queue. Il était impossible de cacher qu'il bandait terriblement.

Il avait hâte de me rappeler que j'étais à lui.

Il me porta à travers notre suite penthouse jusqu'à la chambre à coucher. Il me jeta sur le lit et je gémis anxieusement.

Il retira sa ceinture de son pantalon et je tressaillis au bruit.

— Je vais adorer ça, mon amour, dit-il d'un ton sombre.

Et pour être honnête… moi aussi.

Fin

LES PRISONNIÈRES DES VAKARRANS

Enlevée

Lorsque j'ai quitté la Terre pour devenir une Partenaire Céleste, on m'a promis un partenaire parfait. Mais quatre Vakarrans ont décidé qu'ils me voulaient, et quand les Vakarrans veulent quelque chose, ils l'obtiennent.

Ces guerriers extraterrestres redoutables et sauvagement sexy se fichent de ce qu'un programme informatique pense être le mieux pour moi. Ils ont fait de moi leur partenaire, et bientôt ils réclameront mon corps.

Je comptais résister, mais après m'avoir dénudée et honteusement punie, ils m'ont excitée jusqu'à ce que je supplie de jouir du plaisir qui m'avait été si cruellement refusé. J'ai cédé complètement. À présent, ils vont faire absolument tout ce qui leur plaît avec moi, et je vais les supplier pour tout cela.

Amazon

Conquise

J'ai vécu dans la clandestinité depuis l'arrivée des Vakarrans, aidant mon groupe de survivants humains à échapper aux aliens qui dirigent désormais notre monde d'une main de fer. Mais ma chance a tourné.

Capturée par quatre de leurs plus féroces guerriers, je sais ce qui m'attend. Ils feront de moi un exemple, afin de montrer que même l'humaine la plus rebelle peut être vaincue, dressée et maîtrisée.

Je vais leur prouver qu'ils ont tort, que je ne céderai jamais, même si je suis mise à nu, humiliée publiquement et exploitée de la manière la plus humiliante qui soit.

Mais mon corps me trahit.

Ma volonté de résister faiblit alors que ces brutes se partagent mon corps, et je ne peux m'empêcher de me demander : vont-ils conquérir mon cœur ?

Amazon

Maîtrisée

D'abord les Vakarrans ont pris ma maison. Puis ils ont pris ma sœur. À présent, c'est à mon tour.

En tant que prisonnière de quatre de leurs plus féroces guerriers, je sais quel sort m'attend. Les humains qui osent riposter comme je l'ai fait ne sont pas seulement punis, on leur apprend à rester à leur place d'une manière si honteuse que j'en frémis rien qu'à y penser.

Les quatre brutes extraterrestres énormes et intimidantes qui m'ont capturée vont me réclamer de toutes les manières possibles, sollicitant mon corps au-delà de ce que je peux imaginer. Je les méprise, mais alors qu'ils forcent mon corps nu et frémissant à atteindre un orgasme sauvage et fracassant, je ne peux m'empêcher de me demander si bientôt je ne vais pas les supplier de me maîtriser complètement.

Amazon

Ravagée

Bien que les extraterrestres soient ceux que j'ai toujours craints, ce sont mes propres semblables qui m'ont fait du mal. Des hommes m'ont faite prisonnière, et ce sont quatre guerriers Vakarrans qui m'ont sauvée. Mais ils ne comptent pas me libérer...

Je leur appartiens maintenant, et ils ont l'intention de me soumettre plus intensément que je ne peux l'imaginer.

Ils représentent l'ennemi, et j'essaie d'abord de me battre, puis de fuir. Mais alors qu'ils me punissent, me réclament et se partagent mon corps, il ne faut pas longtemps avant que je les supplie de me ravager entièrement.

Amazon

Soumise

La résistance les a envoyés, mais ce n'est pas vraiment la raison pour laquelle ces quatre Vakarrans aguerris sont ici.

Ils sont venus pour moi. Pour me conquérir. Pour me maîtriser. Pour me ravager. Pour me dénuder, me punir au moindre signe de défi, et se servir de mon corps vierge et frissonnant d'une manière qui dépasse de loin tout ce que j'ai pu imaginer dans mes rêves les plus sombres, et ce jusqu'à ce que je sois totalement et honteusement soumise.

Je fais le serment de ne jamais implorer la pitié, mais je ne peux m'empêcher de me demander combien de temps il faudra avant que je n'en réclame davantage.

Amazon

LA TRILOGIE OMÉGABORN

Frénésie

À l'intérieur de la ville, j'étais une scientifique respectée. Ici, je suis vulnérable, désespérée et prochainement à la merci des bêtes et des barbares qui règnent sur ces terres. Mais le pire n'est pas là.

Lorsque les inhibiteurs qui préservent mon secret honteux se dissiperont, un besoin accablant et inimaginable s'emparera complètement de moi. Je vais bientôt avoir mes chaleurs, et je sais ce qui va suivre...

Cependant, je ne suis pas la seule à avoir des instincts qui échappent à mon contrôle. Des hommes féroces parcourent cette région sauvage, poussés par leur nature à revendiquer une femelle comme moi avec plus de violence que je ne peux l'imaginer, ne prêtant aucune importance à mes cris alors que les orgasmes brutaux se succèdent dans mon corps sans défense.

Cela ne va plus tarder, et lorsque la période d'accouplement commencera, ce ne sera rien de moins qu'une frénésie.

Amazon

Effrénée

Nue, attachée et exposée sans défense, ma cyprine dégouline le long de mes cuisses nues et se déverse à mes pieds tandis que la ville entière observe, dans l'attente de l'inévitable. Je vais avoir mes chaleurs, et ils le savent.

Lorsque les bêtes sauvages qui vivent hors des murs me trouveront, elles n'auront aucune pitié pour mon corps vierge. Mais avec mon désir devenant de plus en plus intense à chaque seconde, je ne suis pas sûre de vouloir de leur pitié...

Au moment où les bêtes arriveront pour me revendiquer et me soumettre sauvagement, je deviendrai totalement effrénée.

Amazon

Fièvre

Je dirige les Omégas depuis des années, mais au moment où ces brutes sont arrivées d'au-delà du mur, j'ai su que tout était sur le point de changer. Ces bêtes ne sont pas là pour recevoir des ordres de ma part, elles sont là pour me soumettre, même si je résiste désespérément.

Nue, punie et blessée, je ne peux que laisser éclater un orgasme sauvage et honteux, tandis que mon corps est revendiqué, exploité et maîtrisé. Je suis sur le point de découvrir ce qu'être une oméga signifie...

Amazon

AUSSI PAR SARA FIELDS

Marquée

Je sais comment faire face aux hommes qui ne supportent pas qu'on leur dise non, mais Silas n'est pas un homme. C'est une bête qui prend tout ce qu'il veut, aussi longtemps, durement et sauvagement qu'il le souhaite, et ce soir, il me veut.

Il ne fait même pas semblant d'être doux. Il va me ravager, et ça va faire mal.

Il va me fesser jusqu'à ce que je me soumette entièrement et honteusement, mais même quand l'interminable série d'orgasmes impuissants et bruyants sera enfin terminée, je ne serai pas seulement endolorie et épuisée.

Je serai marquée.

Mon corps ne m'appartiendra plus. Il lui appartiendra, il pourra l'utiliser, en profiter et le féconder, et peu importe à quel point mon corps sera désespéré en son absence, il ne réagira qu'à son contact.

Et ce, pour toujours.

Amazon

Alpha

J'ai toujours pensé que les bêtes comme lui n'étaient que légendes et folklore. Et puis il est venu me chercher.

Ce n'est pas un simple loup alpha. Il est l'expression redoutable de la virilité de la Terre elle-même, venu au monde pour la première fois depuis des siècles pour revendiquer une humaine destinée à être sa compagne.

Cette humaine, c'est moi.

Lorsque je me suis enfuie, il m'a rattrapée. Lorsque je lui ai tenu tête, il m'a punie.

J'ai imploré la pitié, mais la pitié n'est pas ce qu'il a en tête pour moi.

Il va imposer à mon corps nu et tremblant un orgasme brutal après l'autre, jusqu'à ce que ma gorge soit douloureuse à force de crier, et il ne s'arrêtera que lorsqu'il sera certain que je sais que je suis à lui.

Et après ça, il va me féconder.

Amazon

Prix

Exilée de la Terre à cause d'un gouvernement tyrannique, j'étais destinée à être vendue pour être exploitée sur un monde lointain. Mais Vane n'achète pas les choses. Quand il veut quelque chose, il l'obtient, et je ne dérogeais pas à la règle.

Cette brute extraterrestre ne se contenta pas de me dépouiller, de me punir et de me réclamer sous le regard de tout son équipage. Il me brisa, me faisant implorer sa pitié, puis demander des choses bien plus honteuses. Peut-être aurait-il été doux si je ne l'avais pas défié devant ses hommes, mais j'en doute. La douceur n'est pas son fort.

Quand il me transporta à bord de son navire, nue, rougissante et endolorie, je pensais que je ne serais qu'un trophée à exhiber ou un jouet pour le distraire jusqu'à ce qu'il se lasse de moi, mais j'avais tort.

Il fit de moi son prix, mais il me conserva en tant que partenaire.

Amazon

Malmenée

Il y a deux heures, mon vaisseau s'est posé sur les docks de Dryac.

Il y a une heure, un mac a essayé de m'entraîner dans une ruelle.

Il y a cinquante-neuf minutes, une brute l'a assommé.

Il y a cinquante-huit minutes, j'ai dit à mon sauveur d'aller se faire voir, que je pouvais me débrouiller seule.

Il y a cinquante-cinq minutes, j'ai senti pour la première fois une ceinture en cuir sur mes fesses nues.

Il y a quarante-cinq minutes, j'ai commencé à implorer.

Il y a trente minutes, il m'a penchée sur une caisse et m'a revendiquée de la manière la plus scandaleuse qui soit.

Il y a vingt-neuf minutes, j'ai commencé à crier.

Il y a vingt-cinq minutes, j'ai joui sous le regard de la foule, et mes fesses étaient douloureuses intérieurement et extérieurement.

Il y a vingt-quatre minutes, j'ai réalisé qu'il était loin d'en avoir fini avec moi.

Il y a une minute, il a finalement décidé que j'avais retenu ma leçon, du moins pour le moment.

Alors qu'il m'entraîne quelque part, nue, punie et extrêmement exploitée, il me dit que je travaille pour lui maintenant, que je dois gagner le privilège d'être habillée et qu'il peut faire ce qu'il veut de moi aussi souvent qu'il le désire.

Amazon

Assoiffée

Caïn est venu me chercher aujourd'hui. Avant même qu'il ne prononce son nom, son pouvoir m'a mise à genoux.

Un pouvoir qui peut me plaquer contre un mur d'une simple pensée et m'y maintenir tandis qu'il retire lentement mes vêtements de mon corps frémissant, en s'assurant que je sais qu'il profite de chaque moment où je rougis.

Un pouvoir qui me punira jusqu'à ce que j'implore sa pitié, qui me tourmentera jusqu'à ce que je le supplie de me soulager, et qui me ravira brutalement encore et encore, au point que je sois épuisée et soumise.

Un pouvoir qui me revendiquera comme sienne pour l'éternité.

Amazon

Sa Majesté

Maximo Giovanni Santaro est un roi. Un vrai roi, comme ceux de jadis. Ceux dont j'ignorais que l'existence avait perduré. Un roi qui impose l'obéissance et punit toute tentative de défiance de la part de ses sujets.

Sa Majesté n'accepte pas les « non », et le refus d'obéir à ses ordres royaux me vaudra non seulement une fessée qui va me fera sangloter, mais aussi une leçon si indigne qu'elle montrera l'exemple à ne pas suivre à quiconque oserait désobéir. Je vais supplier et plaider en jouissant brutalement et en hurlant après que mon corps frémissant ait été ravagé, mais il ne me fera aucune grâce.

Il ne s'arrêtera pas tant qu'il ne m'aura pas fait comprendre que ma place légitime est à ses pieds, toute rougie et meurtrie.

Amazon

Peur

Elle n'était pas censée être là ce soir. Je l'ai emmenée parce que je n'avais pas d'autre choix, mais en la portant hors de chez elle, trempée et vêtue d'une simple serviette, j'ai su que j'allais la garder.

Je vais lui faire dire tout ce que j'ai besoin de savoir. Puis je vais faire en sorte qu'elle devienne mienne.

Elle sanglotera quand ma ceinture lui fouettera les fesses et elle hurlera quand je forcerai son corps nu et frémissant à atteindre des orgasmes sauvages, mais je n'aurai aucune pitié, même si elle me supplie honteusement.

Elle va non seulement apprendre à m'obéir. Mais elle apprendra aussi à me craindre.

Amazon

Chaton

Avant même que Chloé Banks ne me jette un verre en pleine figure devant une salle remplie d'hommes puissants qui savent qu'il ne faut pas me contrarier, son destin était scellé. J'avais déjà décidé d'en faire mon chaton.

Je lui aurais appris à obéir dans l'intimité de mon penthouse, mais son petit numéro avait changé la donne.

Mon chaton apprit où était sa place en public, en rougissant alors qu'il était dénudé, en sanglotant alors qu'il était fessé, et en criant alors qu'il enchaînait les orgasmes brutaux et humiliants.

Mais cette petite chose a encore tant d'autres leçons à apprendre. Des leçons plus indignes qu'elle ne peut l'imaginer.

Elle va implorer ma pitié, mais bientôt elle ronronnera comme un chaton.

Amazon

À PROPOS DE SARA FIELDS

Sara Fields est une auteure de romances à succès du USA Today ayant un penchant pour les histoires salaces, en particulier celles centrées sur l'univers DARK, le FANTASTIQUE et la ROMANCE. Si vous aimez la science-fiction, le fantastique, le harem inversé, les ménages, le pet play et d'autres sujets coquins, tous complétés par des « ils vécurent heureux », alors vous allez adorer ses livres.

Newsletter : https://www.subscribepage.com/sarafieldsfrance
Groupe Facebook : https://www.facebook.com/groups/186465801848653/
Site Web : http://www.sarafieldsromance.com
Page Auteur Amazon : http://www.amazon.com/Sara Fields/e/B016YKP6OY/
Bookbub : https://www.bookbub.com/authors/sara-fields
Facebook : https://www.facebook.com/SaraFieldsRomance/
Twitter : https://twitter.com/Mrs_Sara_Fields (@Mrs_Sara_Fields)
Email : otkdesire@gmail.com